BUR
Rizzoli

Della stessa autrice in BUR Rizzoli

Il braccialetto della felicità
All'improvviso a New York
Un regalo per sempre

Melissa Hill

Ti prego perdonami

BUR
Rizzoli

ISBN 978-88-17-08840-4

Titolo originale dell'opera:
Please Forgive Me

Traduzione di Roberta Zuppet

Prima edizione Rizzoli 2015
Prima edizione BUR giugno 2016

Realizzazione editoriale Librofficina, Roma

Ti prego perdonami

Dedicato a Luke,
il mio nipote preferito

Amore mio,

so che probabilmente sono l'ultima persona da cui vorresti ricevere una lettera, ma ci tenevo a chiederti scusa. Devi sapere che non farei mai nulla per farti soffrire, almeno non di proposito, ma questa volta ho commesso un errore madornale, anzi irreparabile.

Mi rendo conto di non poter più tornare indietro, e non lo pretendo nemmeno. Volevo solo dirti che mi dispiace tanto per l'accaduto. Vorrei con tutto il cuore che non fosse mai successo, però ormai è capitato ed è solo colpa mia, e farei qualsiasi cosa per rimediare, ma non posso.

So di non avere il diritto di domandartelo, ma stai bene? Spero di sì.

Non saprei cos'altro aggiungere. Ricorda che non ho mai voluto farti del male e che mi rincresce immensamente.

Ti prego, perdonami.

1

Leonie Hayes si guardò intorno furtiva mentre si metteva in coda. Sapeva che era ridicolo, ma aveva il terrore di imbattersi in qualcuno di Dublino, che avrebbe potuto riconoscerla e domandarsi cosa facesse lì. Be', la risposta era ovvia (non facevano tutti la stessa cosa?), ma lei non aveva voglia di dare spiegazioni. Non che qualcuno le avrebbe chieste, ma era sempre meglio essere sicuri. Sganciò il fermaglio di coccodrillo e si sciolse sulle spalle i lunghi capelli rossi.

«Circolare... da questa parte, prego... non fermatevi» disse l'addetto alla sicurezza mentre la lunga fila avanzava lenta.

Cosa ci faccio qui?, si domandò Leonie in un lampo improvviso di incertezza. Era davvero troppo tardi per girare sui tacchi e tornare alle cose rassicuranti, normali, familiari? Poi ricordò che ormai le cose erano cambiate e che a casa non c'era più niente di rassicurante, né tantomeno familiare. Era tutto diverso.

Lo squillo acuto del cellulare nella borsetta interruppe le sue riflessioni. Tirò fuori il telefono e guardò il display.

Grace, di nuovo.

Il battito del cuore le accelerò. Era la terza chiamata della sua migliore amica in tre giorni e, nonostante sapesse che avrebbe dovuto rispondere, non se la sentiva di parlare con nessuno. L'avrebbe investita con una raffica di domande, ma lei stessa non capiva i propri pensieri, figuriamoci se poteva spiegarli a qualcun altro. Perciò no, non era il caso di parlare con Grace, non per il momento, almeno. L'amica si sarebbe preoccupata, certo, ma non sarebbe stata ancora più in ansia se avesse scoperto dove si trovava lei adesso, o cosa stava facendo?

No, molto meglio aspettare che correre il rischio di agitarla ancora di più, così si impose di ignorare i trilli del telefono.

Si zittirono dopo poco, ma il breve silenzio fu interrotto dal doppio *bip* della casella vocale. Leonie ascoltò il messaggio.

«Lee, sono ancora io» disse Grace tra gli strilli dei gemelli in sottofondo. «Dove sei? Sono giorni che ti cerco. Ho provato anche sul fisso, ma non rispondi nemmeno lì» aggiunse delusa. «Spero vada tutto bene, e soprattutto che *tu* stia bene. Lo so, è stato un weekend difficile, ma... Ascolta, richiamami quando senti questo messaggio, okay? Sono qui tutto il giorno, come tutti i giorni» concluse con una punta di sarcasmo. «Fatti viva, per favore. Allora a presto... ciao.»

Leonie chiuse il cellulare di scatto. Avrebbe dovuto parlarle; era comprensibile che Grace fosse agitata. Ma non aveva immaginato che l'avrebbe cercata nell'appartamento, e trovava interessante (anche se non sorprendente) che non le avesse risposto nessuno.

Be', se ne sarebbe preoccupata più avanti. Ora doveva smettere di rimuginare e arrivare all'inizio della fila prima di cambiare idea. Anche se ormai era decisamente tardi, giusto?

Naturalmente avrebbe parlato con Grace, ma solo

quando fosse stata pronta, e soprattutto quando avesse avuto la certezza matematica di poterlo fare senza correre rischi. Però, rifletté mordicchiandosi il labbro, non era giusto lasciare che nel frattempo Grace si tormentasse senza motivo. Aprì il telefono e compose il numero della sua casella vocale. La scappatoia dei codardi, ma meglio di niente, date le circostanze.

«Grace, ciao, sono io. Scusa se non mi sono fatta sentire prima, ma le cose si sono messe malissimo...» Suo malgrado aveva la voce rotta e un groppo in gola. Deglutì a forza e fece un bel respiro. «Volevo solo dirti che sto bene e ringraziarti per l'interessamento. Prometto che ti racconterò ogni cosa appena possibile ma, se non ti dispiace, adesso ho bisogno di stare un po' da sola. Per favore, non preoccuparti. Sto bene e mi farò viva al più presto.»

Inspirò a fondo, spense il cellulare e se lo mise in tasca. Il messaggio sembrava convincente.

Ed era la verità, più o meno. Aveva *davvero* bisogno di stare da sola e avrebbe raccontato ogni cosa a Grace al momento opportuno.

Dopo qualche altro minuto di attesa, l'addetto alla sicurezza le indicò un cubicolo libero. Con una certa trepidazione, Leonie si avvicinò e fece un debole sorriso all'omone serio che sedeva dietro la scrivania.

Lui non fece una piega. «Documenti, prego.»

Li studiò a lungo, spostando lo sguardo dalle scartoffie a Leonie e viceversa mentre lei, quasi d'istinto, abbassava lo sguardo. Non avrebbe saputo dire perché. Era sempre così, in certe situazioni, no? Odiava quando la mettevano a disagio; le era successo anche prima, passando sotto il metal detector. Perché certi posti ti facevano sempre sentire come se stessi tramando qualcosa?

«Come si guadagna da vivere, signorina Hayes?» chiese il funzionario in tono distaccato.

«Lavoro per un'agenzia di organizzazione eventi.» Quella mezza verità le uscì dalle labbra con nonchalance. L'uomo annuì soddisfatto.

«Sia così gentile da appoggiare l'indice sinistro su questo dispositivo.» Accennò all'aggeggio per le impronte digitali sulla scrivania. Leonie obbedì, poi lui la invitò a fare la stessa cosa con la mano destra. «Grazie. Adesso faccia un passo indietro e guardi la macchina fotografica... qui...»

Lei lo accontentò. Non vedeva l'ora di togliersi il pensiero.

L'uomo ricontrollò i documenti, digitò alcuni dati nel computer, timbrò i documenti due volte. «Okay, signorina Hayes.» Sorrise allungandole il passaporto e il visto. «È tutto in regola. Benvenuta negli Stati Uniti.»

2

Tre settimane dopo

«Devo confessarle una cosa.»

Leonie ebbe un sussulto. Avrebbe dovuto immaginare che non poteva essere così facile, *non* in quel periodo. «Sì?»

L'agente immobiliare sorrise. «L'unità abitativa non è ancora libera, ma lo sarà a breve, ed è per questa ragione che gliela sto mostrando.»

«Oh, okay.» Si guardò intorno, simulando indifferenza, ma la verità era che si era già innamorata della casa. Quelle viste nelle ultime due settimane non reggevano neanche lontanamente il confronto.

L'appartamento era all'ultimo piano di una dimora vittoriana ristrutturata in Green Street, una graziosa via alberata nel cuore di San Francisco, a un tiro di schioppo dai caffè, dai ristoranti e dalla miriade di piccole boutique e gallerie che fiancheggiavano le strade laterali.

Aveva soffitti di quercia intagliata, un caminetto elegante, bovindi enormi, un'atmosfera calda e accogliente, e personalità da vendere. Dalla finestra del salotto si distingueva (se ci si spostava sulla destra, alzandosi in punta di piedi) il Golden Gate a cavalcioni sull'acqua, mentre da sinistra si scorgeva un minuscolo angolo dell'isola di

Alcatraz. Più in basso, i tetti delle case digradavano verso la baia, dove le barche a vela scintillavano leggiadre sotto il sole.

Panorama da cartolina a parte, le antiche residenze avevano sempre esercitato un certo influsso, su di lei. L'esterno era un incanto: bianco e turchese, cornici e modanature, alti bovindi e un portico di legno ad archi. Tanto per accentuare la magia, le tinte pastello delle altre abitazioni – rosa, verde e giallo – le facevano sembrare tante case delle bambole messe in fila. Era un contesto che riproduceva in pochi metri lo stile architettonico tipico di gran parte della città, e uno dei motivi per cui Leonie adorava San Francisco. Se fosse riuscita ad assicurarsi l'appartamento, avrebbe fatto i salti di gioia.

D'accordo, l'interno era vecchiotto e un tantino sporco, ma per rimediare bastava un po' di olio di gomito. Doveva solo tirare a lucido il parquet di quercia, ravvivare il salotto con qualche tappeto colorato, trovare dei cuscini originali per il divano scialbo e appendere dei quadri alle pareti. Il cucinino era piccolo ma funzionale, e la camera ampia e luminosa, con un armadio capiente (anche se non l'avrebbe riempito tutto, almeno per il momento). Ma più di ogni altra cosa l'appartamento era mille volte meglio della minuscola stanza all'Holiday Inn, e poi non sarebbe stato splendido avere una vera casa in città?

«Ho pensato di mostrarglielo perché gli altri non le erano piaciuti» disse l'agente riportandola alla realtà. «È un ottimo quartiere, molto sicuro, e, come avrà visto entrando, c'è anche il vantaggio di un ingresso privato.»

A quanto aveva capito Leonie, la casa era divisa in tre alloggi separati, ciascuno con la propria entrata. Quello al pianterreno era accessibile da una porta laterale accanto a un garage sul livello della strada, invece per raggiungere il «suo» appartamento bisognava salire alcuni gradini, superare una delle due porte sotto il portico, e prendere le scale fino all'ultimo piano.

«Ha ragione, è assolutamente perfetto.» Non riuscì a dissimulare l'entusiasmo. Era un vero peccato che non fosse già libero. «Ci vive ancora qualcuno, ha detto?»

Strano, perché non era quella l'impressione che dava. Anche lasciando perdere la polvere sui mobili e la mancanza di tracce recenti di presenza umana, il posto sembrava disabitato, se non addirittura abbandonato.

«Esatto. In realtà non avrei neppure dovuto mostrarglielo» confermò l'agente con un luccichio nello sguardo, «perché sarà disponibile solo alla fine del mese, ma...» Si girò verso di lei. «Personalmente lo considero speciale. Green Street è un quartiere favoloso, e queste vecchie dimore vittoriane non si trovano tutti i giorni. Vanno a ruba in un batter d'occhi, perciò, se ritiene di essere interessata...»

«Può giurarci» replicò Leonie senza pensarci un secondo di più. L'appartamento era magnifico, e grazie al cielo era la prima persona che lo vedeva. Poteva essere destino o una semplice coincidenza, ma in ogni caso aveva la sensazione che finalmente qualcosa cominciasse ad andare per il verso giusto. «Quando posso entrarci?»

Qualche ora dopo telefonò a Grace.

Quando aveva sentito l'amica per la prima volta dopo la partenza, Grace, com'era prevedibile, era rimasta sbalordita nel sentire che si trovava niente meno che negli Stati Uniti.

«Allora vuoi andare fino in fondo, eh?» le chiese ora, mogia.

«Credevi scherzassi?»

«Posso capire che tu abbia sentito il bisogno di cambiare aria, ma perché sei voluta andare così lontano? Cork non ti bastava? O qualcosa del genere? Almeno avremmo potuto vederci, ogni tanto. Io San Francisco non so nemmeno individuarla sulla cartina!»

Pareva risentita, e Leonie provò una fitta di rimorso. Ovvio, Grace era ancora arrabbiata perché lei aveva lasciato Dublino senza salutarla per bene; ma non aveva avuto il coraggio di affrontarla per paura che la dissuadesse dai suoi propositi.

«Mi dispiace» mormorò. «Mi mancano le nostre chiacchierate, ma non avevo scelta.»

«Lo capisco, ma una decisione così drastica... Alla lunga, scappare non serve a niente.»

Leonie si sentì chiudere la gola. «Forse, ma per ora è l'unico modo che conosco per gestire la situazione.»

«Però di sicuro sarebbe meglio se tu fossi qui a Dublino, con le persone che ti vogliono bene, anziché tutta sola in una grande città dove di te non frega niente a nessuno.»

«Ti sbagli, qui la gente è simpatica.» Leonie ripensò all'agente immobiliare e a Carla, la receptionist dell'Holiday Inn, con cui aveva stretto una specie di amicizia nell'ultima quindicina di giorni. «Sono stati tutti molto gentili.»

Si sentiva a suo agio, da quand'era arrivata in città tre settimane prima. Il fantastico cielo azzurro e lo splendido sole della California le avevano risollevato subito il morale, e nonostante San Francisco fosse trafficata e caotica come qualsiasi metropoli, aveva anche una rilassata atmosfera bohémienne. Perciò sì, ogni tanto soffriva di solitudine e aveva nostalgia delle cose e delle persone che aveva lasciato in Irlanda, ma in parte era quello lo scopo.

Il pomeriggio stesso aveva firmato i documenti per la locazione dell'appartamento e si sarebbe trasferita alla fine del mese.

«Quanto tempo pensi di fermarti?» domandò Grace.

«Il contratto d'affitto dura sei mesi con possibilità di rinnovo, perciò non saprei. Per il tempo necessario, immagino.»

«Sei *mesi*?»

«Credevi sarei rimasta per quindici *giorni*? Che senso avrebbe?»

«Io non potrei mai piantare baracca e burattini e mollare tutto di punto in bianco. Non fraintendermi» si affrettò ad aggiungere Grace, «so che hai un'ottima ragione, ma è una scelta talmente... radicale.» Siccome Leonie taceva, continuò: «È solo che di solito sei così calma, pacata. Probabilmente non mi aspettavo che reagissi in questo modo».

«Calma e pacata quando il problema ce l'hanno gli altri, forse» ribatté Leonie. Quando si trattava di se stessa, infatti, era sempre stata una frana. E sì, forse partire era stato un gesto impulsivo, ma le era sembrato l'unico possibile.

«Hai trovato casa, allora. È fantastico. Se non altro saprò dove sei per i prossimi sei mesi. Ma adesso cos'hai intenzione di fare? Non puoi mica startene rintanata in un appartamento.»

«Adesso mi cerco un lavoro.»

Subito prima di lasciare Dublino, Leonie si era licenziata dalla Xanadu Event Management e aveva rifiutato la premurosa offerta del suo capo di conservarle il posto fino al suo ritorno, semplicemente perché non era sicura che sarebbe tornata. Aveva messo da parte un bel gruzzolo, ma sapeva che se voleva voltare pagina e ambientarsi sul serio doveva trovare un lavoro.

«È incredibile...» disse piano Grace, e Leonie riuscì quasi a immaginarla, in cucina, mentre scuoteva la testa bionda, circondata dai giocattoli dei gemelli. «E in *America*, per giunta...»

«Anche questa è casa mia, in un certo senso.» Leonie si riferiva al fatto che era nata negli Stati Uniti, anche se i suoi genitori, irlandesi, erano tornati a Dublino poco dopo. E dopo la separazione si erano trasferiti ancora: adesso suo padre viveva a Hong Kong e sua madre in Sudafrica con un nuovo compagno. Sarebbe potuta andare da lei, ma non voleva essere di peso, e soprattutto, se voleva buttarsi il passato alle spalle, aveva bisogno di stare da sola per un po'.

«Ascolta» mormorò Grace dopo una lunga pausa, «tanto vale che te lo dica: l'altro giorno ho incontrato Adam. Non sa che te ne sei andata.»

Per poco il cuore non le si fermò. «Non gli avrai...?»

«Certo che *no*. Ti ho promesso di mantenere il segreto, ricordi? Non sto dicendo che approvo la tua decisione, ma una promessa è una promessa, anche se fatta al telefono dall'altra parte dell'Atlantico.»

Leonie cercò di metabolizzare la notizia, senza riuscire a capire perché il fatto che l'amica avesse visto Adam la sorprendesse così tanto; dopotutto, Dublino non era grande.

«Non vuoi sapere di cos'abbiamo parlato o cosa mi ha detto?» insistette Grace.

«Veramente, no.»

«Era a terra, e per quanto può valere mi è sembrato davvero mortificato per...»

«Grace, per favore» la interruppe Leonie con voce rauca. «Non voglio saperlo.»

«Scusa, ma sei la mia migliore amica e sono molto preoccupata per te! Ascolta, quello che ti è successo è terribile, ma esiste la remota possibilità che facciate pace? Perdonare e dimenticare, hai presente?»

Leonie chiuse gli occhi. «Penso proprio di no» rispose decisa. In cuor suo era convinta che alcune cose fossero imperdonabili.

3

Due settimane dopo ritirò le chiavi dell'appartamento e si trasferì dall'Holiday Inn alla casa nuova, dove sarebbe rimasta per almeno sei mesi. Era sincera quando aveva detto a Grace che non sapeva per quanto si sarebbe fermata; l'unica cosa di cui era certa era che davanti alle decisioni fondamentali della vita era sempre scappata.

Il lavoro le imponeva di essere fredda, calma e risoluta, e il più delle volte era piuttosto brava a sfruttare quelle qualità per risolvere i problemi altrui, ma per qualche motivo non riusciva mai a usarle per superare i propri.

Da ragazza, mentre le sue compagne di classe erano assillate dagli esami e dalla scelta del college, lei aveva preferito evitare lo stress prendendosi un anno sabbatico per fare trekking in Asia e in Australia. Grace e le altre si erano scandalizzate (la invidiavano), ma i suoi genitori l'avevano appoggiata in tutto e per tutto. In effetti, l'unica decisione importante che aveva ponderato negli ultimi tempi era stato il sì alla proposta di matrimonio di Adam. E chiaramente avrebbe dovuto rifletterci meglio, concluse mentre trascinava lo zaino su per i gradini davanti al portone.

Entrata nell'appartamento, si meravigliò ancora una volta dell'ampio bovindo che dominava il salotto inondandolo di luce, e fantasticò di passare intere giornate e serate seduta sul davanzale della finestra ad ammirare la vista mozzafiato della baia. Era l'angolo perfetto in cui accoccolarsi con un bel libro.

Ma anche se la tentazione di «rintanarsi» (per usare le parole di Grace) in un posticino così accogliente e incantevole era fortissima, cedere sarebbe stato un grosso errore. Avrebbe finito per starsene tutto il tempo a rimuginare.

No, stabilì, non avrebbe ricominciato a piangersi addosso; lo aveva già fatto per troppo tempo. Si sarebbe presa qualche giorno per sistemarsi, poi avrebbe esplorato i dintorni come si deve. La città era così compatta che si poteva arrivare a piedi quasi ovunque, e se inerpicarsi sulle colline fosse stato troppo faticoso poteva sempre prendere il famoso *cable car* (anche se i tram che salivano e scendevano da quelle alture enormi le facevano *molta* paura. E se il cavo si fosse spezzato?). Era un vantaggio che la sua via fosse solo a qualche isolato da Fisherman's Wharf, dove – tra il Pier 39 affollato di turisti, i mercati vivaci e gli artisti di strada – c'era sempre fermento. Era triste non conoscere nessuno, ma si augurava che sarebbe stata una situazione temporanea e, se proprio le fosse venuta voglia di parlare con qualcuno, poteva sempre fare quattro chiacchiere con le otarie.

Ma prima le cose importanti, si disse arricciando il naso; quel posto aveva bisogno di una bella ripulita. Non si poteva certo dire che l'inquilino precedente l'avesse lasciato immacolato. Sul tavolino e sulla mensola del caminetto si era depositato un velo di polvere, e la cucina (anzi, il cucinino) era lurida.

Lasciò lo zaino in camera e uscì per comprare l'occorrente. In fondo alla strada c'era un minimarket dove, con ogni probabilità, avrebbe trovato scope e detersivi con cui tenersi occupata almeno per tutto il pomeriggio. E già che c'era, tanto valeva acquistare qualche genere alimentare di base come latte e zucchero. Più avanti avrebbe fatto una bella spesa in un supermercato più grande, ma intanto si sarebbe sentita davvero a casa solo quando avesse bevuto un buon tè. Un brivido le percorse la schiena al pensiero di prepararsi la prima tazza nel suo appartamentino in una città a migliaia di chilometri dalla vita normale.

Nonostante i problemi che l'avevano spinta ad allontanarsi, iniziava già a sentirsi molto più ottimista. Se fosse dipeso da lei, pensò guardandosi intorno con le mani sui fianchi, non avrebbe tardato ad ambientarsi.

Dopo aver pulito salotto e cucina, si spostò in camera e notò con sollievo che sarebbe bastato passare l'aspirapolvere sulla moquette e spolverare l'interno del guardaroba.

Salì su una sedia e si mise all'opera. L'armadio era un mobile vecchissimo, praticamente antico, di sequoia scura, e non era da escludere che avesse la stessa età della casa. Aveva letto da qualche parte che molte dimore vittoriane erano state costruite con il legno autoctono, all'epoca molto abbondante (e soprattutto resistente al fuoco).

Fece scivolare il piumino sulla mensola, intenzionata a dare solo una rapida passata, ma poi la sua mano incontrò qualcosa. Sbirciò nell'oscurità e distinse un cofanetto di legno sul fondo. *Magnifico*, pensò contrariata, i precedenti inquilini le avevano lasciato le loro cianfrusaglie come regalo di benvenuto.

Sospirando, fece per tirarlo fuori, ma perse l'equilibrio e cadde dalla sedia.

«Ma cavolo!» gemette massaggiandosi la schiena. Il gancino dorato del cofanetto si era aperto e il contenuto, un plico di buste avvolte alla bell'e meglio nel cellophane, si era sparpagliato sul pavimento.

«Al diavolo le pulizie» bofonchiò, interpretandolo come un segno che per quel pomeriggio aveva sgobbato abbastanza. Quale pretesto migliore per una tazza di tè?

Si rialzò, raccolse le buste senza tante cerimonie e si accorse che stranamente erano ancora chiuse. Ne esaminò una. Era una lettera, indirizzata a una donna che, pensò, doveva aver vissuto nell'appartamento.

Helena Abbott.

Erano tutte intatte e destinate alla stessa persona.

Curioso.

Con il cofanetto tra le braccia, andò in cucina e accese il bollitore. Mentre aspettava, si sedette accanto al bovindo e studiò le buste. La grafia, sempre la stessa, era molto elegante.

Perché le lettere non erano state aperte? Ipotizzando che Helena Abbott avesse abitato nell'appartamento e le avesse riposte intenzionalmente nel cofanetto (un oggetto molto elaborato, per giunta), perché non si era disturbata a leggerle? Perché non le aveva portate con sé quando aveva traslocato? Aveva dimenticato di averle messe nell'armadio, oppure...?

Il bollitore fischiò e Leonie scrollò il capo, dicendosi che non erano fatti suoi. Mise via le buste, tornò in cucina, tirò fuori una tazza e si versò il tè.

Ma com'era prevedibile, la sua curiosità (invadenza bella e buona, così l'avrebbe definita Grace) prese il sopravvento, e con la tazza in mano Leonie si mise di nuovo alla finestra e si posò il cofanetto sulle ginocchia.

Alzò il coperchio e tolse le buste dal cellophane, per esaminarle meglio. Mancava l'indirizzo del mittente, quindi era impossibile sapere da dove venissero. Studiò il timbro postale, ma era un semplice cerchietto d'inchiostro, con un non so che di «ufficiale», comunque anonimo.

Avrebbe fatto un colpo di telefono all'agente immobiliare, pensò riponendole nel cofanetto, e gli avrebbe chiesto il recapito dell'ex inquilina.

Anche se qualcosa le diceva che probabilmente Helena Abbott non era interessata a riavere quelle lettere.

«No, in archivio non abbiamo nessun dato» la informò l'uomo qualche giorno dopo. Leonie aveva pulito l'appartamento da cima a fondo e non aveva trovato altro.

«È che ho alcune buste...»

«Buste?»

«Sì, lettere. La donna che viveva qui le ha dimenticate quando se n'è andata, e potrebbero essere importanti.»

«Mi rincresce, ma in archivio non abbiamo niente. Le dirò di più: la signora Abbott non è mai stata cliente della nostra agenzia.»

Leonie si stupì. «Com'è possibile? Ha traslocato solo un paio di settimane fa.»

«In ogni caso, non è nel database. Evidentemente il proprietario si è rivolto a un'altra agenzia per le locazioni precedenti.»

«Forse ha il suo indirizzo, allora. O il numero di telefono?»

«Mi dispiace, non possiamo fornire informazioni di questo tipo.» L'agente sospirò.

«Come sarebbe a dire?» fece Leonie frustrata. «Cosa dovrei farne delle lettere, allora? Ci deve pur essere un modo per contattare il padrone di casa. Nel caso dovesse succedere qualcosa nell'appartamento, un incendio, non so...»

«Signora, l'agenzia si occupa di tutti gli aspetti della locazione. Se però vuole lasciarmi il suo nome e numero di telefono, rintraccio il cliente e la faccio richiamare.» Sembrava un po' scocciato.

«D'accordo.» Temeva che il proprietario non avrebbe mosso un dito, ma perlomeno aveva fatto un tentativo.

Cominciò a preparare il pranzo, pensando a ciò su cui doveva concentrarsi: la ricerca di un lavoro. Aveva dedicato gli ultimi giorni a riordinare l'appartamento e familiarizzare con il quartiere. Il giorno dopo il trasloco aveva preso il *cable car* fino a Union Square (aveva avuto una fifa *blu*, doveva confessarlo), dove aveva passato qualche ora a scegliere i complementi d'arredo per dare un tocco personale alla casa. In una piccola e stupenda galleria d'arte aveva acquistato, a prezzi stracciati, alcuni quadri per ravvivare il salotto. Poi aveva comprato delle candele fatte a mano in una bottega artigianale un isolato più in là.

San Francisco era famosa per la sua cultura bohémienne e le sue radici hippy-new age, ma non si era aspettata di trovare tutta quella miriade di negozietti e ristorantini indipendenti. Questa bella sorpresa aveva accentuato il senso di familiarità che Leonie aveva provato fin dall'inizio; e poi i proprietari di caffè e gastronomie erano molto cordiali, disponibili a fare quattro chiacchiere e dare informazioni sul quartiere.

Anzi, i residenti erano stati così gentili da infonderle il coraggio che le serviva per cercarsi un lavoro. I primi giorni era stato piacevole sistemare l'appartamento, guardare la televisione americana (così appassionante da essere ipnotica) e leggere accanto alla finestra sbirciando le barche a vela nella baia, ma adesso iniziava a sentirsi un po' irrequieta.

Sperava che un lavoro l'avrebbe aiutata ad ambientarsi ancora meglio; anche un semplice posto da cameriera o da barista sarebbe andato bene, quello che voleva era il contatto con la gente. Di sicuro, con tutti i bistrò e le gastronomie della zona (soprattutto in Columbus Avenue, dove c'erano più ristoranti italiani di quanti ne avesse visti a Roma e a Napoli) non avrebbe faticato a trovare qualcosa che facesse al caso suo. Dopo aver mandato giù l'ultimo boccone, decise di prendere il toro per le corna e uscire a dare un'occhiata.

Nonostante la nebbiolina lungo la costa, era un'altra splendida giornata di sole, e mentre chiudeva il portone Leonie intravide qualcuno che entrava nell'appartamento al piano di sotto. Da quando viveva lì era la prima volta che si accorgeva di avere dei vicini, segno che le case vittoriane erano ben isolate, o che gli altri inquilini erano educati e silenziosi.

Peccato non averli mai incrociati, si disse, pensando che sarebbe stato bello conoscerli o almeno salutarli di tanto in tanto.

Scese i gradini con la borsa in spalla e si incamminò lungo la via alberata in direzione di Columbus Avenue.

In una strada laterale scorse un meraviglioso negozietto di ceramiche italiane; la vetrina variopinta e la facciata dai colori vivaci furono una tentazione irresistibile. Lì accanto c'erano delle boutique graziose e, più avanti, una piccola libreria molto carina. Prima di rendersene conto, aveva perso l'orientamento, ritrovandosi in una zona che non conosceva. Ma non aveva importanza, non c'era fretta, e quella era l'ennesima caratteristica affascinante della città: la possibilità di vagare senza meta in un quartiere e di scoprirne i tesori nascosti. Guardò le vetrine per qualche minuto, gironzolando qua e là tra i negozi che la incuriosivano, finché un cartello attirò la sua attenzione.

CERCASI PERSONALE

A giudicare dalle costose composizioni floreali in vetrina, si sarebbe detto che fosse un fiorista. Alzò lo sguardo verso l'insegna sopra la porta e ridacchiò leggendo il nome del negozio, che non avrebbe potuto essere più kitsch. Cosa stava aspettando? *Adesso o mai più*, pensò spingendo la porta del Flower Power e varcando la soglia.

«Salve, ho visto che cercate personale.»

Una donna austera e robusta, senza un briciolo dell'aria hippy-new age che Leonie aveva previsto, la squadrò da capo a piedi. «Ti intendi di composizioni floreali, tesoro?»

«Veramente, no. Non ho nessuna esperienza.» Aveva appena fatto la figura della scema. Da ragazza aveva arrotondato un po' come cameriera, ma poi era stata assunta subito dalla Xanadu, quindi in un negozio non aveva mai lavorato. Cosa le era saltato in mente? «Anche se dove lavoravo prima avevo spesso a che fare con i fioristi» si affrettò ad aggiungere.

«Non importa, nemmeno io» confessò l'altra, e Leonie si sorprese, date le sontuose ed elaborate composizioni tropicali che riempivano il locale. «Comunque, cerco qualcuno che stia alla cassa, risponda al telefono e segua gli ordini via Internet. Sai usare Internet?»

«Sì. Come dicevo, non ho mai lavorato in questo settore specifico – con i fiori, intendo –, ma posso imparare.» Leonie spiegò alla donna che si era occupata di organizzazione eventi, che era arrivata a San Francisco da poco e cercava lavoro. «Passavo di qui e ho visto il cartello, così...»

«Da dove vieni, tesoro?» La donna doveva aver notato il suo accento.

«Dall'Irlanda. In Europa» precisò Leonie, ricordando che non tutti conoscevano il suo Paese.

«So dov'è. Ci sono stata due volte.» L'altra agitò la mano verso di lei. «Dovevo dedurlo dai tuoi splendidi capelli.»

Da quelli, e dalla pelle color latte che si scotta se appena c'è il sole, pensò Leonie.

«Hai un numero di previdenza sociale?»

«Be', no, io...» Che stupida, non ci aveva pensato. Aveva forse creduto di poter lavorare in un Paese straniero senza i documenti necessari? Il visto le aveva dato un falso senso di sicurezza e...

«Non importa. Puoi lavorare in nero finché non te lo procuri.» La donna sembrava molto accomodante, e Leonie sospettò che gli accordi di quel genere fossero (per sua fortuna) una cosa normale.

«Non le dispiace?»

«Vediamo come va il colloquio, poi nel caso definiamo i dettagli, okay?»

«Sì... certo.»

«Allora, come ti chiami?»

Si presentarono. La donna, che la invitò a darle del tu, si chiamava Marcy ed era la proprietaria del Flower Power.

«È un nome azzeccato per un negozio di fiori, specialmente qui.» Leonie sorrise. «Scommetto che sei stata una hippy.»

Marcy si offese. «Sei impazzita, per caso? Sono una brava ragazza battista del Mississippi! Quella roba sull'"amore libero" non fa per me. Mi sono trasferita a Ovest circa dieci anni fa, dopo la morte di mio marito.»

«Oh, scusami.» Leonie si vergognò. Tutte le persone che aveva conosciuto fino a quel momento erano state così amichevoli che aveva finito per dimenticare le buone maniere.

Ma Marcy rimase imperturbabile. «Ascolta, tesoro, il fatto è che l'altra ragazza si è licenziata sabato, e con San Valentino dietro l'angolo ci aspetta un periodo pazzesco. Perciò mi serve qualcuno che sia sveglio, che abbia voglia di lavorare e soprattutto che non abbia bisogno della baby-sitter» aggiunse in tono scherzoso. «Anche se preferisco dirti subito che lo stipendio non è granché.» Menzionò una cifra settimanale che corrispondeva a un terzo di quella che Leonie guadagnava in Irlanda, appena sufficiente per coprire il costo dell'affitto. Ma le sarebbe bastata, per il momento; aveva qualche risparmio da parte, perciò le servivano solo i soldi per vitto e alloggio. Non si poteva certo dire che facesse una vita dispendiosa. «Però ci sono le mance, e alcuni dei nostri clienti abituali sanno essere molto generosi» continuò Marcy.

Leonie annuì. «Va bene.»

«Sicura?»

«Sicurissima.» D'accordo, non capiva un'acca di fiori

(sapeva solo ordinarli), ma sembrava che per Marcy non fosse un problema. In ogni caso, lavorare in un posto come quello doveva essere divertente. Aveva sempre amato la confusione delle ricorrenze importanti come San Valentino e i compleanni, perciò sarebbe stato piacevole trovarsi nel bel mezzo di quel vortice di compere e far parte di un settore il cui obiettivo principale era regalare gioia alle persone. In più, si sarebbe integrata nel quartiere: un altro vantaggio.

Nei minuti successivi definirono i dettagli e Leonie si meravigliò ancora una volta della velocità con cui si stava adattando a una nuova vita. Tra l'appartamento e il lavoro, il passato sembrava già lontano. Era quello che voleva, no?

«Okay, Leonie» concluse Marcy, «ci vediamo lunedì mattina all'apertura.»

4

Alex Fletcher fece del proprio meglio per non mettersi a sbraitare contro la biondina elegante che le stava davanti.

«Buongiorno, sono Cyndi Dixon, in diretta dalla scena del...»

«Cyndi» la interruppe stancamente Alex, «cerca di essere un po' più sciolta, per favore. Non siamo in diretta e questa non è la CNN.»

«Come se non lo sapessi» borbottò l'altra lisciandosi i capelli prima di girarsi verso la telecamera. «Buongiorno, sono Cyndi Dixon di *Dalla baia e dintorni.* Questa mattina sono sulla scena di un... salvataggio piuttosto insolito» ricominciò, dando finalmente alla propria voce il calore necessario.

Cinque riprese dopo, Alex annuì con fare incoraggiante. *Dalla baia e dintorni*, il programma di intrattenimento e attualità della durata di due minuti che produceva per l'emittente locale SFTV, non era esattamente il notiziario delle sei, ma era una sua creazione e non avrebbe permesso a una piccola Barbie arrogante di rovinarlo. Era ovvio che Cyndi voleva sfruttare quell'occasione come trampolino di lancio per la carriera di giornalista televisiva.

Alex le augurava ogni bene, ma dirigeva la trasmissione da quasi due anni e, volente o nolente, la bambolina doveva seguire le sue istruzioni. Suggerirle fin dal primo giorno di liberarsi della frangetta da universitaria e di vivacizzare un po' il guardaroba non era servito a molto; in più, *Dalla baia e dintorni* raccontava storie di vita vissuta, e nessuno prendeva in simpatia una reporter con una faccia da funerale.

Cyndi proseguì. «È stato qui, proprio dietro di me, che Jake Stephens ha rischiato eroicamente la pelle per portare a termine uno dei più incredibili salvataggi acquatici cui la città abbia mai assistito.»

«Stop!» Alex, esasperata, fece segno a Dave, il cameraman. «Un po' troppo drammatico sul finale, forse?» disse a Cyndi. «Limitiamoci a "un incredibile salvataggio acquatico" e ripartiamo da lì, okay?»

«D'accordo» rispose Cyndi alzando gli occhi al cielo. «Sì, gente, credete *pure* ai vostri occhi, perché il filmato alle mie spalle mostra un uomo che salva un *orso* dalle impetuose correnti della baia. Ma come ha fatto un orso nero californiano di centocinquanta chili a finire qui in città e, peggio ancora, nell'acqua? Jake Stephens non ha perso tempo a cercare di scoprirlo. Quando il nostro eroe ha visto l'animale in pericolo, si è tuffato e l'ha salvato, senza preoccuparsi minimamente della propria incolumità.»

«Stop. Brava, Cyndi» si complimentò Alex, intuendo che quella breve introduzione e l'intervista a Stephens sarebbero stati sufficienti.

Quel tipo doveva essere pazzo per buttarsi in mare. Grazie al cielo, l'orso era troppo stanco e indebolito per attaccarlo, e l'aveva usato a mo' di salvagente fino all'arrivo dei soccorsi. Come aveva detto Cyndi, non si sapeva come avesse fatto l'animale ad arrivare nella baia, ma non era quella la parte della storia che interessava ad Alex; sarebbe stata l'intensità emotiva del salvataggio a catturare i telespettatori, specialmente grazie alle immagini che avevano avuto la fortuna di ottenere da un turista. Era il genere di notizia irresistibile, clamorosa ed emozionante in cui *Dalla baia e dintorni* era specializzato, e se Sylvester Knowles, il produttore senior, non l'avesse mandata in onda, Alex sarebbe uscita dai gangheri.

Sylvester aveva una visione molto rigida del programma, e lei non aveva dubbi che quella storia gli sarebbe piaciuta. Nei rari casi in cui aveva provato ad avventurarsi in direzioni più originali e interessanti, Sylvester aveva sempre bocciato le sue proposte. «E dai, questa roba ecologica è una pizza» aveva protestato quando gli aveva sottoposto un servizio su una compagnia aerea che si faceva scudo di certe presunte politiche ambientali per aumentare le tariffe. La compagnia era più che felice di sposare la causa verde, se questo significava spillare più soldi ai passeggeri longanimi: così, aveva pensato di introdurre un aumento per l'uso degli sciacquoni all'insegna del «risparmio idrico». Alex era sicura che uno scoop di quel tipo avrebbe suscitato l'interesse del pubblico, ma com'era prevedibile Sylvester aveva fatto lo gnorri.

Alex amava il suo mininotiziario di due minuti, e la possibilità che le dava di spaziare da un argomento all'altro; eppure, ogni tanto avrebbe voluto occuparsi di un caso «vero», non necessariamente di politica o di attualità, ma qualcosa di succulento che entusiasmasse sul serio l'americano medio. Doveva aver ereditato quel sogno nel cassetto da suo padre, che era stato un giornalista della carta stampata ai tempi in cui le notizie, quelle vere, contavano ancora qualcosa.

«Abbiamo finito» disse Cyndi in tono più affermativo che interrogativo.

«Sì» rispose svelta Alex. «Ti serve un passaggio in redazione? Io e Dave siamo diretti lì.» Poi sarebbe andata dritta alla sala di montaggio per preparare il servizio in tempo per il telegiornale della sera, e di sicuro Sylvester avrebbe voluto un *teaser* di cinque secondi in sovrimpressione prima di ogni pausa pubblicitaria.

«Ho un altro impegno» replicò altezzosa la ragazza, come se avesse appuntamento con il presidente.

«Okay, allora ti chiamo se abbiamo bisogno di te per le riprese di domani. Anche se credo che una voce fuori campo sarà più che sufficiente.» Per il giorno dopo era in programma un'intervista con un sessantanovenne alle soglie della pensione, il più anziano operatore di *cable car* della città. Siccome (a differenza della maggior parte dei cittadini) l'uomo si era rivelato vivace e spiritoso, con molti aneddoti curiosi da raccontare, il bel visino di Cyndi non sarebbe stato necessario per mantenere vivo l'interesse del pubblico o riempire il tempo.

«Come preferisci.» La biondina era già altrove, e Alex si appuntò mentalmente di chiedere a Sylvester perché continuasse a rifilarle ragazzine viziate con la puzza sotto il naso. Lui allora l'avrebbe di sicuro invitata per l'ennesima volta a condurre i servizi in prima persona, e lei avrebbe rifiutato. Con i suoi grandi occhi scuri, gli zigomi alti e i lineamenti che più d'uno definiva «esotici» (dovuti perlopiù alle sue radici mediterranee), probabilmente avrebbe fatto bella figura; ma si era sempre sentita molto più a suo agio dietro la telecamera. Inoltre, rifletté giocherellando con una lunga ciocca di capelli castani, sarebbe dovuta dimagrire di almeno cinque chili e impiastrarsi ogni giorno di make-up, il che era fuori discussione.

Poco prima di pranzo era di nuovo alla sua scrivania nella sede della SFTV. Controllando i messaggi, ne notò uno lasciato dal suo avvocato. Il cuore prese a batterle forte.

Non poteva essere, vero?

Si asciugò le mani sudaticce sui jeans, e lo richiamò.

«Doug, sono Alex.» Si sforzò di rimanere calma. «Mi hai cercata?»

«Cattive notizie, temo» annunciò lui senza preamboli. «La solita storia.»

«Cioè?» Alex ci restò male. Si era illusa che le cose avrebbero preso una piega diversa, questa volta. «Non l'hai trovato?»

«Secondo il nostro uomo avevi ragione; è rimasto lì fino a un certo punto, ma adesso non c'è più.»

Non sapeva se sentirsi sollevata o delusa. Immaginava cosa avrebbe *dovuto* provare, ma quando si addentrava in quel territorio le sue certezze andavano a farsi benedire.

«Quindi adesso cosa facciamo? Insomma, bisogna pur risolvere la questione.»

«Non posso fare granché, se prima non lo rintracciamo.» L'avvocato ci andava cauto. «Ascolta, chiedi di nuovo in giro e vedi cosa scopri, oppure prendi in considerazione l'idea di affidare l'incarico a un professionista. Altrimenti dovremo valutare una strada alternativa, ma probabilmente è troppo presto.»

«Come sarebbe a dire, troppo presto? È passato più di un anno!» In realtà, era iniziato tutto molto prima.

«Sì, ma agli occhi della legge...» Doug cominciò a ripetere la solita tiritera.

«Lo so, lo so» fece Alex annoiata. «Continuerò a provare per vedere se salta fuori qualcosa di nuovo. Che peccato; ero così sicura, questa volta.»

«Fa' come ti ho detto e cerca di non preoccuparti, lo incastreremo. Ci riusciamo sempre.»

«Speriamo.» Alex ce la mise tutta per sembrare ottimista, ma la verità era che cominciava a perdere la fiducia. «Mi dispiace che tu abbia sprecato tempo in un'altra ricerca inutile.»

Anche se era pronta a scommettere che il suo avvocato non si sarebbe mai e poi mai abbassato a fare una cosa del genere; era più probabile che avesse dato l'incarico a un galoppino ingaggiato dallo studio.

«Nessun problema. Mi rincresce di non avere buone notizie e di non poter risolvere la questione una volta per tutte.» Doug riagganciò.

Rimuginando, Alex si abbandonò contro lo schienale e fece un profondo sospiro.

«Ehi, cos'è quel muso lungo?» domandò Sylvester comparso sulla porta. «Mi auguro che il tuo dottore non ti abbia scaricata, San Valentino è alle porte.»

Il pensiero di Jon le strappò un sorriso. «No, usciamo insieme stasera.»

«Bene. Chirurgo strepitoso oppure no, se la vedrà con *me* se osa prenderti in giro.»

«Glielo farò sapere» scherzò Alex.

Lei e Jon French, un chirurgo del Memorial Hospital di Downtown, si frequentavano da qualche mese. Fino a quel momento la relazione era andata a gonfie vele, ma si stava avvicinando a una svolta che richiedeva di prendere una decisione. Jon era stato al corrente della sua situazione fin dall'inizio, e aveva accettato di aspettare, però ormai stavano insieme da quattro mesi; e dato che ancora non era successo niente, era comprensibile che iniziasse a scalpitare.

Mi sentirei come mi sento se la telefonata di Doug fosse stata diversa?, si chiese Alex. Provò a schiarirsi le idee, ma era inutile ingarbugliarsi nei soliti pensieri. Semmai era una fortuna che Jon fosse entrato nella sua vita, e una doppia fortuna che fosse così paziente e comprensivo.

Era solo il suo lato pragmatico a voler chiudere con il passato, si disse, nient'altro. Il rapporto con Jon doveva continuare e, se il destino avesse voluto, finalmente si sarebbe buttata tutto alle spalle.

Ma per il momento, pensò controllando gli altri messaggi, lui avrebbe dovuto avere ancora un po' di pazienza.

«Wow, sei uno schianto!» Jon la riempì di complimenti quando Alex arrivò al ristorante quella sera, e lei fu contenta di essersi messa il Diane von Furstenberg di seta blu che aveva comprato da Macy's la settimana prima.

La cena era stata prenotata al Cliff House, uno dei suoi locali preferiti in città, arroccato sulle scogliere sopra il Pacifico. Dal tavolo accanto alla vetrata si vedevano le luci della contea di Marin che scintillavano in lontananza e, sull'acqua, le navi da crociera che entravano e uscivano dalla baia sotto il Golden Gate. Anche Jon era molto elegante, notò Alex, con la camicia nera Ralph Lauren e i pantaloni beige Hugo Boss. Sembrava si fosse appena tagliato i capelli castani e i profondi occhi scuri brillavano nella luce fioca. Gesù, com'era sexy!

«Com'è andata la settimana?» le chiese dopo che il cameriere ebbe preso le ordinazioni.

«Bene, grazie.» Alex decise di non accennare alla telefonata di Doug. Non che facesse molta differenza (non per Jon, almeno), ma quella sera non aveva voglia di affrontare l'argomento. «Anche se, al contrario di te» scherzò, «non ho salvato vite umane.»

«Il mio è solo un lavoro come tanti.» Jon fece un sorriso modesto, stupendola ancora una volta con la sua mancanza di vanità. A trentasei anni, era uno dei chirurghi più giovani del Memorial, ma anche uno di quelli con la maggiore anzianità di servizio, eppure si comportava sempre come se fosse roba da poco. «Certo, il principale svantaggio è che non posso vederti quanto vorrei.» Allungò la mano sul tavolo e intrecciò le dita alle sue, provocandole un brivido lungo la schiena.

«Altri turni di notte in vista?» Cercò di non sembrare troppo delusa.

«Tutta la settimana prossima. Mi dispiace, tesoro, avevo sperato di organizzare qualcosa di speciale per giovedì, ma è impossibile.»

«Giovedì?» fece lei confusa.

«Sì, San Valentino» ribatté Jon come se fosse la cosa più ovvia del mondo, e Alex sorrise. Un altro aspetto che amava di lui era che non gli piaceva fare giochetti, né darsi arie da macho. Jon era schietto, un uomo con le idee ben chiare, e tutto questo la affascinava. Era sicuro di sé e della propria virilità, ma anche premuroso e romantico (nonostante lei avesse superato da un pezzo la fase dei fiori e dei cuoricini), e Alex si riteneva fortunata ad averlo conosciuto. Allora perché continuava a tergiversare?

Era ora di darci un taglio, decise d'un tratto, persa nella contemplazione dello splendido volto di Jon. Basta con i rinvii e i pretesti; se dopo cena lui l'avesse invitata a casa sua a Nob Hill, avrebbe accettato. Perché insomma, per quanto ancora poteva rimandare? Tra loro l'attrazione fisica era stata alle stelle fin dall'inizio, perciò era arrivato il momento di buttarsi. E, a pensarci bene, perché aspettare che fosse lui a chiederglielo?

«Non preoccuparti.» Sorrise civettuola. «Perché non festeggiamo stasera?»

Jon alzò gli occhi e incrociò il suo sguardo, cogliendo il sottinteso. «Ottima idea. Vuoi saltare il dessert?»

«Il dessert?» rise Alex. «Non abbiamo mangiato nemmeno l'antipasto!»

«Mi sono reso conto di non avere molto appetito» ribatté lui con un sorriso malizioso.

Quella sera avrebbero fatto fare un salto di qualità alla loro relazione, e finalmente Alex avrebbe messo da parte lo stupido e assurdo senso di colpa che riaffiorava ogni volta che immaginava quell'eventualità. Ridicolo, no? Perché avrebbe dovuto provare rimorso all'idea di voltare pagina?

Jon le prese la mano e se la portò alla bocca, tempestandole la pelle delicata del polso di baci leggeri come piume, in un'anteprima breve ma efficace di ciò che sarebbe successo. Alex trasalì. Era *sicuramente* la sera giusta, e sarebbe stato fantastico.

5

«Hai già un lavoro?» si meravigliò Grace. «Cavolo, non perdi tempo, eh?»

«È stata una pura e semplice coincidenza.» Leonie le spiegò come si fosse imbattuta nel Flower Power. Quel giorno, dopo essere tornata in Green Street, si era accorta che il negozio di Marcy era a soli cinque isolati dall'appartamento, l'equivalente di dieci minuti a piedi. Non avrebbe potuto essere più comodo e ancora una volta, poiché le cose parevano proprio andare per il verso giusto, si era chiesta se qualcuno lassù le stesse dando una mano. Era reduce dalla sua prima giornata di lavoro e, nonostante il ritmo frenetico, ce l'aveva messa tutta.

«Ma da un fiorista?» continuò Grace incredula. «Certo, tu sei un'esperta di fiori!»

«Ho imparato qualcosa mentre lavoravo per la Xanadu, ma farò esperienza man mano.»

«Wow, sei una bomba» disse Grace ammirata. «Sei lì da poche settimane, ma è come se avessi sempre vissuto a San Francisco! Io mi perdo persino al supermercato, figurarsi in una metropoli.»

«Qui è facile orientarsi, invece. È una città molto compatta; si può andare a piedi quasi ovunque...»

«Io mi perderei dopo pochi metri... Oh, Rocky, piantala, lascia in pace tua sorella!» Grace sgridò il bambino, poi riprese la conversazione come se niente fosse: «Ma invidio la tua sicurezza. Probabilmente ti sei fatta le ossa a forza di viaggiare. A proposito, stiamo organizzando la nostra prima vacanza di famiglia».

«Davvero? Dove pensate di andare?» Leonie si sorprese. Grace odiava i viaggi, e i gemelli, che avevano tre anni e sprizzavano energia da tutti i pori, in aereo sarebbero stati ingestibili.

«A Ray piacerebbe la Tunisia. A quanto pare intorno a Pasqua non dovrebbe fare troppo caldo, ma comunque più caldo che a Cipro, la prima meta che avevamo preso in considerazione. Non chiedermi altro perché sarà lui a occuparsene, e a essere sincera non sono nemmeno sicura se sia un'isola della Grecia o...»

«È in Africa.» Leonie sorrise. «La Tunisia è in Africa.» Date le nozioni geografiche confuse della sua amica, probabilmente era un bene che non viaggiasse troppo spesso.

«Sul serio? Ma tu guarda.» Parve preoccupata. «Il volo sarà molto lungo, allora? Santo cielo, perché lascio che sia Ray a organizzare queste cose? Ha chiesto all'agenzia di viaggi una destinazione dove ci fosse il sole in inverno, ed ecco cosa ci hanno suggerito. Di certo non lo sa nemmeno lui. Conoscendolo, probabilmente pensa che sia in Spagna.»

Leonie sorrise all'idea della conversazione che doveva aver avuto luogo all'agenzia.

«Oh, Rosie, vuoi smetterla una buona volta, per favore?» gemette Grace.

«Sicura che sia un buon momento per parlare?»

«Non farci caso. Fanno i capricci perché non mi sto dedicando a loro. Dio solo sa cosa combineranno in aereo! Ma pensandoci, tu sei la persona giusta a cui chiedere consiglio. Ci sei mai stata? In Tunisia, intendo.»

Il cuore di Leonie perse un battito. «Sì» mormorò. «Tempo fa, poco dopo la nascita dei gemelli.»

«Veramente? Non me lo ricordo, ma non c'è da stupirsi. All'epoca avevo il cervello in pappa! In Africa, hai detto? E com'è? Credi che andrà bene per noi? Perché non so se... Oh!» esclamò, lasciando la frase a metà. Finalmente aveva capito. «Dopo la nascita dei gemelli? Certo! È stato lì che...»

«Sì.» Leonie fece del proprio meglio per suonare distaccata. «È stato lì che ho conosciuto Adam.»

«Oh, Lee, mi dispiace, me n'ero dimenticata. Non volevo tirare fuori l'argomento...»

«Non c'è bisogno di scusarsi. Non posso mica fingere che non sia mai esistito, no?»

«Ma non è quello che stai facendo, invece? Più o meno?» Era sorprendente come Grace, pur essendo piuttosto svampita, riuscisse sempre ad andare dritta al sodo.

«No» rispose Leonie risoluta. «Ti sbagli. Al momento sto cercando di buttarmi alle spalle le cose negative.»

«Non ci credo neanche morta...» Grace gemette ancora. Chissà cosa avevano combinato i gemelli, questa volta. «Rocky! Cosa diavolo ti è saltato in mente?» sbottò esasperata.

«Grace, forse è meglio se ci salutiamo. Si direbbe che tu abbia altro a cui pensare.»

«Hai ragione, altrimenti finisce che mi bruciano la casa. Che rompiscatole! L'unica volta che ho la possibilità di fare conversazione con una persona adulta! Be', pazienza, congratulazioni per il nuovo lavoro e ci risentiamo presto, okay?»

«Certo. Dai un bacio ai bambini da parte mia.»

Leonie riagganciò e andò verso il bovindo.

Fra tanti posti, pensò, *proprio la Tunisia.*

Con un po' di fortuna, si disse ricordando il periodo che aveva trascorso laggiù, anche Grace avrebbe passato giorni indimenticabili.

Tre anni prima

Il volo era partito da Dublino con un paio d'ore di ritardo, così quando Leonie arrivò all'aeroporto di Tunisi era esausta e irritabile. Il caldo del tardo pomeriggio e l'aria soffocante nella sala degli arrivi non contribuirono a risollevarle il morale, e mentre aspettava i bagagli davanti al nastro si disse che forse aveva ragione Grace.

«Non capisco cosa ci trovi nel saltare su un aereo da un momento all'altro» l'aveva rimproverata l'amica quando aveva scoperto che avrebbe fatto una vacanza di una settimana. «Non può essere divertente, da sola. Se mi avessi dato un po' più di preavviso, magari ti avrei accompagnata.»

Leonie sapeva che Grace non avrebbe lasciato i suoi adorati bebè nemmeno per tutto l'oro del mondo – e lei non l'avrebbe mai preteso –, per non parlare del fatto che in quel periodo la sua amica aveva bisogno di settimane di preavviso anche solo per bere un caffè insieme. No, Grace non amava i viaggi all'estero, perciò non le era passato neanche per l'anticamera del cervello di proporglielo uno. Aveva maturato un paio di settimane di ferie e aveva deciso di farle fruttare.

Da una rapida ricerca in Internet sui last minute nei

Paesi caldi erano saltati fuori i soliti pacchetti in Spagna, Portogallo e compagnia bella, che non le interessavano più di tanto. Era stata sul punto di gettare la spugna quando si era imbattuta in un'offerta per la Tunisia. Non che fosse la meta dei suoi sogni, ma sembrava comunque più allettante della Costa del Sol.

Poltrire per un po' a bordo piscina, immersa nella cultura nordafricana, non sarebbe stato male, e senz'altro un po' di sole le avrebbe fatto bene. Anche se era fine aprile e l'estate si avvicinava, non ricordava quando fosse stata l'ultima giornata di bel tempo.

Ma ora, mentre aspettava con impazienza davanti al nastro trasportatore, con il sudore che le gocciolava lungo la schiena e il puzzo di tabacco che le aggrediva le narici, cominciò a dubitare che fosse stata una buona idea. Fu tentata di andarsene, ma aveva portato con sé quella valigetta minuscola, abbastanza piccola per essere considerata un bagaglio a mano ovunque, tranne che per le regole antiquate e restrittive di quella particolare compagnia aerea. Non c'era da meravigliarsi, dato che il 737 decrepito su cui avevano viaggiato aveva i sedili logori e gli schermi messi anche peggio.

Qualche minuto dopo, finalmente, le arrivò davanti il suo piccolo trolley anonimo, uno dei pochi privo di nastri colorati o altri segni di riconoscimento. Fuori dal terminal fermò un taxi, e con enorme sollievo diede all'autista l'indirizzo dell'hotel.

Le bastò guardare fuori dal finestrino per sentir svanire l'irritazione e rilassarsi. C'era qualcosa di emozionante nell'arrivare in un posto sconosciuto e, anche se lungo il tragitto dall'aeroporto non c'era granché da vedere, era comunque un'esperienza incantevole.

Da sola oppure no, quella era la ragione principale per cui era partita. La sua ultima relazione risaliva a più di un anno prima, e non aveva molte speranze di cominciarne un'altra nell'immediato futuro. Era dura essere una trentenne single a Dublino; il vecchio cliché secondo cui tutti gli uomini migliori erano già impegnati era verissimo. E lei si era stancata di uscire con le amiche e di lanciarsi nel girotondo dei locali notturni sperando di incontrare il principe azzurro. Era un'ipotesi molto inverosimile e, in tutta sincerità, non aveva più l'energia per certe cose. Se avesse conosciuto qualcuno, tanto di guadagnato, ma non voleva cercarlo a tutti i costi.

In realtà invidiava Grace: un marito premuroso, due splendidi bambini e un mucchio di parenti nelle vicinanze. Ma dato che i suoi genitori vivevano entrambi in capo al mondo, e che all'orizzonte non c'era uno straccio di uomo, ne avrebbe fatto a meno. Pazienza, si disse, tentando di scacciare i pensieri negativi e di concentrarsi sulla bella settimana di sole e relax che la aspettava.

Lungo la strada, l'architettura di buona parte degli edifici le ricordava le *Mille e una notte*, perciò ci rimase male quando il taxi si fermò davanti a un hotel turistico ben tenuto ma insignificante. Aveva sperato in qualcosa di un po' più esotico. Al diavolo. Per qualche giorno avrebbe anche potuto accontentarsi.

Giunta in camera, constatò con piacere che il balcone affacciava su una grande e invitante piscina. La stanza era spartana ma pulita, anche se purtroppo priva di aria condizionata. Lungo la schiena le scorrevano rivoli di sudore e aveva bisogno di darsi una rinfrescata. Fissò l'acqua azzurra, illuminata, della piscina. Era tardi, perciò la vasca era vuota e nei dintorni non si vedeva anima viva.

Una rilassante nuotata solitaria era quello che ci voleva per lavare via i postumi del viaggio.

Posò il trolley sul letto e lo aprì per tirare fuori almeno il bikini. Ma dentro la valigia non c'erano i bei vestiti variopinti che si aspettava di vedere: con stupore (e immenso sgomento), si ritrovò a fissare degli indumenti sconosciuti e molto poco colorati.

«Cazzo!» imprecò, intuendo di aver ritirato il bagaglio sbagliato.

Quello di un uomo, evidentemente, uno che sarebbe stato altrettanto contento di ritrovarsi con una bella scelta di calzoncini, prendisole e bikini. Per non parlare della biancheria intima, gemette Leonie tra sé.

Stentava a crederci. Con tutti i posti che aveva visitato e i voli che aveva preso, non le era mai capitato nulla del genere.

Ma *come* era potuto succedere? Okay, aveva sbagliato valigia, ma questo significava che il proprietario del trolley – iniziò a cercare il nome e, magari, l'indirizzo – si era impossessato della sua prima ancora che la mettessero sul nastro? Altrimenti come aveva fatto a confondersi? Richiuse il coperchio e si concentrò sul davanti della valigia. Il trolley era identico al suo in tutto e per tutto, anche se, pensò dandosi della scema, non le era venuto in mente di controllare il cartellino del nome. Mentre lei indicava sempre per bene un recapito, l'uomo misterioso non si era disturbato a farlo: quindi, l'impresa di recupero sarebbe stata ancora più difficile.

Forse il contenuto poteva fornirle qualche indizio?

Cominciò a frugare tra i vestiti, irritata dall'afa opprimente. Chiunque fosse quel tipo, dava l'idea di essere piuttosto ossessivo, rifletté notando le camicie, le T-shirt e i pantaloni accuratamente piegati e... Evitò per un pelo un orribile paio di mutande.

O forse era sua moglie ad avere la mania dell'ordine? Ogni cosa era sistemata meticolosamente, compresi gli articoli da toeletta, le scarpe e i libri, copertine sofisticate e certi titoli che lei non aveva mai sentito nominare. *Uno pseudointellettuale*, dedusse, divertendosi a costruire un'immagine del proprietario. Chissà se lui stava facendo la stessa cosa con i suoi effetti personali. Sperava di no, perché quella nella sua valigia era un'accozzaglia caotica di calzoncini, magliette e abiti mal assortiti, senza contare che il tizio avrebbe senza dubbio arricciato il naso davanti ai romanzi rosa.

Dopo aver passato in rassegna la prima pila di vestiti, la spinse da parte e cominciò a esaminare quella sotto, sperando di trovare finalmente qualcosa di utile per identificare il proprietario (e quindi capire dove cercarlo). Ma le sue dita sfiorarono una scatolina blu semisepolta.

Sgranò gli occhi e, pur essendo consapevole che non avrebbe dovuto farlo, la tirò fuori e la aprì d'istinto. Era un anello. Bello, per giunta. E anche costoso, si disse, studiando con più attenzione la delicata montatura *cluster*. Chi era il pazzo che non teneva un gioiello del genere nel bagaglio a mano?

Chiaramente lo sconosciuto aveva intenzione di fare una proposta di matrimonio durante la vacanza. All'improvviso intuì che, a differenza di lei, il proprietario del trolley doveva essere scocciato e furibondo per il disguido...

Un forte colpo alla porta interruppe le sue riflessioni facendola trasalire.

«Mademoiselle! Mademoiselle!» chiamò con urgenza una voce dal corridoio.

«Arrivo!» fece Leonie precipitandosi ad aprire. Sulla soglia c'era il portiere.

Al suo fianco un uomo alto, sfinito, che stringeva in mano una valigia identica a quella sul letto. Intatta, però.

Leonie sarebbe voluta sprofondare quando lo sguardo incredulo dello sconosciuto si spostò dal mucchio disordinato di vestiti alla scatolina tra le sue dita.

«Cosa diavolo crede di fare?» Le strappò l'anello dalla mano, che lei tendeva in un gesto esitante. «Questo non è suo!»

«Mi dispiace, io...» Era mortificata. Non c'era da sorprendersi che fosse furioso, lo sarebbe stata anche lei al suo posto.

«Ascolti, non è come sembra, stavo solo cercando un nome o un indirizzo...»

Si diede della stupida e della ficcanaso. In realtà, il proposito di rintracciare il proprietario era andato a farsi benedire non appena aveva iniziato a rovistare nella valigia. Perché non aveva tenuto a freno la curiosità?

«Un indirizzo! Pensava fosse inciso sull'anello, forse?»

«No, me lo sono trovato davanti e...» Leonie, impotente, guardò il portiere, che pareva altrettanto scandalizzato dal suo comportamento. «Non volevo rubarlo.» Dio, l'hotel non l'avrebbe denunciata alla polizia, vero? Sapeva che in alcuni Paesi la pena per il furto era il carcere, se non peggio. Ti mozzavano la mano, per esempio. Oddio! Si immaginò rinchiusa nell'equivalente tunisino del Bangkok Hilton, e tutto per la sua stupidissima mancanza di discrezione.

«E io che sono venuto fin qui per restituirle la *sua* valigia...» L'uomo stava già rimettendo gli indumenti nel trolley; frustrato, si passò una mano tra i capelli. Nonostante l'umiliazione, Leonie notò che aveva braccia incredibilmente toniche e occhi di un blu scuro e intenso, quasi viola. Il contrasto tra la realtà e l'idea che si era fatta di lui era così stridente da lasciarla interdetta.

«Sono desolata.» Si vergognava a tal punto di non provare più nemmeno a giustificarsi. «Non volevo essere invadente. Grazie per avermi restituito la valigia, gliene sono molto grata e spero di non averle arrecato troppo disturbo.»

«Sono solo contento di essere arrivato in tempo, altrimenti chissà dove sarebbe finita questa roba» bofonchiò lo sconosciuto.

Suo malgrado, Leonie si indispettì. Non era forse stato lui la causa dello scambio?

«Ehi, un attimo, chi crede di essere per fare irruzione qui dentro e calunniarmi?» lo rimbeccò, accaldata e stizzita. In circostanze normali non si sarebbe neppure *sognata* di rispondere in quel modo. «Ero all'aeroporto che pensavo ai fatti miei mentre aspettavo i bagagli... è stato *lei* il genio che se n'è andato con una valigia senza verificare che fosse quella giusta! Perciò si chieda chi *è* il vero responsabile, prima di accusarmi di aver rubato le sue preziosissime... mutande!» Rimpianse subito di aver fatto riferimento alla biancheria intima.

L'uomo si girò di scatto, con la mandibola contratta ma, per fortuna, anche con una vaga luce divertita negli occhi. «Mutande» le fece eco, stringendo le labbra e, si sarebbe detto, sforzandosi di non sorridere. «Non si preoccupi.» Chiuse la zip del trolley e si avviò verso la porta, dove il portiere lo attendeva imbarazzato. «Tolgo subito il disturbo, così non sarà più costretta a sopportare la loro presenza.»

Una volta risolto il problema dei bagagli, Leonie si concentrò sulla vacanza. Era rimasta così sbigottita per il fatto di essere stata colta in flagrante mentre frugava tra i vestiti di uno sconosciuto, che da allora aveva evitato accuratamente il portiere, terrorizzata da ciò che poteva pensare di lei, una straniera priva di principi morali. Giorni dopo, però, iniziò a sentirsi irrequieta, ed era anche un po' stanca di poltrire da sola vicino alla piscina. Decise così di prenotare una delle escursioni offerte dall'assistente turistico, una gita nel Sahara. Una visita di due giorni sarebbe stata l'ideale per godersi il paesaggio e respirare meglio l'atmosfera della vera Tunisia.

La partenza con il pullman era prevista alle cinque del mattino. Ancora insonnolita, Leonie aspettò davanti all'hotel finché vide il mezzo arrancare lungo il vialetto. A bordo, si accorse con sgomento che c'era un sacco di gente. *Addio sedile accanto al finestrino*, pensò, mentre cercava un posto sperando di non finire stipata accanto a una vecchietta logorroica.

Alla fine ne scorse uno libero, l'ultimo rimasto. Mise la borsa in alto, insieme alle altre, e si era appena seduta quando udì una voce maschile dire: «Sicura che sia la sua?».

Si voltò e vide con orrore che lo sconosciuto, quello del trolley, era seduto dalla parte opposta del corridoio, con un'espressione molto compiaciuta in faccia. Presa alla sprovvista, arrossì. Le ci volle qualche secondo, ma poi disse: «Sì, finché qualcuno non me la porta via».

«Bisogna stare molto attenti alla propria roba, di questi tempi.» L'uomo si era messo comodo, allungando la gamba nel corridoio. «Non si sa mai cosa potrebbe succedere, dove potrebbe finire. Naturalmente, la maggior parte della gente è onesta – molto affidabile –, ma c'è sempre qualcuno che fa eccezione...»

Siccome a quanto pareva si divertiva a stuzzicarla, Leonie recuperò il suo libro e lo aprì.

Lui continuò imperterrito. «Insomma, sarebbe logico pensare che uno *inorridirebbe*, rendendosi conto di aver preso per sbaglio le cose di qualcun altro, e farebbe il possibile per...»

«Ma non sono stata io a sbagliare.» Leonie avvampò. «Qualcuno se l'è svignata con la *mia* valigia, costringendomi a...»

«Rovistare tra la sua biancheria intima?»

Lei si guardò intorno, augurandosi che nessuno stesse origliando. «Gliel'ho già spiegato, volevo solo scoprire chi fosse il *proprietario*» borbottò sottovoce. «Non me ne fregava niente del contenuto e di sicuro non volevo rovistare tra la sua biancheria...»

«Peggio per lei» ridacchiò l'uomo, e, suo malgrado, Leonie sorrise. Gli lanciò un'altra occhiata, decidendo che era molto carino, più di quanto ricordasse. I capelli biondi-rossicci erano ancora umidi per la doccia e la pelle era già leggermente abbronzata. La T-shirt bianca metteva in risalto i bicipiti ben definiti. Non erano niente male nemmeno le gambe, toniche, fasciate dai calzoncini, si disse deglutendo. Quando le tornò in mente l'anello, diede una sbirciatina per vedere se la sua ragazza (anzi, fidanzata) fosse seduta lì accanto, ma c'era solo un altro signore che sonnecchiava appoggiato al finestrino.

Fece un bel respiro, e si sistemò sul sedile per studiare meglio l'uomo. Sarà stato anche bello, ma l'esistenza dell'anello rendeva inutile ogni osservazione di quel tipo.

«Ascolti, mi dispiace per il disguido. Ha ragione; non

avrei dovuto curiosare tra la sua roba e mi rincresce soprattutto per l'anello, ma le assicuro che l'ho trovato per puro caso» disse, consapevole che stava più o meno farfugliando. «Stavo per rimetterlo a posto quando ha bussato alla porta. Non volevo rubarlo, si figuri. Non me lo *sognerei* proprio.»

«Perderlo sarebbe stata un'autentica catastrofe. Se si considera tutta l'organizzazione, tutti gli sforzi per mantenere il segreto e fare in modo che fosse una sorpresa... per non parlare dello stress di dover fare la proposta di matrimonio.»

«Posso immaginarlo.» Aveva già fatto il grande passo?, si domandò Leonie. E se sì, dov'era la fidanzata?

«Mick era così preoccupato che per poco non gli è venuto un infarto. Poveretto, non riusciva più a ragionare, figurarsi a cercare di recuperare il bagaglio.»

«Mick? E chi sarebbe?»

Lui la ignorò. «E ovviamente non poteva dire a Sophie *perché* fosse così agitato. Non poteva mica confessarle di aver perso un anello da duemila dollari quando lei non aveva nemmeno idea che ne avesse comprato uno...»

«Santo cielo» si sbalordì Leonie quando cominciò a capire. «Mi sta dicendo che non era la *sua* valigia?»

«Cosa le ha fatto credere il contrario?» chiese l'uomo con candore.

«La sua sfuriata, tanto per cominciare!» Non sapeva se sentirsi sollevata o irritata. «Ha ributtato dentro i vestiti tutto indignato. Era così seccato che non ho pensato neanche per un *secondo* che potesse non essere sua!»

«Ero reduce da un volo di quattro ore più due ore di ritardo a Dublino, ricorda? E poi quando sono arrivato in hotel sono dovuto uscire con questo caldo e fare una corsa di *un'altra* ora in taxi per restituirle il trolley. I bagagli erano sotto la mia responsabilità e mi sentivo in colpa per aver preso la valigia sbagliata e smarrito la roba di Mick, e ancora di più per...»

«Allora è stato *lei* la causa dell'equivoco. E ha avuto la faccia tosta di incolpare me...»

Lui fece una smorfia, accorgendosi di aver fatto una gaffe. «Porca miseria! Okay, mi ha beccato» sospirò. «E sì, ha ragione. Non dovevo esplodere così, l'altra sera. In realtà è stata tutta colpa mia, presumo.»

«*Presume?* E ha perfino avuto il coraggio di prendersela ancora con me oggi! Incredibile!»

L'uomo sorrise. «Lo so, lo so, chiedo scusa. Ma quando l'ho vista salire, non ho resistito alla tentazione, e poi era solo uno scherzo...»

«Molto spiritoso» ribatté Leonie, accennando un minuscolo sorriso. Seguì un breve silenzio durante il quale finse di essere stizzita. In realtà le aveva fatto molto piacere scoprire che la valigia era di un'altra persona. Per più di un motivo.

A un certo punto lui si allungò verso di lei. «Non avrà creduto davvero che fossero i miei vestiti, eh? E le mutande, poi. Dai...»

Le venne da ridere, ma si costrinse a non guardarlo. «A essere sincera non ci ho più pensato.»

Il lungo viaggio passò in un baleno, ora che poteva condividerlo con un compagno così loquace. L'uomo si chiamava Adam, viveva a Dublino e faceva l'ingegnere in una grande multinazionale a Kildare.

E anche se Leonie non glielo chiese apertamente (non avrebbe mai osato, dopo il malinteso dell'anello), concluse che era single. «Mick ha trascinato alcuni di noi a fare questa vacanza in modo che Sophie non sospettasse niente» disse Adam.

«Questo spiega perché ha messo l'anello nel trolley e non nel bagaglio a mano. Mi era parso strano, infatti...»

«Non poteva permettere che il metal detector rovinasse la sorpresa. Un po' rischioso, ho pensato io. Avevo ragione, anche se siamo stati molto fortunati che l'abbia trovato una persona onesta come te» aggiunse lui in tono scherzoso.

Lei ignorò il commento. «E Mick ha già chiesto la sua mano?»

«No, non ha ancora trovato il coraggio, e a quanto ne so nemmeno due minuti per restare solo con lei. Ragione in più per non portarsi dietro il gruppo di amici» osservò Adam ironico.

«In quanti siete?»

«Nove in tutto. Quattro coppiette e io. Sinceramente, temo che la situazione sia un po' sfuggita di mano. All'inizio saremmo dovuti venire solo io, Mick, Sophie e un'altra persona o due, ma di colpo si è aggregata tutta la banda. Siamo amici da una vita, e quando si è sparsa la voce nessuno ha voluto rinunciare.»

«In effetti non è molto romantico.» Leonie avrebbe odiato avere tutta quella gente intorno in un momento così privato.

«Sono d'accordo, ma Mick è fatto così. Spero con tutto il cuore che quando si farà avanti, Sophie accetterà.»

«Avendo visto l'anello, propenderei per il sì.»

«E di te che mi dici? Sei qui da sola?»

Leonie annuì, augurandosi che non la prendesse per una sfigata. «È stata una decisione dell'ultimo minuto e le mie amiche avevano altri impegni. Ma non mi dispiace, anzi adoro viaggiare per conto mio.»

«Allora non farti scrupolo a dirmi di togliermi dai piedi e lasciarti in pace. Ho prenotato questa escursione solo perché non sono mai stato in Tunisia e avevo voglia di fare qualcosa di diverso. E avevo bisogno di allontanarmi un po' dalle coppiette. Non fraintendermi, sono miei amici e gli voglio un bene dell'anima, ma...»

«Troppo sdolcinati?»

«Al contrario, non fanno che litigare. Quelli sposati sono i peggiori, ma anche Sophie e Mick ci danno dentro. A volte mi chiedo perché la gente si sposi. Ma come dicevo, non temere, non voglio romperti le scatole. Sarò felicissimo di starmene seduto qui a guardare fuori dal finestrino e a sentire questo tipo che russa» rispose Adam con una scintilla divertita negli occhi.

Leonie, però, non aveva nessuna voglia di essere lasciata in pace, così continuarono a chiacchierare con naturalezza.

Più si allontanavano dalle aree turistiche, più la vegetazione si diradava. I cammelli vagavano qua e là, alcuni ogni tanto tagliavano addirittura la strada al pullman.

Videro i pastori nomadi che barattavano o vendevano pecore e capre sul ciglio della carreggiata, mentre i bambini li salutavano dalla strada.

«È piacevole starsene sdraiati a bordo piscina, ma sono sempre contento quando faccio cose di questo genere» commentò Adam durante la sosta-pranzo a Nefta, un grazioso paesino di case color sabbia ai margini di una spettacolare oasi affacciata su un tripudio di palme, melograni e albicocchi.

«Anch'io.» *Per più di una ragione*, pensò Leonie.

Fecero un'altra sosta a Matmata, un villaggio di abitazioni scavate nel terreno, nascosto in un paesaggio lunare.

Quel luogo era stato uno dei set del primo *Guerre stellari* – ci abitava Luke Skywalker –, e siccome Adam era un appassionato dei film volle visitarlo a tutti i costi. Esplorare gli alloggi fu affascinante, sembrava di mettere piede in un'altra epoca, se si ignoravano le antenne televisive che spuntavano dal terreno.

Quando il pullman arrivò a destinazione, a pochi passi dalle dune del Sahara, Leonie sentì svanire la stanchezza del viaggio. Immense onde di finissima sabbia dorata si susseguivano a perdita d'occhio, sotto il cielo azzurro più limpido che lei avesse mai visto.

I passeggeri smontarono e si avvicinarono con entusiasmo ai cammelli allineati davanti alle dune, fermi lì in attesa di poter mostrare loro il deserto come meritava di essere visto. Quando tutti si furono muniti di burka per proteggersi dalla sabbia e dal sole, Leonie seguì l'esempio della guida e salì su un cammello inginocchiato. Si mise a cavalcioni, aspettando pazientemente che si alzasse e si incamminasse con la sua andatura flemmatica, ma l'animale sgroppò all'improvviso scaraventandola a terra.

«Oh!» gemette scioccata. «Cosa ti ho fatto?»

«State facendo amicizia?» sghignazzò Adam dall'alto del proprio cammello beneducato, mentre Leonie si ripuliva dalla sabbia e, riluttante, faceva un altro tentativo. L'animale, apparentemente soddisfatto di averle mostrato chi comandava, si raddrizzò e si avviò senza protestare. Lei si irrigidì un po', colta di sorpresa dall'altezza e dallo strano movimento sussultorio. «Si direbbe che tu abbia la brutta abitudine di partire con il piede sbagliato, eh?» rincarò Adam mentre procedevano.

«Molto divertente» ribatté offesa.

Di lì a qualche minuto fu come se fossero atterrati su

un altro pianeta. Leonie non riusciva a credere all'immensità della distesa sabbiosa. Il silenzio assoluto toglieva il respiro. E quando, al tramonto, le dune dorate si tinsero lentamente di arancione scuro, sbirciò Adam e capì che era colpito quanto lei.

«Magnifico, vero?» mormorò lui.

«Altroché.» L'incantesimo, tuttavia, si spezzò, perché il cammello decise di fare una piccola pausa. «Ehi!» urlò Leonie quando l'animale si piegò sulle ginocchia, gettandola di nuovo a terra come un sacco di patate.

Adam trovò la scena molto spassosa, e non poté evitare di ridere quando fu costretta a spazzolarsi via la sabbia per la seconda volta. Leonie avrebbe preferito non risalire sull'animale scorbutico – evidentemente tra loro non c'era feeling –, ma non aveva scelta, a meno che non volesse tornare indietro a piedi.

Così, quando arrivarono in hotel era indolenzita e coperta di lividi e sabbia. Adam, invece, aveva solo fame.

«Che ne dici, doccia e ci rivediamo qui per cena?» propose con scioltezza, come se si conoscessero da anni.

Lei accettò con piacere. «Volentieri. Facciamo tra un'ora?»

«Perfetto.»

In camera, sotto il getto d'acqua gradevolmente freddo, in un hotel sconosciuto ai confini del Sahara, Leonie sorrise. Aveva la netta sensazione che quello fosse l'inizio di qualcosa di fantastico.

6

Era la vigilia di San Valentino, una delle giornate più frenetiche che avesse mai avuto al Flower Power. Lei e Marcy avevano sgobbato come muli per tutto il giorno, prendendo ed evadendo a un ritmo febbrile gli ordini da spedire l'indomani mattina presto, oltre che preparando i mazzi di fiori per i clienti che senza dubbio sarebbero passati di persona il giorno dopo.

La ressa di San Valentino era un fenomeno molto particolare; Leonie aveva l'impressione di nuotare da ore in un mare di rosa e rosso. Di sicuro la situazione era altrettanto spasmodica anche a Dublino, ma non avendola mai vissuta dal punto di vista dei negozianti, non ci aveva mai fatto caso.

«Questa mancanza di romanticismo è incredibile!» si lamentò con Marcy dopo aver preso l'ordine telefonico dell'ennesimo uomo che l'aveva pregata di scrivere «quello che le pare» sul biglietto. E molti altri entravano in negozio sperando nella buona sorte e chiedendo mazzi preconfezionati per la loro dolce metà, il che non rispecchiava esattamente lo spirito della ricorrenza. «Certa gente non ci mette un briciolo di impegno.» Indicò la pila di ordini generici e di bigliettini insulsi.

«Benvenuta nel settore della regalistica, mia cara» replicò Marcy asciutta. «Cosa ti aspettavi? Shakespeare?»

«No, ma speravo in qualcosa di più dolce e originale di "Buon San Valentino".»

«Be', sei proprio una romanticona!» la canzonò l'altra. «Ma cambierai presto idea, te lo assicuro. Sai, alla maggior parte degli uomini non frega niente di tutte queste smancerie; le fanno solo perché devono.»

«Già» disse Leonie cupa. La giornata aveva infranto tutte le sue illusioni. Non sapeva cosa aveva immaginato, ma certo non quella smania convulsa, quella specie di catena di montaggio. A Dublino, Adam le aveva sempre spedito un mazzo di rose rosse al lavoro e l'aveva portata fuori a cena la sera. Un tantino banale e insignificante, a ben pensarci, ma a lei erano sempre piaciuti i semplici riti della festa degli innamorati.

Visto da un'altra prospettiva, tutto appariva diverso.

«Immaginavi dichiarazioni di amore eterno?» Marcy diede l'ultimo tocco a un bouquet di rose rosse, uno delle centinaia che aveva già preparato. «Gli irlandesi sono così sdolcinati?»

«No, ma...»

«Ma chiaramente qualcuno lo è stato» la interruppe l'altra con un sorriso allusivo, e Leonie si pentì di aver tirato fuori l'argomento. Fino ad allora Marcy era stata una datrice di lavoro simpatica ed espansiva, ma lei non era ancora pronta a confidarle le ragioni del suo trasferimento. Di sicuro la donna sospettava che c'entrasse un uomo, come dimostravano le punzecchiature, ma perlomeno non insistette. «Be', sdolcinato o no» continuò, «abbiamo un sacco da fare, oggi, perciò rimbocchiamoci le maniche.»

«Non potrei essere più d'accordo.» Leonie, sollevata, rispose al telefono per la millesima volta.

Quando finalmente chiusero alle sette di quella sera, dopo dieci ore filate di lavoro, fu felice di tornare alla pace e al silenzio di Green Street. Infilò la chiave nella serratura, decidendo che un lungo bagno caldo seguito da un bel programma televisivo era proprio quello che le serviva dato che l'indomani sarebbero state ancora più impegnate e...

Lasciò il ragionamento a metà, perché aprendo il portone intravide una busta sul pavimento dell'ingresso. Spalancò gli occhi.

Wow, c'era posta per lei! Ora sì che si sentiva a casa. Ma chi poteva averle scritto?

Sorrise quando si chinò a raccoglierla. L'ultima volta che avevano parlato, Grace le aveva chiesto l'indirizzo per spedirle un bigliettino di benvenuto nella nuova casa, perciò probabilmente si trattava di quello. Per un attimo aveva temuto che Adam avesse scoperto il suo recapito, ma non era il tipo da...

Oh, ma c'erano due buste.

Mentre saliva nell'appartamento aprì la prima, e come previsto trovò un caloroso biglietto dell'amica. Suo malgrado, aveva gli occhi lucidi quando lesse il breve messaggio.

Congratulazioni. Spero tu sia felice nella casa nuova, ma non troppo! Ci manchi e ci auguriamo che torni molto presto. Con affetto, Grace, Ray, Rocky e Rosie. XX

Strappò distrattamente la seconda, sentendosi sola e un po' triste. Certo non era stata quella l'intenzione di Grace, ma non poté farne a meno. Era come se... Si bloccò quando estrasse un foglio piegato.

Cara Helena,

non sono sicuro che tu viva ancora qui, probabilmente no, e so che è passato un po' di tempo, ma volevo solo farti sapere che mi dispiace...

Corrugò la fronte. Che diavolo era? Di colpo le venne in mente una cosa. Raccolse la busta stracciata e la capovolse.

«Oh, che scema» si rimproverò. Nella fretta non aveva controllato il nome del destinatario, dando per scontato che la lettera fosse per lei. Invece era indirizzata a Helena Abbott.

Sentendosi stupida, e anche un po' in colpa per aver aperto la corrispondenza di un'altra persona, rinfilò il foglio nella busta nel tentativo di rimediare all'errore. Ma non c'era modo di sigillarla, dato che l'aveva fatta a pezzi. Si morsicò il labbro, pensando al da farsi. L'ex inquilina continuava a ricevere posta lì, ma l'agenzia immobiliare non aveva il suo recapito. Quindi cosa doveva fare?

Riaprì la lettera e la studiò. Era molto breve – solo qualche riga scarabocchiata –, scritta da un certo Nathan. Stava leggendo il testo in cerca di un indirizzo, o di qualche indizio sulla provenienza, quando una frase particolare attirò la sua attenzione.

Hai ricevuto le altre lettere che ti ho spedito? Non hai mai risposto (è comprensibile, suppongo), ma spero almeno che siano servite a spiegarti alcune cose.

Altre lettere? Ripensò al cofanetto che aveva trovato in fondo all'armadio. Il mittente si riferiva forse a quelle?

Scrutò la grafia, provando a fare un confronto. Difficile da stabilire, ma di sicuro somigliava molto al corsivo elegante che aveva già visto. Incuriosita, andò in camera a prendere il cofanetto.

Seduta sul letto, aprì il cellophane ed estrasse una busta. Sì, la scrittura era *indubbiamente* la stessa. Tirò fuori anche le altre: sì, non c'erano dubbi. Erano tutte intatte, dunque Helena Abbott non le aveva lette nonostante il mittente – come si chiamava? ah, sì, Nathan – si augurasse il contrario. Non solo: la donna le aveva pure dimenticate nell'appartamento quando se n'era andata. Che razza di storia era?

Lo stomaco le gorgogliò, rammentandole che non aveva ancora mangiato. E che quella faccenda non aveva nulla a che vedere con lei. Tuttavia, non resistette alla tentazione di rileggere il breve messaggio. Sembrava molto gentile, questo Nathan, e ansioso di ricevere notizie di Helena e di sapere se le lettere fossero servite a spiegarle... qualunque cosa andasse spiegata.

Si sentì in colpa. Avrebbe dovuto avvisarlo che l'ex inquilina si era trasferita e che non aveva letto un bel niente. Ma d'altronde, sulle buste non c'era nessuno indirizzo!

Cosa doveva fare?, si chiese spostandosi in cucina per preparare la cena. Probabilmente ne sarebbero arrivate altre, una bella scocciatura. E dato che Nathan non avrebbe mai ottenuto la risposta tanto attesa, c'era il rischio che un giorno si presentasse alla sua porta chiedendo di Helena... Chissà cos'era successo tra loro. *No*, si disse, con un turbinio di pensieri che le vorticava in testa mentre infilava un piatto surgelato nel microonde, *meglio stroncare il problema sul nascere, e il prima possibile.*

Dopo cena, ragionò, magari poteva aprire un'altra busta e dare una sbirciatina. E se avesse trovato qualcosa, avrebbe provato a contattare Nathan e a spiegargli l'accaduto. Probabilmente, ammise, non era il massimo della correttezza, ma aveva scelta?

Mia cara Helena,

è passato un po' di tempo dalla mia ultima lettera e, pur non aspettandomi una risposta, spero ti abbia aiutata a capire perché ho agito come ho agito. Sono sicuro che mi odi, ma, se ti è di consolazione, io odio me stesso ancora di più.

Sono stato egoista, stupido e ottuso... tutte le cose di cui mi hai accusato e, anche se all'epoca non ho voluto ascoltare, ora ho capito che avevi ragione su tutta la linea. È troppo tardi per chiederti scusa?

Per favore, credimi quando ti dico che ti amo più di qualsiasi altra cosa al mondo. Qualunque cosa succeda, e nonostante l'opinione che hai di me, non dimenticarlo.

Ti prego, perdonami,
Nathan

Leonie posò il foglio sul divano e fissò il vuoto, con una miriade di pensieri che le vorticava di nuovo nella mente. Dopo cena aveva portato il cofanetto in salotto e aperto con delicatezza la prima lettera della pila.

Dopo le prime due righe non era più riuscita a fermarsi. Sì, non avrebbe dovuto leggerla tutta, soprattutto perché stava solo cercando l'indirizzo del mittente, ma non aveva resistito alla curiosità.

A ogni modo, era così stringata che l'aveva finita prima di rendersene conto, e in realtà il testo non rivelava granché.

Ma era tutto piuttosto misterioso, no? Chi era quell'uomo? Chiaramente era il partner di Helena – o il suo ex – e voleva rientrare nelle sue grazie dopo averle fatto uno sgarbo.

Ti prego, perdonami.

Avrebbe tanto voluto saperne di più. Un'altra coppia divisa, come lei e Adam, forse? Se così era, tutto faceva credere che Nathan avesse sbagliato e, qualunque cosa avesse combinato, chiaramente si era pentito. Altrimenti perché chiedeva perdono a Helena? In più, ignorava che lei si fosse trasferita, infatti continuava a spedire le lettere a quell'indirizzo.

L'ex inquilina *non* poteva averlo perdonato, rifletté. Non senza leggere le lettere nel cofanetto. Ed era probabile che fosse quello il motivo per cui ce n'erano così tante, ancora sigillate. Riprese a fare congetture. Helena non aveva aperto le buste perché il comportamento di Nathan doveva essere stato così grave da convincerla a ignorarlo.

La curiosità era sempre più forte. Soprattutto perché quella situazione aveva qualche somiglianza con la sua. L'uomo era deciso a riconquistare Helena, ma in realtà non immaginava che lei non avesse letto le missive precedenti. Figurarsi perdonarlo, quindi… Rilesse la pagina.

Sono sicuro che mi odi, ma, se ti è di consolazione, io odio me stesso ancora di più.

Cosa diavolo aveva fatto? Non sembrava uno che teneva il piede in due scarpe: anzi, sembrava molto dolce, e senza dubbio era ancora innamorato cotto di Helena.

Ma, poverino, non sapeva che non avrebbe mai ricevuto risposta e che stava solo perdendo tempo.

Comunque – Leonie sospirò –, quelle parole non servivano per rintracciare i diretti interessati perché mancava il recapito del mittente.

Non era strano che non ci fosse? Forse no, trattandosi di una lettera di quel genere. Dopotutto, se Helena era il grande amore di Nathan, era verosimile che sapesse dove rintracciarlo.

Doveva essere così, a meno che... Ridiede libero corso alla fantasia, vagliando un'altra possibilità: forse Nathan non aveva indicato l'indirizzo perché non voleva che Helena lo trovasse.

Ma in quel caso, perché aveva scritto *Pur non aspettandomi una risposta*?

Frugò tra le altre lettere, sperando di trovare quella che avrebbe dovuto «spiegare alcune cose». Si erano mescolate, quando le aveva rovesciate il primo giorno, e le date erano in parte illeggibili, perciò era impossibile ricostruire la sequenza cronologica.

Doveva aprirne un'altra? Si morsicò il labbro, già assalita dal rimorso.

«Fatti gli affari tuoi, impicciona!» si rimproverò, accantonando il cofanetto e accendendo la TV. Era tardi, era stanca e aveva imparato la lezione. Santo cielo, la curiosità le aveva già procurato abbastanza guai in passato.

Doveva uscire di più, magari iscriversi a un circolo o roba del genere, qualunque cosa la aiutasse a ingannare il tempo e a smettere di immischiarsi nei fatti altrui. Sì, era una buona idea, decise, facendo zapping alla ricerca di un programma interessante.

Ma per quanto cercasse di dimenticare le lettere, continuò a congetturare su Helena e Nathan e su cosa poteva essere andato storto nella loro relazione.

Mia cara,

come stai? Mi manchi da morire, ma più di qualsiasi altra cosa spero che tu sia felice. Non so dirti quanto mi dispiace e spero davvero che un giorno capirai e che forse in futuro, se non è pretendere troppo, mi perdonerai.

Non riesco a smettere di pensare a te e a quanto mi manchi. Ho nostalgia del tuo sorriso, della tua risata, del profumo della tua pelle, e mi fa impazzire non poterti stringere e dirti che ti amo.

Mentre scrivo queste righe, ti immagino seduta al tuo posto preferito, sul davanzale della finestra, intenta a guardare il ponte. Forse la nebbia mattutina scende lentamente sulle torri, invadendo la baia come piace a te. Hai sempre adorato il ponte e, anche se non ho mai condiviso questa tua predilezione, come potrebbe non essere speciale anche per me, visto che è il luogo in cui ci siamo conosciuti?

Ricordo ancora com'eri quel giorno, con i capelli lunghi mossi dalla brezza, e i tuoi bellissimi occhi verdi concentrati alla ricerca dell'angolazione giusta per lo scatto perfetto. La macchina fotografica era più o meno un prolungamento del tuo corpo, allora.

Era una splendida mattina, con l'arancione acceso delle torri che spiccava contro il cielo limpido. Hai sollevato l'obiettivo per immortalare la scena, e questo imbranato ti ha urtata, rovinando ogni cosa...

Sdraiata sul letto con la lettera in mano, Leonie sentì un groppo in gola. Era così tenero!

Era l'una, e suo malgrado aveva pensato alle lettere per tutta la sera, cedendo alla tentazione di aprirne un'altra per vedere se contenesse qualche informazione utile. E poi, cavolo, *moriva* dalla voglia di scoprire cosa fosse accaduto alla coppia!

Non stava trovando risposte ai suoi quesiti. Però Nathan sembrava proprio un tipo dolce, affettuoso e romantico. Le sue belle frasi e il racconto di come si erano incontrati sul ponte le davano quasi l'impressione di conoscerli bene, e poi scoprire che anche Helena amava sedersi nel bovindo a guardare il Golden Gate le faceva sentire una certa affinità con lei.

Ho nostalgia del tuo sorriso, della tua risata, del profumo della tua pelle, e mi fa impazzire non poterti stringere e dirti che ti amo.

Quando si era incrinato il rapporto? Era palese che fosse stato amore a prima vista, ma allora cosa diavolo era successo? Cosa poteva aver fatto Nathan di così grave?

Ti prego, perdonami.

Cosa cavolo aveva combinato?

7

Il mattino dopo decise di confidare a Marcy che aveva aperto le lettere. «So che non dovevo, ma non ho potuto farne a meno.»

Mancavano pochi minuti alle otto ed erano nel retro a caricare le prime consegne sul furgone, dopodiché avrebbero aperto il negozio, pronte per la girandola di San Valentino.

«Sai che aprire la posta altrui è reato, vero?» disse Marcy dubbiosa.

«Sì, ma...» Leonie fu colta dal panico. Si era lasciata trasportare dal contenuto delle lettere al punto di non prendere in considerazione quelle implicazioni. «Ma la prima volta è stata del tutto involontaria. Credevo che la lettera fosse per me.»

«Però questo non giustifica le altre, non trovi?» Marcy confrontò il carico con la bolla di consegna e rientrò.

«Be', no.» Leonie arrossì, seguendola. «Ma vorrei restituirle.»

«Perché? Sono solo lettere.»

«Oh, no, dovresti leggerle, Marcy, sembra davvero pentito e così sincero...»

«Non ne dubito, tesoro, ma purtroppo lui non è un nostro cliente, mentre quelli sì.» La donna indicò la fila sempre più lunga davanti al negozio.

Leonie si era lasciata talmente trascinare dal dramma di Nathan da aver quasi dimenticato che quel giorno c'erano moltissimi uomini a cui serviva aiuto per far felici le loro dolci metà. La maggior parte di questi uomini si trovava fuori dal Flower Power in quel momento, con l'aria piuttosto spazientita.

«Porca miseria» trasalì. «Si direbbe che facciano sul serio, eh?»

«Già.» Marcy sorrise e aprì la porta per far entrare la prima ondata di clienti scalpitanti. «Se credevi che ieri fosse stata una giornata faticosa, non hai ancora visto niente.»

Verso mezzogiorno, Leonie stava ricontrollando le consegne pomeridiane quando qualcosa sulla bolla attirò la sua attenzione.

«Guarda qui.» Indicò a Marcy il campo del destinatario. «Questo è il mio indirizzo.» I fiori erano per qualcuno che viveva nell'appartamento al pianterreno della casa in Green Street, uno dei vicini che non aveva ancora conosciuto. «Potrei portarglielo quando rientro e risparmiare un viaggio ai fattorini» si offrì, sapendo che quel giorno i furgoni avrebbero girato come trottole per consegnare tutta la merce in tempo.

Marcy parve gradire la proposta. «Non ti dispiace?»

«Certo che no, ci passo davanti. E se non altro, sarà un pretesto valido per conoscere uno dei miei vicini.»

«Hai un secondo fine, allora» la punzecchiò Marcy studiando la lista. «Alex Fletcher» lesse ad alta voce. «Non si capisce se sia uomo o donna, ma per il tuo bene, tesoro, spero sia un bel fusto con un sacco di soldi.»

«Non è per *questo* che mi sono offerta di portarglieli! Credimi, le complicazioni di quel tipo sono l'ultima cosa di cui ho bisogno.»

«Diamo un'occhiata al biglietto e vediamo se salta fuori qualcosa, tanto per sicurezza» aggiunse l'altra con fare malizioso. Andò nel retro a prendere il bouquet. «Se la memoria non mi inganna, sono stata io a scriverlo... certo... eccolo.» Staccò il rettangolo di cartoncino da un generoso bouquet di rose rosse. «Dice solo: "Indovina chi è?".» Scrollò le spalle, delusa. «Non è molto romantico e non fornisce nessun indizio.»

«E per di più è anonimo.» Leonie sbirciò da sopra la spalla di Marcy. «Non ricordo di aver preso questo ordine al telefono. E tu?»

«Come potrei? Ne sono arrivati un migliaio, questa settimana.» Marcy rimise il biglietto nella busta e lo riattaccò al bouquet. «Uomo o donna, ad Alex basterà sapere che sta per ricevere il miglior mazzo di rose nell'area della baia.»

«Non mancherò di riferirglielo.»

«Brava. E dimmi, aspetti anche tu dei fiori, oggi?» Marcy cercò di suonare noncurante. «Dall'Irlanda, magari?»

«No, e anche se fosse, sarei tentata di rispedirli al mittente.»

«Ah, sì? Perché?»

Leonie sorrise tra sé, sapendo che probabilmente l'altra stava facendo mille congetture. «Perché ho imparato che San Valentino non c'entra niente con il romanticismo, ed è semplicemente una redditizia operazione commerciale» scherzò.

«Come vuoi, tesoro.» Marcy le fece l'occhiolino, e tornarono al lavoro.

Quella sera, come promesso, Leonie portò il mazzo di rose in Green Street.

Non si reggeva in piedi dalla stanchezza, ma per fortuna Marcy era stata così gentile da ordinare una cena da asporto dopo la chiusura, così almeno non doveva preoccuparsi di cucinare. Era bello, dopo tante ore di lavoro, potersi rilassare e prendersela comoda; le restava solo quell'ultima consegna da fare.

Mentre bussava al portone accanto al suo, si diede una rapida sistemata ai capelli. Era probabile che, reduce da quella lunghissima giornata, in quel momento fosse molto più che scarmigliata, chissà cosa avrebbe pensato il vicino – o la vicina – di una rossa tutta arruffata sulla soglia di casa…

Si meravigliò quando ad aprire fu una ragazza, non troppo presentabile nemmeno lei. Era alta, magra come un chiodo e, sospettò Leonie, normalmente bellissima, ma in quel momento aveva gli occhi gonfi e arrossati.

«Non posso crederci.» Fissò le rose sbigottita. «Altri fiori!»

«Mmh, consegna per Alex Fletcher» annunciò Leonie titubante. Non era più sicura che fosse stata una buona idea. La sua vicina non dava l'impressione di essere contenta, anzi sembrava sconvolta.

«Portali via, per favore.» La ragazza indietreggiò nell'ingresso, come se i fiori scottassero.

Leonie non sapeva cosa pensare. La ragazza stringeva un fazzoletto e aveva gli occhi lucidi. Oddio, era possibile che i fiori non fossero per San Valentino?

«Mi rincresce molto disturbarti» si scusò, «ma lavoro da Flower Power, il fiorista vicino alla Van Ness Avenue, e questi sono per una certa Alex Fletcher che…»

«Mi dispiace, ma non posso accettarli. Puoi riportarli indietro, per favore? Non voglio altri fiori. Odio i fiori! O meglio, loro odiano me. Maledetta allergia.» Tirò su con il naso, e solo allora Leonie capì.

«Questa è la *terza* consegna, oggi, e non è più divertente. Non che lo sia mai stato, ma spero di essermi spiegata. Comunque, non posso accettare nemmeno questi. E fammi indovinare, sono anonimi.»

«Ma...» Leonie non sapeva come comportarsi; quando però Alex starnutì di nuovo, decise che forse era meglio non insistere. «Sono desolata.» Si voltò per andarsene. «Domani li riporto al negozio, e comunicherò al mittente che non è stato possibile effettuare la consegna. Gli rimborseremo l'importo sulla carta di credito.»

«Aspetta un attimo» la fermò Alex.

«Sì?»

«Carta di credito, hai detto. Quindi sai chi li ha spediti?»

Leonie esitò. «Be'...»

«Sono anonimi, okay, ma il mittente deve aver lasciato un nome quando li ha ordinati. Soprattutto se ha usato la carta di credito.»

«Sì, ma temo che non siamo autorizzati a fornire informazioni di questo tipo...»

«Ascolta, tesoro, non è uno scherzo. Io sto malissimo.» Per sottolineare il concetto, Alex indicò gli occhi che lacrimavano. «Non so chi mi stia mandando tutti questi fiori. O meglio, un'idea ce l'ho ma devo essere sicura. Perciò che ne dici se domani vengo in negozio... Come hai detto che si chiama?»

«Flower Power. È a pochi isolati da qui, vicino alla Van Ness Avenue.»

«Flower Power.» Alex abbozzò un sorriso, e nonostante gli occhi arrossati e il viso chiazzato, Leonie intuì che era davvero molto bella. «Scommetto che il proprietario è un ex hippy?»

«L'avevo pensato anch'io, però no, ha solo uno spiccato senso dell'umorismo.»

«Oh, capisco. Allora voi mi dite chi ha fatto l'ordine, e io gli spezzo le ossa. Ehi, stavo scherzando» si affrettò ad aggiungere davanti all'espressione inorridita di Leonie.

Lei si era pentita di essersi offerta di consegnare le rose. La situazione era piuttosto bizzarra. Avrebbe dovuto chiedere a Marcy se fosse lecito o no fornire i dati del mittente; non era così semplice. E qualcosa le diceva che Alex Fletcher non era il tipo da accettare un no come risposta.

«Devo andare.» Si girò. «Domani riporto le rose al negozio e vedo cosa posso fare per aiutarti.»

«Vicino alla Van Ness Avenue, hai detto?»

«Esatto. Vengo proprio da lì.» Leonie indugiò, cercando di decidere se dirle che erano vicine di casa. Tanto l'altra l'avrebbe scoperto, prima o poi. «Di solito non sono io che faccio le consegne, ma vivo al piano di sopra e oggi è stata una giornata pazzesca, tra San Valentino e tutto il resto, così ho pensato, dato che ero di strada...»

«Allora *c'era* qualcuno.» Alex annuì con fare solenne. «Ero sicura di non avere immaginato i rumori.»

Leonie era mortificata. «Spero di non averti dato troppo fastidio...»

«No, no, me ne sono accorta solo perché l'appartamento era vuoto da un bel po'. Benvenuta in Green Street.» Un sorriso le illuminò il volto. «Piacere di conoscerti...?»

«Leonie.» Le strinse la mano, cercando di tenere i fiori a debita distanza.

«Con quell'accento, non sei dell'area della baia, immagino?»

«No, sono irlandese. Di Dublino.»

«Posto magnifico. In realtà non ci sono mai stata, ma deve essere splendido.»

Alex sorrise, e Leonie rimase colpita dalla sua bellezza. Gli enormi occhi marroni conferivano ai suoi lineamenti un aspetto delicato, fragile, in netto contrasto con il comportamento spavaldo e la parlantina disinvolta.

«Come dicevo, benvenuta in Green Street. Questo è un ottimo quartiere e spero ti troverai bene.»

«Grazie.»

Seguì un breve silenzio durante il quale nessuna delle due seppe cosa dire o fare.

«Ehi, perché non entri a bere un caffè?» la invitò Alex alla fine.

Leonie esultò. «Sicura? Non vorrei essere invadente.»

«Nessun problema. Me ne stavo preparando una tazza e mi farebbe piacere un po' di compagnia. E poi devo farmi perdonare per esserti saltata in testa. Mi dispiace.»

«Non preoccuparti. Però prima è meglio sbarazzarsi delle rose. Le porto di sopra e torno, okay?»

«Va bene.»

Contenta al pensiero di poter fare due chiacchiere con la vicina, Leonie corse su per le scale. Posò i fiori sul pavimento accanto al sofà, si diede un'occhiata alla ricerca di eventuali granelli di polline, e stava per uscire quando lo sguardo le cadde sul cofanetto aperto vicino alla finestra.

Mmh, pensò chiudendo la porta. Alex viveva lì da qualche tempo: conoscerla meglio sarebbe stato utile per più di un motivo.

«Wow, questo posto è davvero favoloso» disse varcando la soglia.

L'appartamento era simile al suo per dimensioni e disposizione, ma molto più accogliente e confortevole. Cuscini variopinti di varie forme e grandezze erano sparpagliati su un vecchio divano dall'aria comoda, e le pareti erano punteggiate di originali tele contemporanee. Sulla moquette era posato un computer portatile aperto. Una confezione semivuota di antistaminici sul tavolino confermava la storia dell'allergia che, notò Leonie, in assenza dei fiori sembrava essersi placata un pochino.

«Accomodati pure.» Alex tolse un fascio di giornali dal sofà. «Scusa il disordine, ma sono stata male e sono rimasta indietro con il lavoro. Ho rifiutato la consegna di questa mattina, ma poi ne ho ricevuta un'altra in ufficio.»

«E non hai idea di chi te li abbia mandati? Perché qualcuno dovrebbe fare una cosa del genere, sapendo che sei allergica?»

«Oh, un'idea me la sono fatta» fu la risposta criptica. «Perciò ti sarei grata se domani potessi darmi un nome.»

«Come ho detto, vedrò cosa posso fare.» Avrebbe dovuto chiedere il permesso a Marcy. «Da quanto abiti qui?» domandò mentre Alex preparava il caffè.

«Da qualche anno» rispose l'altra. Allora doveva aver conosciuto Helena, ragionò Leonie. «È vicino all'ufficio e l'affitto è modico, anche se come vedi l'appartamento è un po' piccolo per tutta la mia roba.»

Leonie sorrise. In effetti non era rimasto molto spazio libero.

«E tu?» Alex le porse una tazza e si sedette sulla poltrona di fronte. «Quando hai traslocato?»

«Qualche settimana fa. Ci ho messo un po' a trovare

una casa che mi piacesse, ma di questa mi sono innamorata a prima vista. Adoro le dimore vittoriane.»

«Già, le "signore dipinte" sono insuperabili» concordò Alex. «Il riscaldamento costa una fortuna, ma sempre meglio di quei palazzoni orrendi giù al molo.»

«O dell'Holiday Inn.» Leonie le raccontò della sistemazione precedente.

Chiacchierarono per un po', e Alex le disse del suo programma televisivo.

«*Dalla baia e dintorni*? Aspetta un attimo, mi pare di averlo visto! Di recente non è andato in onda un servizio sul salvataggio di un orso?»

Alex sorrise orgogliosa. «Sì, siamo noi.»

«Wow, che lavoro fantastico!»

Leonie era estasiata. Aveva appena conosciuto dal vivo una persona che lavorava in TV... Grace sarebbe diventata verde d'invidia!

«E di te cosa mi racconti?» chiese Alex. «Cosa ti porta sulla costa occidentale?»

Leonie si irrigidì un tantino. «Volevo solo cambiare aria» rispose vivace. «L'Irlanda è meravigliosa, ma non mi piace fermarmi troppo a lungo nello stesso posto. E lì il clima è tutt'altro che gradevole.» Fece un sorriso stiracchiato.

Alex la guardò dritta negli occhi, e per un secondo Leonie ebbe la sensazione che le avesse letto nell'anima. Ma poi disse: «Già, lo penso anch'io. I prati verdi vanno benissimo, ma preferisco il sole e il cielo azzurro».

«Infatti.» Leonie si diede della scema, per aver anche solo pensato che una perfetta estranea potesse intuire qualcosa della sua vita. In ogni caso, decise, meglio cambiare argomento. «Dimmi una cosa» azzardò, «l'inquilina che viveva di sopra prima di me... Per caso hai il suo recapito?»

«La coppia, intendi? A essere sincera li conoscevo solo di vista.»

Allora avevano abitato lì *entrambi*, dedusse Leonie. Questo sì che era interessante.

«Che tipi erano?»

«Non saprei. Abbastanza simpatici, mi pare. Perché?»

«Continuo a ricevere della posta per loro, o meglio per lei, e volevo spedirgliela.»

Leonie non le disse di essere a conoscenza dell'identità del mittente. Tanto per cominciare, non voleva che Alex la scambiasse per una ficcanaso; e poi, come aveva specificato Marcy, aprire la corrispondenza altrui era reato.

«Temo di non poterti aiutare, ma immagino che l'agenzia abbia i loro dati.»

«Ci ho già provato» replicò Leonie abbattuta. «Non hanno l'indirizzo, e mi hanno detto di buttare via le lettere.»

«Forse non hanno tutti i torti. Se quei due non hanno lasciato un recapito, probabilmente...» Alex si interruppe. «No, aspetta, mi sembra di ricordare... Ai tempi avevo sentito qualcosa, come ti dicevo non li conoscevo molto bene, ma c'era una certa... situazione.»

Situazione? Quasi senza accorgersene, Leonie si allungò verso di lei, tutt'orecchi. «Sarebbe a dire?»

«Ripeto, non sono sicura ed è passato del tempo, ma c'è stato un bel trambusto quando se ne sono andati. Non ricordo perché, ma sembrava che le cose non fossero finite bene.»

«Tra Nathan e Helena, intendi?» Nella foga di scoprire di più, Leonie aveva dimenticato che doveva fingere di non sapere nulla. «È così che si chiamavano, giusto? O almeno, così c'è scritto sulle buste.»

«Non saprei. È passato troppo tempo.»

«Quando hanno traslocato?» Leonie si rese conto che non disponeva di questa informazione. «Quando sono venuta a vedere l'appartamento, l'agente immobiliare mi ha detto che non era ancora libero.»

«Be', non mi pare… Secondo i miei calcoli è vuoto da mesi.»

Curioso. «Ma c'era ancora della roba, i mobili e le lettere…»

«Come ho detto, è successo qualcosa nel periodo in cui si sono trasferiti, perciò può darsi che abbiano portato via la roba solo quando è scaduto il contratto d'affitto.»

«Devono essersi mollati, allora.» E Leonie ci avrebbe scommesso, era andata così.

Alex sorseggiò il caffè. «Devo dire che non mi sorprenderebbe affatto, dati i rumori che arrivavano da sopra.»

«Davvero?» Leonie le si avvicinò. «Li hai sentiti litigare?»

Alex fece sì con la testa. «E poi un gran baccano. Lei aveva il brutto vizio di lanciargli addosso i piatti, credo.»

«Oh.» Le dispiacque per Nathan. Dalle lettere si deduceva che aveva baciato la terra su cui camminava Helena, quindi pensare che lei fosse stata così crudele… Ma, d'altra parte, forse aveva avuto le sue buone ragioni.

«Sei sicura di non ricordare quando se ne sono andati?» riprovò. Quelle informazioni frammentarie avevano stuzzicato ancora di più la sua curiosità. «E non hai proprio idea di dove possano essere adesso?»

«No. Potrebbero vivere a Timbuctù, per quanto ne so.»

8

«Ebbene...?»

«Ebbene?» ripeté Alex confusa. Era il mattino dopo, e stava per andare al lavoro quando Jon le telefonò.

«Non le hai ricevute?» fece lui demoralizzato, e lei capì.

Arrossì dalla testa ai piedi, inorridendo della propria stupidità. Era *ovvio* che fosse stato Jon a spedirle i fiori. Perché cavolo non ci aveva pensato?

«Le rose, intendi?» Non sapeva come avrebbe dovuto sentirsi. «Le ho ricevute ed erano splendide, grazie, ma il fatto è...»

«Spero fossero splendide davvero.» Jon rise. «Alcuni fioristi finiscono per fare un po' di confusione, nelle giornate intense, così mi sono rivolto a tre negozi diversi, tanto per sicurezza.»

Alex adesso si sentiva stupida e anche in colpa.

Non capiva perché fosse saltata alla conclusione sbagliata, che, riflettendoci, era anche la *meno* verosimile.

Era stato il messaggio «Indovina chi è?» a farle sospettare che ci fosse sotto dell'altro. E infatti, che il mittente potesse essere Jon non le era nemmeno passato per l'anticamera del cervello. Anche se era proprio il genere di sorpresa con cui uno come lui si sarebbe scusato di non averla portata fuori a San Valentino. Si diede della scema soprattutto per non aver pensato a Jon dopo ciò che era successo qualche notte prima. Il ricordo le strappò un sorriso.

«Jon, erano magnifiche e ti ringrazio tanto, ma... Mi dispiace, ma ho dovuto rispedirle indietro» spiegò imbarazzata. «È colpa mia, avrei dovuto dirtelo, soffro di allergia.»

Lui sembrò desolato. «Perdonami, tesoro, non ne avevo idea.»

«Non c'è bisogno di scusarsi, non lo sapevi. Ma grazie comunque, sei stato dolcissimo.»

«Non avrai gradito le tre consegne separate, allora» osservò Jon a disagio. «Ma mi sentivo in colpa per non averti potuta vedere ieri, specialmente dopo l'altra notte...»

«Lo so.» Alex avvampò. Quella sera ogni esitazione era svanita quando erano andati a casa di Jon. Anzi, appena erano usciti dal ristorante ed erano saliti sul taxi.

«Ho pensato che una stanza piena di rose rosse potesse compensare la mia assenza. Invece ho fatto una gaffe.»

«Non preoccuparti. E non sentirti in colpa per i turni di questa settimana. Ci rivediamo presto.»

«Non vedo l'ora» disse Jon, con la voce carica di promesse, e Alex sorrise. «Ascolta, adesso devo scappare, qui è un manicomio. Ti chiamo nel weekend, okay? Facciamo qualcosa di carino.»

«Volentieri.»

«E scusami ancora, per l'allergia. Io sì che sono un bravo medico, eh?»

Alex ridacchiò. «Sta' tranquillo.»

Lo salutò e riattaccò, rimproverandosi di nuovo per essere stata così frettolosa nel saltare alle conclusioni sbagliate. La nuova vicina doveva averla presa per una svitata, tra il suo comportamento da pazza e la richiesta di informazioni al negozio.

Sospirò. Era meglio farle sapere che non aveva più bisogno del suo aiuto e che il presunto «mistero» non era affatto tale.

Leonie aveva trovato molto piacevole la chiacchierata con Alex. La ragazza era simpatica, loquace e schietta, in un modo che un po' le ricordava Grace. La sera prima avevano parlato così a lungo che era tornata al piano di sopra alle dieci passate. Al pensiero di Grace, provò una fitta di rimorso. Doveva telefonarle, ormai era passata più di una settimana.

Non le andava di pensare troppo all'Irlanda, ma avrebbe scommesso che l'amica era ancora in ansia per lei. Be', non era necessario. La sua nuova vita procedeva alla grande, tra l'appartamento grazioso, il lavoro tranquillo e le amiche che aveva trovato in Marcy e, si augurava, anche in Alex.

La sua vicina sarebbe passata in negozio quel giorno per scoprire l'identità dell'ammiratore segreto che le aveva inviato le rose.

«Non possiamo fornire informazioni di questo tipo» disse Marcy quando Leonie le spiegò la situazione. Stava ripulendo il pavimento dagli steli spezzati. «Se un mazzo di fiori viene spedito anonimo, dobbiamo rispettare i desideri del mittente.»

«Lo so, ma Alex è un personaggio televisivo. E se si trattasse di uno stalker o roba del genere?» Leonie consultò il database del negozio alla ricerca dell'ordine.

Marcy la fissò. «Non hai detto che è la produttrice?

Non mi pare che gli stalker siano interessati a chi sta dietro le telecamere.»

«Può darsi, ma vorrei aiutarla, se posso. Sembra gentile *e* mi ha riferito un paio di cosette sull'ex inquilina del mio appartamento.»

«Ah, sì? La conosceva?»

«Non solo lei... *loro.* E no, non li conosceva molto bene, ma sa che stavano insieme. Affascinante, no?»

«Allora viveva lì anche lui.»

«E c'è dell'altro.» Leonie le raccontò che, secondo Alex, era successo qualcosa di strano più o meno nel periodo in cui la coppia se n'era andata.

Marcy inarcò un sopracciglio. «Il mistero si infittisce.»

«L'ho pensato anch'io. Ma ho dedotto che lui dev'essersene andato per primo, dato che continua a scriverle e non sa che la sua dolce metà ha traslocato.»

«Molto interessante, ma cos'hai intenzione di fare? Stai ancora meditando di restituire le lettere?»

«Vorrei almeno provarci. Una cosa è sicura: se fossi al posto di Helena, mi piacerebbe avere la possibilità di leggerle. Mi si spezza il cuore se penso che lei non le ha nemmeno *viste* e che Nathan non lo sa.»

«Cavolo, sei proprio una tenerona, eh?»

«No, ma credo che a volte le persone meritino una seconda opportunità.»

«Mmh, gatta ci cova.» Marcy le scoccò un'occhiata.

Leonie arrossì. «Cosa vorresti insinuare?» chiese cauta, con lo stomaco in subbuglio.

«Spero che tu non sia una fan di *Insonnia d'amore* e che non ti sia presa una cotta per questo tipo. Le belle parole sono una cosa, tesoro, ma non sai niente di...»

«Ti sbagli!» Leonie rise, sollevata. «Mi sento solo in

dovere di restituire le lettere, soprattutto sapendo che sono così personali. È importante che ci provi, almeno.»

Il problema era che non sapeva assolutamente da che parte cominciare.

«Io me ne fregherei, comunque è molto generoso che tu voglia darti tanto da fare per una coppia di estranei.»

Leonie non era dello stesso parere. Da quando aveva letto quella corrispondenza e conosciuto virtualmente Helena e Nathan, non aveva più la sensazione che fossero due estranei. Specialmente lui. Come avrebbe potuto starsene con le mani in mano, dopo che lui si era fatto in quattro per rintracciare la donna che amava? Forse era una tenerona come sosteneva Marcy, o forse era solo una ficcanaso, ma in ogni caso sentiva di dover fare qualcosa.

Quale sarebbe stata la prossima mossa? Aveva tentato di scoprire l'indirizzo di Helena o di Nathan, senza riuscirci. Come poteva continuare le ricerche?

Sospirò, decidendo che non era il momento giusto per rifletterci, perché dopo la confusione del giorno prima il negozio era ancora tutto da pulire.

«E a proposito di estranei» proseguì Marcy, «non posso fornire informazioni sui clienti. Perciò, anche se vorrei darti una mano, temo che la tua amica Alex dovrà rintracciare il suo ammiratore segreto in altro modo.»

Dato il tono categorico, Leonie capì che contraddirla sarebbe stato inutile. Si crucciò per tutto il giorno al pensiero di non poter fare nulla per Alex, ma avrebbe potuto risparmiarsi l'angoscia perché Alex non si fece vedere.

Forse aveva scoperto da sola l'identità del mittente?

Leonie lo sperava tanto, e quando quella sera salutò Marcy e si incamminò verso Green Street, si domandò se la casa vittoriana non avesse per caso qualcosa di strano, con tutti i misteri che vi accadevano negli ultimi tempi. Prima le lettere, poi i fiori anonimi.

Stava girando l'angolo della via quando vide Alex che si avvicinava dalla direzione opposta.

«Ciao! Speravo proprio di incontrarti. Non è stato necessario venire in negozio.»

«Allora hai scoperto chi ti ha mandato le rose?»

«Sì.» Alex spiegò che era stato Jon, il suo ragazzo. «Che scema, avrei dovuto immaginarlo, perché è proprio nel suo stile» disse con un bel sorriso.

Leonie si sorprese di tanto entusiasmo, data l'allergia.

«Stiamo insieme solo da qualche mese, e non sapeva dell'allergia» continuò Alex come se le avesse letto nel pensiero. «Ma grazie per averle riportate indietro e per esserti offerta di aiutarmi. Lo apprezzo molto.»

«Prego. Sono contenta che alla fine si sia risolto tutto.»

«A chi lo dici» rise Alex. Controllò l'ora. «Hai già cenato? Sto andando a mangiare un boccone. Ti va di farmi compagnia?»

«Con molto piacere.» Leonie fu contenta dell'invito, tanto più che aveva in programma solo un pasto pronto e una serata davanti alla TV. Da quando si era trasferita, non era ancora uscita, la sera, perciò sarebbe stato bello fare qualcosa di diverso e soprattutto conoscere meglio Alex.

«Frutti di mare, che ne dici? C'è un fantastico ristorante a qualche isolato da qui, niente a che vedere con le porcherie che rifilano ai turisti giù a Fisherman's Wharf. Fanno una zuppa di molluschi favolosa.»

«Perfetto.» Il pensiero di una minestra fumante e cremosa, servita dentro un bel panino croccante, le fece venire l'acquolina in bocca. A San Francisco, il pane a lievitazione naturale di Boudin era un'istituzione, e Leonie ne andava già matta. E poi aveva bisogno di riscaldarsi un po'. Quand'era uscita in maniche corte, quel mattino, il cielo era sereno e il sole splendeva, ma ormai la nebbia gelida aveva avviluppato la città.

«Mark Twain aveva ragione» disse rabbrividendo e strofinandosi le braccia mentre si incamminavano.

«"L'inverno più freddo che abbia mai trascorso è stata un'estate a San Francisco"» citò Alex sorridendo. «Ci ha azzeccato in pieno. Non preoccuparti, ti abituerai, solo non dimenticare mai di portarti un maglione.» Sbirciò la pelle d'oca sulle braccia di Leonie. «Però io credevo che in Irlanda facesse sempre freddo.»

«Sì, ma ci sono meno sbalzi di temperatura.»

Leonie fu sollevata quando, in fondo alla collina verso il molo, raggiunsero un ristorantino dall'aria innocua, molto più tranquillo degli eleganti locali turistici sul lungomare. Entrarono, e subito un cameriere salutò Alex. «Bene, bene, bene. Miss *Dalla baia e dintorni* ci onora della sua presenza!»

«Ciao, Dan, è da una vita che non ci vediamo.» La ragazza si sedette a un tavolo vuoto accanto alla vetrina.

«Guarda caso, è la stessa cosa che ho detto a Phil l'altro giorno.» Il cameriere si avvicinò. «Avevamo paura che il successo ti avesse dato alla testa. A proposito, forte, la storia dell'orso. Vi inventate tutto di sana pianta?»

«Molto spiritoso» ribatté Alex piccata.

«E quando ti deciderai a fare un servizio sullo scandalo petrolifero di cui ti ho parlato? Se non ti sbrighi se lo prenderà qualcun altro...»

«Ci sto lavorando, Dan» gli assicurò Alex con un tono che lasciava intendere l'esatto contrario.

Poi fece le presentazioni, spiegando che Dan e Phil,

il suo compagno, erano i proprietari e i gestori del Crab Shack.

Dan guardò Leonie, e fece un cenno verso Alex. «Starei attenta a questa qui, se fossi in te» disse, punzecchiando l'amica con affetto. «Apparentemente carina, ma sotto sotto ha un cuore di pietra.»

«Ti dispiace darci un taglio?» Alex si finse irritata. «Leonie è arrivata da poco e le ho detto che l'avrei portata nel miglior ristorante di pesce della città. Devo andare da Joe?»

«Okay, okay.» Dan alzò le mani in segno di resa. «Vi lascio in pace, allora. Leonie, è stato un piacere conoscerti. Qui sei sempre la benvenuta.»

«Grazie, il piacere è stato mio.»

«Non farci caso, Dan è un chiacchierone ma è un bravo ragazzo» la informò Alex quando lui ebbe preso l'ordinazione. «Vengo qui da anni e dicevo sul serio, prima. Aspetta di assaggiare la zuppa di Phil. Vedrai, è deliziosa.»

Non aveva esagerato. Il cibo arrivò di lì a poco, e quando Leonie sollevò il coperchio croccante della ciotola e ne intinse un pezzo nella crema di vongole, le sue papille gustative andarono in estasi; era molto, molto meglio della brodaglia che aveva comprato fino a quel momento dai venditori ambulanti.

«Non vorrei essere indiscreta, ma a cosa si riferiva Dan quando ha parlato di uno scandalo petrolifero?»

«È bene che tu lo sappia: Dan e Phil sono teorici del complotto. Alieni, finti allunaggi, elezioni presidenziali truccate e compagnia bella. Sono persino andati in vacanza a Roswell, dove si dice che si sia schiantato un ufo.»

Leonie sorrise. «E che genere di servizio dovresti fare?»

«Hai presente la crisi petrolifera di questi mesi? Secondo Dan e Phil è l'ennesima cortina fumogena prodotta dal governo. Per controllarci. Secondo loro il petrolio non scarseggia affatto, e abbiamo un sacco di pozzi ancora inutilizzati. Vogliono che io faccia luce su questo presunto "complotto" e che lo riveli al mondo. Figurati!» Alex staccò un pezzo di pane. «Ma anche se volessi trattare l'argomento, il mio produttore lo boccerebbe all'istante.»

Leonie adorava le storie di quel genere. Tipicamente americane. «Ma c'è un fondo di verità?»

«Probabile» rispose Alex senza esitazione. «Ho sentito che sulle Montagne Rocciose c'è qualcosa come mille miliardi di barili.»

«Sul serio?»

«Sì. Comunque è meglio cambiare argomento.» Alex abbassò la voce vedendo arrivare Dan. «Se ci sente fare questi discorsi, rischiamo di restare qui fino a mezzanotte!»

«D'accordo.»

«Scusa se ieri mi sono agitata. Per i fiori, intendo.»

«Nessun problema. Sono contenta che alla fine non ti sia servito il mio aiuto. Anche se non credo che ti sarei stata molto utile perché la titolare mi ha confermato che non fornisce informazioni sui clienti. Ed è saltato fuori che l'ordine è arrivato via Internet.»

«Sarebbe stato più che sufficiente, per risolvere il mistero.»

«E come? Non c'erano né il nome né il recapito.»

«Non importa. Ci saremmo arrivate attraverso l'IP.»

Notando lo sguardo sperso di Leonie, Alex spiegò. «È una specie di indirizzo informatico. Ti dice dove si trova il mittente, o almeno il suo computer. E con questo dato hai ottime probabilità di risalire alla persona in questione.»

Leonie era stupita. «Tu saresti in grado di rintracciare qualcuno attraverso il suo computer?»

«Ehi, ho una formazione da giornalista investigativa, queste cose sono il mio pane quotidiano.» Alex fece un sorrisetto. «Scherzi a parte, non è difficile.» Mangiò un altro po' di zuppa. «Puoi trovare chiunque, se sai dove cercare.»

Ah, sì? In tal caso…, pensò Leonie, intravedendo uno spiraglio. «Alex? Avrei un favore da chiederti.»

9

«Hai letto la posta di un'altra persona? Non sai che è reato?»

«L'ho sentito dire» rispose Leonie. Cavolo, erano tutti così coscienziosi da quelle parti?

Erano passate un paio d'ore e dopo cena erano tornate in Green Street. Lì aveva mostrato le lettere ad Alex. Al ristorante, dato che la giornalista sembrava ferrata in materia, l'aveva pregata di aiutarla.

Ed evidentemente la sua vicina amava le sfide, perché aveva accettato subito. Leonie però non le aveva detto di aver letto anche le lettere meno recenti: le aveva parlato solo di quella che aveva aperto per errore.

Ma ora, con le buste sparse sul tavolo – tra cui due strappate –, non le restò che confessare. «Speravo di trovare l'indirizzo del mittente per restituirle, solo che mi sono lasciata prendere. Sinceramente, dopo la prima non sono più riuscita a smettere.»

«Quante ne hai lette?» Alex le passò in rassegna.

«Solo due. Non ho resistito. Non so, forse dipende dal fatto che Helena e Nathan hanno vissuto in questo appartamento... E poi lui sembra così ansioso di farsi perdonare.»

«È una storia ammantata di mistero, su questo non ci piove, ma non sono sicura che aprire le lettere sia stata una buona idea.»

«Come dicevo, cercavo l'indirizzo.» Leonie cominciava a pensare che non fosse stata una buona idea nemmeno confidarsi con Alex, soprattutto perché la sua vicina non sembrava coinvolta quanto lei. Peccato, perché aveva vissuto a stretto contatto con la coppia, e avrebbe potuto fare luce su un paio di dettagli. «Cosa mi consigli, allora?»

«Non c'è niente che tu possa fare, direi.» Evidentemente non era affatto incuriosita. «Anche se... aspetta, hai controllato il timbro postale?» Esaminò una busta.

«Sì, ma dice solo che le lettere sono state spedite dalla California. Non ci sono nomi di città, e la data è illeggibile, però allo stesso tempo ha un'aria... ufficiale, non trovi?»

«È strano, sì.» Alex lo studiò. «Sembra una specie di stemma. Federale, forse?»

Leonie fece tanto d'occhi. «Dell'FBI, intendi?»

L'altra rise. «Santo cielo, guardi troppa TV! No, no, federale significa soltanto che potrebbe appartenere a un dipartimento del governo centrale anziché di quello statale.»

«Oh» fece Leonie imbarazzata. Ma cosa poteva saperne dei vari governi statunitensi?

«In ogni caso, continuiamo a non sapere da dove vengono le lettere.»

«Infatti. È per questo che ho *dovuto* aprirne un'altra, per vedere se ci fosse qualche altra informazione utile.» Leonie sentiva il forte bisogno di giustificarsi. «Insomma, pensaci. Tutte queste lettere ancora intatte. Probabilmente Nathan sta uscendo di senno, cercando di capire perché Helena non abbia mai risposto.»

«Eppure non ha indicato nessun recapito...» rifletté Alex.

«Lo so, ci ho pensato anch'io. Ma forse non è necessario indicarlo, quando scrivi questo tipo di lettere a qualcuno che sa già dove vivi.»

«Già. Bella grafia, eh? Artistica, direi.»

«A me ricorda i monaci amanuensi.»

L'eleganza della scrittura combaciava con l'immagine che Leonie si era fatta di Nathan. L'uomo aveva dedicato molto tempo alle lettere, e sembrava aver usato una stilografica costosa anziché una normale penna a sfera.

«Mmh.» Alex diede un'occhiata alla prima lettera. «"Ti prego, perdonami"» lesse ad alta voce. «Deve averla fatta grossa. Chissà cos'ha combinato.»

«Mi piacerebbe tanto saperlo... Ma capisci? È una questione così personale... per questo mi sento in dovere di provare a informarlo che Helena Abbott non vive più qui.»

«Difficile, se non hai l'indirizzo.» Alex si accovacciò. «Se proprio vuoi trovare queste persone, hai considerato l'idea di una ricerca in Internet?»

«No, non ci avevo pensato» ammise Leonie con una punta di vergogna.

Era la strada più ovvia, no? E senz'altro era meglio che ficcare il naso nella corrispondenza altrui.

«Aspettami qui.» Alex si rialzò. «Scendo a prendere il portatile, e ci mettiamo nelle mani di Google.»

«Fantastico.» Ora che la sua vicina si era appassionata al caso, e che potevano spremersi le meningi insieme, Leonie ritrovò l'ottimismo.

Di lì a qualche minuto, Alex tornò con il computer e si sedettero sul divano.

«Partiamo dalla donna.» Digitò il nome di Helena, e subito comparvero pagine e pagine zeppe di Helena Abbott.

Leonie gemette. «Oddio, da dove cominciamo?»

«Non disperare, dammi un secondo.» Alex restrinse il campo della ricerca a «San Francisco».

«Ma sono sempre tantissime» osservò Leonie sconfortata quando comparve un'altra lunga lista.

«È pur sempre un inizio.» Alex consultò i risultati. Alcuni si potevano escludere subito, per esempio quelli riguardanti le vincitrici di gare sportive scolastiche, perché l'ex inquilina di Green Street di sicuro non era una teenager. Ma restavano ancora moltissime Helena Abbott nell'area di San Francisco.

«Proviamo ad aggiungere qualche dettaglio. Cos'altro si deduce dalle lettere, a parte il fatto che aveva una relazione con Nathan?»

«Vivevano in questo appartamento e lei amava sedersi sul davanzale e guardare il ponte...»

Alex alzò gli occhi dallo schermo. «Sto parlando di informazioni *utili*. Per esempio, cosa fa per guadagnarsi da vivere o dove lavora...»

«Oh, è appassionata di fotografia. Anche se non so se fosse un lavoro o un hobby, perché le lettere non lo specificano. Si sono conosciuti così.»

«Mmh, non è granché...» Dubbiosa, Alex continuò a digitare. «No, nessuna Helena Abbott legata al mondo della fotografia. E ho già provato a fare una ricerca con questo indirizzo, ma niente da fare. È probabile che i due vivessero in affitto come noi, perciò questo è un vicolo cieco.» Le sue dita volavano sulla tastiera.

«Non conosci il padrone di casa?»

«No, ho sempre trattato con l'agenzia. L'affitto è ragionevole, il proprietario non rompe le scatole, quindi a me non serve altro. In ogni caso, anche sapere chi è non sarebbe utile, perché se Helena e Nathan abitavano qui prima di te, erano inquilini anche loro.»

«Non ricordi niente? Qualcosa che potrebbe semplificare la ricerca?»

«Come ho detto, erano persone molto riservate, e io mi faccio gli affari miei. Ho incrociato lui un paio di volte mentre uscivo dal portone, ma lei credo di non averla mai vista.»

«Che tipo era Nathan?» Dalle lettere, Leonie si era fatta l'idea di una specie di eroe romantico, alto, bello, triste…

«Piuttosto banale.» Alex fece un palloncino con il chewing-gum. «Statura e corporatura medie, forse con un po' di pancetta. Non disdegnava la birra, direi.» Arricciò il naso. Leonie si pentì di averglielo domandato. Aveva fantasticato su un sosia di George Clooney e si ritrovava tra le mani una copia di Homer Simpson!

«Ma ora che ci penso, aveva anche qualcosa di… non saprei, di un po' *inquietante.*»

«In che senso, inquietante?»

Alex si sforzò di ricordare. «Un giorno stavamo uscendo entrambi per andare al lavoro. O almeno, presumo che stesse andando in ufficio, perché era in giacca e cravatta e aveva una valigetta. L'ho salutato, e prima di rispondermi mi ha lanciato un'occhiata… strana, come se mi stesse valutando o roba del genere.»

«Valutando» ripeté Leonie in tono piatto.

«Sì, hai presente quando gli uomini ti squadrano come se volessero darti un voto da uno a dieci? Ecco, è stato più o meno così.»

«Oh.» Era in netto contrasto con ciò che Leonie aveva immaginato.

Dalle parole di Alex, Nathan sembrava una specie di maniaco.

«Ti sto dicendo solo quello che mi ricordo. Te lo ripeto, non li conoscevo molto bene. Sono rimasti qui per un anno al massimo.»

«Ma hai detto che ogni tanto li sentivi litigare?»

«Sì, ma le tavole del pavimento sono vecchissime, si sente tutto.» Sorrise. «Tienilo presente, se porti un uomo a casa.»

«Non preoccuparti per *questo*» si irrigidì Leonie.

Alex tornò a concentrarsi sullo schermo. «Comunque mi è sembrato un po' viscido, come lo sono certi uomini sposati...»

«Erano *sposati*?» D'un tratto, le circostanze che avevano provocato la rottura tra i due diventavano molto più interessanti. «Come lo sai?»

«Oh, pensavo ne fossi al corrente» disse Alex sbrigativa. «Lui aveva la fede.»

«Wow, allora la faccenda si fa seria.» Nella mente di Leonie turbinava una miriade di ipotesi. «Non saprei; per qualche ragione avevo dato per scontato che fossero conviventi.»

Un altro buon motivo per restituire le lettere, giusto? La posta in palio si era alzata di colpo. Prese una di quelle aperte e rilesse l'ultima riga.

Ti prego, perdonami.

Alex parve intuire il suo ragionamento. «Be', dato che gli piacevano le donne, forse è facile immaginare cosa sia andato storto.»

«Oh, spero di no» replicò Leonie abbattuta. Nathan non sembrava il classico marito infedele, ma anche in questo caso, lei che ne sapeva?

Alex abbassò gli occhi sul computer. «Non mi viene in mente nient'altro che possa aiutarci a rintracciare Helena. Tu non sai che lavoro facesse, e io non l'ho mai vista. Che ne dici se cerchiamo lui?»

«Buona idea.»

Alex digitò «Nathan Abbott» e aggiunse qualche altro criterio. Poi sgranò gli occhi. «Certo! Questo *sì* che promette bene.»

«Cosa?» Leonie si allungò per leggere meglio. «Cos'hai trovato?»

«Vedi questo?» Alex indicò un risultato. «È il sito web di uno studio di intermediazione mobiliare e tra i dipendenti compare un certo Nathan Abbott.» Si girò verso Leonie, con gli occhi che brillavano per l'entusiasmo. «Di sicuro ci sta con la giacca, la cravatta e la valigetta, no?»

«Può darsi.»

«E forse mi sono sbagliata sul timbro postale federale. Ma se spedisce le lettere dall'ufficio, è *molto* probabile che vengano affrancate con un timbro. E qui purtroppo non c'è nessuna fotografia, ma mi sembra l'unico Nathan Abbott che possa fare al caso nostro. Gli altri sono tutti troppo giovani o troppo vecchi. La cosa principale, però» proseguì Alex sempre più euforica, «è che lo studio è a Downtown, di fronte al grattacielo della Transamerica.»

A meno di un chilometro e mezzo da qui, calcolò Leonie con il cuore che le batteva forte.

«Ti consiglio di chiamarlo domani e di fargli qualche domanda.» Alex cliccò sulla pagina dei contatti.

Leonie provava un curioso miscuglio di nervosismo ed eccitazione. Poteva essere lui? Il Nathan che aveva scritto le lettere? Quello che aveva giurato amore eterno alla moglie e supplicava il suo perdono? E se sì, lei cosa gli avrebbe detto, e soprattutto come diavolo gli avrebbe spiegato tutta quella faccenda?

«Secondo me abbiamo individuato il nostro uomo.» Alex sorrise trionfante, e salvò la pagina sul PC. «Visto? È stato un gioco da ragazzi!»

10

«Ciao, straniera.» Nonostante il tono caloroso, era palese che Grace fosse dispiaciuta che si telefonassero poco. «Scusa se ti chiamo così presto, ma con la differenza di fuso orario non so mai quando trovarti.»

«Nessun problema. Che bello sentirti!» Leonie sorrise. Erano passate da poco le otto del mattino, perciò, secondo i suoi calcoli, in Irlanda doveva essere l'ora del tè. «Scusa se non ti ho telefonato. Sono stata molto occupata e al lavoro è stato un delirio...» Era un pretesto che non stava in piedi. Non chiamava più così spesso perché voleva buttarsi alle spalle la vecchia vita, almeno per il momento.

«Il lavoro va bene, allora?»

«Sì, benissimo. Marcy è adorabile. Piacerebbe anche a te, e mi ha dato una mano ad ambientarmi. Ho iniziato anche a farmi qualche amico.»

Ci fu una breve pausa. «Oh, buon per te.»

«Tu e i gemelli come state?»

«Non parlarmi di quei due» gemette Grace, tornando quella di sempre. «Aspetta di sentire cos'hanno combinato la settimana scorsa...»

E le raccontò che lei e Ray si erano vergognati come ladri scoprendo che Rocky e Rosie avevano rubato della cioccolata al supermercato. Era stato un garbato addetto alla sicurezza a prendere da parte Grace e informarla dell'accaduto. «Per poco non sono morta!» dichiarò, ancora mortificata. «Ti rendi conto? Hanno solo tre anni! Cosa diavolo diventeranno da adolescenti?»

Suo malgrado, Leonie rise immaginando una versione in miniatura di Bonnie e Clyde. «Come ha reagito Ray?»

«Come al solito, Lee. Se n'è fregato altamente! Tocca sempre alla mamma fare la parte della cattiva.» In effetti, Ray non era il tipo da alzare le mani sui bambini, ed era così indulgente che con ogni probabilità non li avrebbe nemmeno messi in punizione.

«Oh, tesoro… Ma ascolta, come vanno i preparativi per la vacanza? L'ultima volta che ci siamo sentite eravate sul punto di prenotare.»

Grace si schiarì la voce. «Dovremo rimandare, temo. Non possiamo certo portare quei due fuori dal Paese; è facile che li arrestino per terrorismo o roba del genere!»

«Che peccato. Mi sembravi entusiasta.»

«In realtà non vedevo l'ora di staccare un po' la spina, ma a questo punto dovrò aspettare.»

«Mi raccomando, cerca di non preoccuparti troppo. Vedrai, è solo una fase passeggera.»

«Lo spero di cuore.» Grace fece un profondo sospiro.

«Il resto come va? Novità all'orizzonte?» Leonie fece una smorfia, augurandosi di non aver dato l'impressione di volere notizie di Adam.

Perché non era così.

Grace però era una ragazza sveglia. «Dato che me lo chiedi… si è rifatto vivo.»

«Chi?» domandò Leonie con finto candore, e il cuore impazzito.

«Secondo te? Adam. Ha richiamato. Ascolta, so che

siamo amiche e che ti ho promesso di mantenere il segreto, ma devi capire che tutto questo mi mette in una posizione scomoda. Anche se gli ho giurato e spergiurato che non so dove sei, ho il sospetto che non mi creda.»

«Mi dispiace...» mormorò Leonie sentendosi in colpa. Non era giusto nei confronti di Grace. Ma allo stesso tempo, pregò con tutta se stessa che l'amica non avesse tradito la sua fiducia e spifferato ogni cosa a Adam.

«Non gli ho detto niente e non ho intenzione di farlo, ma è difficile. È molto insistente. E se vuoi la mia opinione, Lee, è preoccupato. A quanto ne sa, sei sparita dalla faccia della terra sei settimane fa.»

«Sì, per una ragione valida, però.» Leonie era confusa. Lui la stava ancora cercando: doveva sentirsi sollevata o spaventata?

«Può essere. In ogni caso, non avresti dovuto prendere una decisione così affrettata.»

Ecco perché, si disse Leonie, negli ultimi tempi era stata così riluttante a chiamare Grace. Aveva immaginato che prima o poi si sarebbero infilate nella solita discussione.

«Non è stata una decisione affrettata. Era *l'unica* scelta possibile. E direi che è stata la migliore. Qui le cose vanno a gonfie vele, sto molto meglio e soprattutto sono lontana da... tutto.»

«Non sono sicura che sia stata la scelta migliore» la interruppe Grace a bassa voce. Poi sospirò. «Tanto vale che te lo dica.»

Il cuore di Leonie perse un battito. «Dirmi cosa?»

Grace esitò. «Adam me l'ha detto l'ultima volta che ci siamo sentiti, e non sapevo se dirtelo oppure no, ma... Suzanne si è trasferita da lui.»

Dublino, tre anni prima

Leonie aveva intuito fin dal primo momento che Suzanne avrebbe potuto essere un problema. Be', forse non proprio dal *primissimo* momento, ma sicuramente nel giro di qualche settimana dopo che erano tornati dalla Tunisia, quando avevano cominciato a frequentarsi seriamente, soprattutto perché Adam continuava a ripeterle che lei e Suzanne sarebbero andate d'amore e d'accordo.

«Ti *adorerà*. Diventerete grandi amiche» diceva, ma ogni volta Leonie si convinceva sempre di più del contrario.

Fu assalita dall'ansia quando Adam le disse che aveva organizzato il loro incontro.

Voleva portarle a cena in città e lei sperò che avesse prenotato in un ristorante alla buona, il Cactus Jack, per esempio, o il TGI Friday. Ma poi Adam le disse che Suzanne era «un po' esigente».

«In che senso, esigente?» domandò lei, immaginando che fosse schizzinosa quando si trattava di cibo. O forse era timida?

«Timida?» rise Adam. «Neanche per sogno!»

In sintesi, fino a quel momento Leonie sapeva che Suzanne era «straordinaria», non timida e «un po' esigente». E poi c'era il minuscolo dettaglio che fino ad allora era stata la persona più importante nella vita di Adam.

Non che Leonie volesse esserlo di più, ma dato che la relazione diventava sempre più seria, si augurava di conquistare almeno il secondo posto nel suo cuore.

«Ho prenotato un tavolo al Bang» disse lui. Era uno dei ristoranti più alla moda della città, una specie di ritrovo per VIP. «Suzanne ci è andata qualche volta, perciò so che di sicuro le piace.»

«Perfetto. Io non ci sono mai stata, ma sarà splendido.» Leonie si accordò per raggiungerli lì alle sette del venerdì sera successivo, all'uscita dal lavoro.

Fu una settimana nervosa, anche se non riusciva a capire perché. Dopotutto Suzanne non poteva mica essere chissà che, eppure lei aveva un brutto presentimento. Anche se, rifletteva, il fatto che fosse impaziente di conoscerla avrebbe dovuto confortarla.

«Mi ha tempestato di domande su di te. Che aspetto hai, come ti vesti... ha voluto sapere ogni cosa!» le aveva detto Adam. «Ho risposto che sei una persona fantastica e che mi rendi molto felice.» L'aveva baciata sul naso. «È la pura verità.»

Quella sera, Leonie fu accompagnata al tavolo dal maître e scoprì di essere arrivata per prima. Se non altro avrebbe avuto il tempo per raccogliere le idee e calmarsi. Cosa diavolo le era preso? Sarebbe filato tutto liscio; lei e Suzanne avrebbero simpatizzato subito e sarebbero diventate ottime amiche.

«Ciao, sei già qui!» esclamò Adam. Leonie trasalì e sollevò gli occhi. Lui era bello come al solito, con i Levi's chiari e la camicia blu di Fred Perry. Al suo fianco c'era la famosa Suzanne.

La osservò sbalordita. Alta, bionda, con un top dalla scollatura audace, una minigonna *molto* corta, tacchi vertiginosi e un'espressione a dir poco imbronciata.

Leonie si alzò mentre Adam porgeva i cappotti al maître. «Ciao, Suzanne, lieta di conoscerti.»

«Ciao.» Ignorando bellamente la sua mano tesa, la ragazza si ravvivò i capelli freschi di parrucchiere.

«Un traffico pazzesco, vero, Suze?» Adam sorvolò sul suo gesto scortese. Si sedette accanto a lei, di fronte a Leonie. «E ci ho messo un'eternità a trovare parcheggio. Sei qui da molto, Lee?»

«Sono appena arrivata.» Leonie cercò di dissimulare l'imbarazzo.

Suzanne l'aveva snobbata, giusto? Però era bellissima, pensò, sforzandosi di non fissarla mentre se ne stava con il naso infilato nel menu. Un perfetto nasino all'insù, tra parentesi.

«Qual è la specialità della casa?» chiese Adam dopo che il cameriere ebbe preso l'ordinazione delle bevande. «Suze, tu sei già stata qui. Puoi consigliarci qualcosa?»

«Io pensavo di prendere l'agnello. L'hai assaggiato?» si buttò Leonie, impaziente di trovare un argomento di conversazione innocuo.

L'altra alzò lo sguardo e le scoccò un'occhiata gelida. «Non credo.»

«Suzanne è vegetariana» interloquì Adam, senza rendersi conto dell'atmosfera carica di tensione. «Da un sacco di tempo.»

Allora cosa diavolo ci facciamo qui?, si domandò Leonie consultando il menu, che scarseggiava di piatti vegetariani. E secondo Adam, Suzanne era un'habituée?

La ragazza sospirò e mise giù il menu. «Non mi sento bene» annunciò con fare teatrale, e Adam la guardò preoccupato.

«Cos'hai? Non un altro mal di testa, spero.»

Leonie recuperò la borsetta. «Ho delle aspirine, se vuoi...»

«Ne ho già presa una» la interruppe brusca Suzanne, spiazzandola; Adam la guardò con un'espressione esasperata mentre metteva un broncio degno di un bambino di tre anni.

«Ti senti debole?» insistette. «Tieni, bevi un po' d'acqua.»

«Non voglio questa cazzo di acqua. Voglio tornare a casa.»

«Ma Suze, siamo appena arrivati e Leonie non vedeva l'ora di conoscerti.»

Eh?, pensò lei sconcertata. *Non era il contrario?*

«Ma non mi sento bene!» piagnucolò Suzanne.

«Mi dispiace molto, Lee» disse Adam esitante, e Leonie lo guardò. Non avrebbe ceduto a capricci di quel genere, vero? «Suzanne non è molto in forma ultimamente e forse è meglio se ce ne andiamo.»

Lei non credeva alle proprie orecchie. Alla faccia del servilismo!

La ragazza alzò gli occhi con un'espressione di immenso sollievo. Oppure era trionfo? Ma Leonie doveva riconoscere che Adam era mortificato, perciò decise di non rendergli la vita difficile.

«Nessun problema, prenditi cura di lei. Possiamo sempre rimandare a un'altra volta.»

«Sicura?» Lui distolse lo sguardo, imbarazzato. «Mi rincresce molto, e non mi piace l'idea di lasciarti qui...»

«Sicurissima, va' pure. Sono un po' indietro con il lavoro, posso tornare in ufficio.» Fece un sorriso forzato. «Non preoccuparti per me.»

«Be', in questo caso...» Adam si chinò a baciarla sulla guancia mentre Suzanne si alzava e giocherellava pigramente con i capelli. «Scusa ancora» sussurrò, «di solito non fa così. Ti chiamo domani, d'accordo?»

«Perfetto.» Leonie sorrise, facendo del suo meglio per

rassicurarlo. «Piacere di averti conosciuta, Suzanne. Spero che tu ti rimetta presto.»

Un profondo sospiro. «Okay.»

La figlia di Adam la fissò con il disprezzo di cui solo una tredicenne è capace.

Dopo aver ringraziato Grace per l'aggiornamento su Suzanne e averla salutata, Leonie accennò un sorriso al ricordo di quel primo incontro, dandosi dell'ingenua per aver pensato che la ragazzina avrebbe accettato la nuova compagna del padre senza battere ciglio, soprattutto quando tra loro esisteva un rapporto così solido. Aveva saputo fin dall'inizio che Adam aveva una figlia; lui le aveva detto tutto di Suzanne in Tunisia.

Dopo la gita nel deserto erano diventati praticamente inseparabili e una sera, davanti a un paio di cocktail all'hotel di Leonie, Adam le aveva raccontato i dettagli. Non volendo fare la figura dell'impicciona, lei non aveva fatto domande, ma lui non aveva avuto problemi a confidarsi.

«È stato uno shock. Avevo solo vent'anni quando è successo. Riesci a immaginarlo?» Aveva sorriso. Leonie aveva dovuto ammettere che era difficile da credere perché Adam era un trentatreenne molto giovanile.

«Io e sua madre stavamo insieme da poco quando è rimasta incinta, è inutile dire che è stato un fulmine a ciel sereno per entrambi. Naturalmente, né i miei né i suoi genitori erano molto contenti – a quelli di Andrea è venuto un colpo –, ma le ho promesso subito che le sarei stato vicino qualunque cosa fosse successa. Eravamo troppo giovani, il matrimonio era fuori questione. Almeno per me, in ogni caso. Avevo finito il college e avevo appena trovato lavoro a Londra, perciò dire che era il momento sbagliato sarebbe un eufemismo. Però, anche se non l'abbiamo cresciuta insieme, l'abbiamo allevata bene, quindi mi piace pensare di aver mantenuto la promessa.»

Anche se non l'abbiamo cresciuta insieme. Leonie non aveva voluto confessare di essersi già interrogata sulla relazione tra Adam e la madre di Suzanne.

«Tu e Andrea non vi siete mai sposati, allora?»

Lui aveva fatto no con la testa. «Non fraintendermi, Andrea è magnifica e all'epoca ero pazzo di lei, ma eravamo ragazzi. Sono rientrato da Londra quando è nata Suze, e anche se ci abbiamo provato per qualche mese, abbiamo capito che non potevamo stare insieme solo per il bene della bambina.»

«Non dev'essere stata una passeggiata.»

«Già, specialmente per Andrea. Ha preso molto male la separazione.»

«Posso immaginarlo.»

«Però è successo una vita fa e ora siamo in buoni rapporti. Ho fatto in modo che a Suzanne non mancasse niente» aveva aggiunto, ma Leonie non aveva potuto evitare di sentirsi vicina all'altra donna. Non era più probabile che Andrea avesse reagito male alla rottura non tanto per le preoccupazioni economiche ma perché era innamorata di Adam e non voleva lasciarlo andare? E che lui non se ne fosse accorto oppure si fosse autoconvinto del contrario? Le era parso tutto un po' troppo armonioso ed equilibrato. D'altronde aveva sentito solo una campana, e Adam sembrava molto sereno.

«Quindi andate d'accordo...»

«Quasi sempre» aveva risposto Adam sibillino. «Non

c'è rancore tra noi, e lei ha avuto un altro figlio.» Suzanne, le aveva detto, aveva un fratellastro di cinque anni che si chiamava Hugo.

Leonie si era domandata se non ci fosse sotto qualcos'altro.

«Meno male che siete riusciti a gestire la situazione, per il vostro bene e quello di Suzanne.»

«Ce la mettiamo tutta. Suze è sempre stata una bambina dolcissima e obbediente. Solo adesso che è un po' più grande e un tantino più... testarda, io e Andrea non siamo proprio sulla stessa lunghezza d'onda.»

Ricordando quella conversazione parola per parola mentre usciva per andare al Flower Power, Leonie si ritrovò a pensare quanto fosse distante dalla realtà il quadretto che Adam le aveva dipinto. Né lei né lui avrebbero mai potuto immaginare cosa stava per accadere.

11

Alex studiò il proprio riflesso nello specchio della camera. Non era sicura che il vestito – un modello da sera senza spalline, color crema e oro – fosse adatto per l'evento benefico a cui stava per partecipare insieme a Jon (i proventi sarebbero stati devoluti all'ospedale). Si sarebbe tenuto nello splendido Palace of Fine Arts. Gli ospiti avrebbero cenato a lume di candela, affacciati sulla laguna, sotto l'altissima cupola della famosa rotonda neoclassica.

Una location meravigliosa per una serata elegante. Era per questa ragione che aveva qualche dubbio sul vestito. Forse un abito da cocktail era più adeguato per una festa all'aria aperta?

Porca miseria, odiava i tentennamenti. Di solito non si faceva problemi di quel tipo, ma questa volta era diverso perché stava per conoscere gli amici di Jon.

E non si trattava di amici qualunque ma di banchieri, chirurghi, dottori. In altre parole, i ricchi dell'alta società che facevano parte della sua cerchia e da cui dipendeva la sua carriera. Nel proprio lavoro, Alex si imbatteva in persone di tutti i ceti sociali e se la cavava bene; mescolarsi con i pezzi grossi la lasciava indifferente. Però, se lei e Jon volevano avere un futuro insieme – come sperava di tutto cuore –, avrebbe dovuto farci l'abitudine.

Sorrise ripensando alla sua amica Jen, che l'anno prima si era trasferita sulla costa orientale per accettare un lavoro al Campidoglio. Lei sì che sarebbe stata in grado di dirle a colpo d'occhio se il vestito andava bene. Chiuse gli occhi. *Mmh…* forse aveva bisogno di un'altra opinione. Si buttò un maglione sulle spalle, uscì e suonò il citofono del piano di sopra.

«È uno splendore!» esclamò Leonie quando si ritrovarono entrambe nell'appartamento di Alex. «Il crema dà risalto alla tua carnagione, e con i capelli raccolti somigli… vediamo… a una dea greca, come Angelina Jolie in *Alexander*.»

«Grazie. Speriamo bene.» Alex si toccò lo chignon a conchiglia. Non sapeva se il look da «dea greca» fosse azzeccato, ma era soddisfatta della reazione di Leonie. Di solito preferiva indossare jeans e maglietta, perciò era bello sapere di essere all'altezza della situazione, almeno per una sera.

Si augurò che anche Jon e i suoi amici la pensassero così.

«Sarà una serata favolosa» disse Leonie sognante quando l'altra le disse dove si sarebbe tenuto il gala. «Che posto fantastico. La rotonda sarà ancora più suggestiva di notte, con le luci e… scusa» si interruppe all'improvviso. «A casa lavoravo per un'agenzia di organizzazione eventi e le vecchie abitudini sono dure a morire.»

Interessante, era la prima volta che la vicina accennava di sua spontanea volontà a un dettaglio della sua vita in Irlanda, notò Alex. Fino a quel momento era sempre sembrata molto reticente.

«Lavoro stimolante.» Cominciò a mettersi il mascara. «Per quanto tempo hai…» Ma fu interrotta dal ronzio

del citofono. «Cazzo.» Consultò l'orologio. «Questo deve essere Jon, e non sono assolutamente pronta.»

«Fa' con comodo, ti aspetterà. Vuoi che lo faccia entrare? Posso chiacchierare un po' con lui mentre finisci di prepararti.»

Alex la guardò con gratitudine. «Non ti dispiace? Non voglio che ti senta costretta a fare conversazione con un uomo che non...»

«Vuoi scherzare? Muoio dalla voglia di vederlo!» Leonie sorrise e andò ad aprire.

Brava ragazza, pensò Alex mentre si dava gli ultimi ritocchi. Era bello avere intorno Leonie. Con Jen si telefonavano quando potevano, ma non era la stessa cosa. La sua migliore amica l'aveva aiutata a superare uno dei momenti più difficili della sua vita, e aveva previsto di sentirne terribilmente la mancanza, ma non aveva immaginato fino a che punto.

La vita era proprio strana. Due persone importanti l'avevano lasciata, e ora nella stanza accanto ce n'erano altre due che fino a qualche mese prima erano perfetti estranei. A proposito, pensò, forse era meglio andare a salvare la povera Leonie dall'imbarazzo di dover intrattenere uno sconosciuto.

Guardandosi allo specchio per l'ultima volta, prese una pochette color oro e uscì. A giudicare dalle risate che arrivavano dal salotto, forse la sua preoccupazione per la vicina era stata eccessiva.

«Ciao, Jon, scusa se ti ho fatto aspettare.» Quando entrò, trovò Leonie e il suo ragazzo, particolarmente affascinante con indosso uno smoking ben stirato, impegnati in una conversazione rilassata.

«Tranquilla, è colpa mia perché sono arrivato in anti-

cipo, e Leonie mi ha tenuto… Wow!» Jon lasciò la frase a metà. «Oh, tesoro, sei uno schianto. Quel vestito è splendido.»

Leonie annuì. «Bello, vero?»

«Sono contenta che ti piaccia» replicò Alex, modesta. «Deduco che vi siete già presentati?»

«Indovinato.» Jon sorrise a Leonie, e dall'espressione della vicina Alex intuì che aveva già fatto una buona impressione. D'un tratto si sentì molto gratificata e incredibilmente fortunata ad aver trovato un uomo come lui.

Era assurdo sentirsi così intimidita all'idea di conoscere i suoi amici; cavolo, se fossero stati come Jon, non c'era nulla da temere. Anche se senza dubbio era un sollievo sapere di aver imbroccato il *dress code*.

«Buona serata» disse Leonie quando furono pronti per andare. Nell'ingresso lanciò ad Alex un'occhiatina. «Non vedo l'ora di ascoltare il resoconto.»

Lei sorrise. «Non aspettarmi alzata» scherzò, seguendo Jon giù per i gradini verso la limousine.

A colpirla, quando arrivarono al Palace of Fine Arts, fu la magnificenza dell'enorme rotonda e dell'imponente colonnato decorativo riflessi nelle acque calme e immobili della laguna. Il colonnato le aveva sempre ricordato la Grecia, e pensando al commento di Leonie sul suo look si chiese se gli altri ospiti l'avrebbero notato.

«Grazie per aver accettato l'invito» disse Jon mentre camminavano verso un gruppo di persone che sorseggiava cocktail accanto alla laguna, i visi illuminati dal chiarore delle candele. «So che non ami molto gli eventi di questo tipo. Sinceramente, nemmeno io, ma essendo per l'ospedale…»

«Non devi scusarti. Sono felice di essere qui.»

«Davvero?» fece lui, incredulo. «Non ti dispiacerà stare ad ascoltare agenti di borsa e investitori che parlano di handicap a golf? E non tiriamo in ballo le donne...» aggiunse con cattiveria.

Alex sorrise. «Forse non sarebbe la mia prima scelta per una bella serata fuori...»

«Giuro che rimedierò» bisbigliò Jon all'avvicinamento di un ospite, tallonato da un cameriere con un vassoio di flûte. Alex sorseggiò lo champagne in silenzio mentre una moltitudine di persone eleganti e chiaramente facoltose scendeva sul suo ragazzo come uno stormo di piccioni. Quando le pacche sulla schiena e le strette di mano finirono, Jon riuscì a presentarla.

«Ah, la famosa Alex» disse un uomo.

«Famosa?» Lei rise. «Non credo proprio.»

«Quasi» scherzò Jon. «È una produttrice di SFTV News» dichiarò orgoglioso.

«Produttrice?» esclamò un altro. «Allora l'economia vi darà filo da torcere.»

«È così, ma io non produco programmi in interni.» Alex spiegò che *Dalla baia e dintorni* si occupava di fatti più leggeri, e circoscritti.

«Oh» sbuffò una donna, «non avevo capito che si trattava di *quel* genere di notizie.»

«Molto più difficile che copiare il fatto del giorno dalle emittenti nazionali» intervenne Jon in sua difesa. «Il team di Alex ci mostra cose uniche.» Era bello vederlo prendere le sue parti, ma Alex sapeva che non c'era modo di sfuggire alle occhiate condiscendenti degli altri. «Prendete il servizio che ha realizzato su questo posto, per esempio.» Jon indicò l'interno della rotonda, ristrutturato di recente. «Io non avevo idea che senza manutenzione questi edifici straordinari crollerebbero sul fondo della laguna.»

Gli altri annuirono educatamente, ma Alex intuì che giudicavano il suo lavoro intrattenimento puro, vuoto e inutile, un semplice programma per il grande pubblico. Ancora una volta, si chiese cosa diavolo ci facesse lì con quegli stronzi superficiali e presuntuosi.

Che la guardassero pure dall'alto in basso, pensò. Lavorava sodo, e non aveva bisogno di giustificarsi con nessuno. Ma se non fossero stati attenti, forse in futuro avrebbe preso in considerazione l'idea di fare un'inchiesta sui meccanismi interni del mercato azionario, sulla Silicon Valley, o su uno qualunque dei metodi riprovevoli che certa gente usava per arricchirsi.

Le cose migliorarono un po' quando fu servita la cena, e Alex scoprì con gioia di essere seduta accanto a una cordiale vecchietta di Berkeley. La signora confessò che lei e il marito di solito non partecipavano a eventi di quel tipo, ma avevano ricevuto i biglietti gratis.

«I medici del Memorial sono stati imbattibili con Abe quando è stato ricoverato l'anno scorso, perciò non potevo perdere l'occasione. Anche se qui mi sento un pesce fuor d'acqua, posso assicurarglielo.»

«Vale anche per me» le confidò Alex con fare da cospiratrice, e così passarono gran parte della serata a chiacchierare fra loro mentre Jon si dedicava ai benefattori più influenti.

Dopo mezzanotte, con suo grande sollievo, lei e Jon si scusarono e se ne andarono.

«Non sono una ragazza da presentare all'alta società, temo» mormorò Alex in auto mentre si dirigevano verso Nob Hill.

Jon corrugò la fronte. «Perché? Hai fatto una *bellissima* figura.»

«Grazie, ma non è necessario che tenti di tirarmi su il morale. Ci ho provato, ma ho avuto la sensazione che preferissero di gran lunga parlare con te.»

Lui le prese la mano. «Credi che m'importi qualcosa del loro giudizio? Per me questa è stata una serata di lavoro, e anche per te a quanto pare» aggiunse ironico. «Mi dispiace di non averti prestato più attenzione.»

«Non dire stupidaggini, era un'occasione importante e sono stata benissimo.» Che cavolo, Jon era meraviglioso. Aveva passato quasi tutto il tempo seduta in un angolo a conversare con una persona «normale», che con l'ospedale non c'entrava nulla, e a scusarsi era lui. «Mi sono divertita» gli assicurò, sentendosi in colpa per non essersi data da fare di più. «Non mi capita spesso di essere servita e riverita.»

«Non è stato niente di speciale. Credimi, se fosse dipeso da me saremmo tornati a casa e ci saremmo raggomitolati sotto le coperte ore fa. A proposito» sussurrò, strofinandole il naso sul collo, «ti va di fermarti?»

Alex sorrise. Si era convinta che quella sera Jon si sarebbe reso conto che non erano fatti l'uno per l'altra, che lei non aveva niente in comune con i suoi amici e che, in sostanza, non era la donna giusta. Invece non sembrava affatto infastidito dalla sua mancanza di intraprendenza durante il gala e dalla reazione poco entusiasta dei suoi amici.

Era un uomo davvero speciale, e più lo conosceva più si persuadeva che quella relazione poteva durare. Si morsicò il labbro.

Aveva bisogno di altro, per sistemare la faccenda una volta per tutte?

12

Il mattino dopo, Leonie trovò finalmente il coraggio di chiamare la Jones Cantor, lo studio di intermediazione mobiliare dove sperava lavorasse Nathan.

Aveva rimandato finché non aveva deciso cosa dirgli esattamente per spiegare che lei – una perfetta estranea – si era ritrovata coinvolta nei suoi problemi coniugali.

«Se è il tuo uomo, digli la verità, punto e basta.» Marcy scrollò le spalle come se non potesse essere altrimenti. «Ricordati che sei *tu* ad aver mosso le chiappe per lui.»

«Forse hai ragione. Ti dispiace se lo chiamo da qui?»

«Fa' pure. Va' nel retro, se preferisci. Ai clienti ci penso io.»

«Grazie.» Leonie portò il cordless nel piccolo ufficio del negozio.

«Buongiorno, vorrei parlare con Nathan Abbott.»

«Purtroppo il signor Abbott non lavora più qui, signora» rispose educatamente la receptionist.

«Oh» fece Leonie delusa. «Ha idea di dove possa rintracciarlo? Ha per caso un numero di telefono o un indirizzo?»

«No, mi dispiace.»

«Si è trasferito in un'altra società?»

«Sono desolata, ma non posso aiutarla. Il signor Abbott non lavora più qui» ripeté la donna, stranamente risoluta.

«Capisco. È solo che... ho della corrispondenza importante da consegnargli e volevo sapere dove spedirla.»

«Abbiamo avvisato tutti i suoi clienti...»

«No, non si tratta di questo. Non ero sua cliente, anzi non lo conosco nemmeno...» Per qualche motivo, Leonie non riusciva a smettere di blaterare. «Posso chiederle... so che è una domanda insolita, ma quanti anni ha il signor Abbott?»

«Vuole sapere la sua età?»

«Sì, non sono sicura che sia la persona che sto cercando.» Dio, stava facendo la figura della cretina. «Venti... trenta... cinquant'anni?»

La receptionist iniziò a spazientirsi. «Spiacente, signora, non posso aiutarla. Non forniamo informazioni personali sui dipendenti, in servizio oppure no.»

«Allora può dirmi quando ha lasciato l'azienda?»

L'altra sospirò. «Nathan Abbott non lavora più alla Jones Cantor dal primo gennaio di quest'anno.»

«Grazie.»

«Prego.»

Leonie riappese, cercando di ordinare le idee. La donna le era parsa stranamente restia a parlare. Forse Nathan era stato licenziato? O era stato costretto ad andarsene a testa bassa? Non si poteva mai sapere, con gli agenti di borsa. Dati i recenti scandali, tutto era possibile. Però dalle lettere sembrava un uomo così dolce, così gentile. Forse era stato il capro espiatorio, o qualcosa del genere. Avrebbe domandato ad Alex se per caso non le fosse giunto all'orecchio... Per la miseria, si rimproverò, probabilmente Nathan aveva solo cambiato lavoro, niente di più.

«Sei la persona con l'immaginazione più fervida che io conosca» l'aveva sempre punzecchiata Adam. Gli piaceva prenderla in giro per quella sua mania di spaccare il capello in quattro.

Ma c'erano state occasioni in cui questo suo atteggiamento non l'aveva infastidita per nulla, pensò con nostalgia. Come quella volta, due anni prima.

Dublino, due anni prima

Era passato un anno esatto da quando si erano conosciuti, e Leonie non vedeva l'ora di festeggiare. Quei mesi se n'erano andati in un soffio, loro insieme stavano bene, e qualche settimana prima Adam l'aveva riempita di gioia proponendole di trasferirsi a casa sua.

Leonie stentava a credere alla propria buona stella. L'anno precedente, in quel periodo, era single e stava facendo una vacanza da sola in Tunisia, ora conviveva con un uomo straordinario che la rendeva felicissima e che probabilmente la conosceva meglio di quanto lei conoscesse se stessa.

L'unico neo erano le difficoltà che aveva ancora con Suzanne. Ma probabilmente la ragazzina aveva solo bisogno di tempo per abituarsi alla presenza di un'altra persona nella vita del suo adorato papà. Con un po' di fortuna, prima o poi si sarebbe rassegnata; al momento però bisognava portare pazienza.

Adam stravedeva per la figlia, e più Leonie viveva la situazione in prima persona, più era impressionata dal modo in cui lui la gestiva. Non aveva ancora conosciuto la madre di Suzanne, ma da alcune telefonate concitate fra lei e Adam aveva intuito che probabilmente era un peperino. In più, aveva la sensazione che Andrea fosse gelosa di lei e che non avesse del tutto dimenticato Adam.

Aveva provato una punta di compassione per lei, all'inizio; ma le pressioni che Andrea esercitava su di lui le avevano fatto cambiare idea a poco a poco. Oltre agli alimenti, Adam si faceva praticamente carico di tutte le altre spese di Suzanne, dagli hobby alle vacanze alla paghetta. Era così affezionato alla figlia, e sempre così generoso e disponibile, pur di non entrare in conflitto con la sua ex: Leonie lo ammirava moltissimo.

Quella sera, per il loro anniversario, Adam aveva prenotato un tavolo in un ristorante libanese in città. «È la cosa più simile al cibo tunisino che sono riuscito a trovare» aveva detto, e Leonie non stava più nella pelle. Ormai convivevano, d'accordo, non avevano più bisogno di momenti speciali per stare da soli, però festeggiare un po' sarebbe stato piacevole.

Verso metà giornata Adam la chiamò in ufficio.

«Lee, è saltata fuori una grana. Stasera mi dovrò fermare al lavoro più del solito, perciò è meglio se ci vediamo direttamente al ristorante. Ti dispiace?»

«Niente affatto. A che ora pensi di arrivare?»

«Non troppo tardi, ma non riuscirò a passare da casa per cambiarmi. A proposito, puoi portarmi tu i vestiti? La camicia di Ben Sherman – quella cachi, non quella azzurra – e magari i Levi's che mi hai regalato per il mio compleanno...?»

«D'accordo. Qualcos'altro?»

«No, va benissimo così. Solo non sbagliare camicia, quella azzurra proprio non mi va... Okay?» Sembrava agitato.

«Okay» lo rassicurò Leonie, «e non correre. Guida con prudenza, va bene?»

«Promesso. Ci vediamo poco dopo le sette, allora?»

«Perfetto.»

Quella sera, prima di andare al ristorante, Leonie aprì l'armadio per prendere i vestiti di Adam.

Passò in rassegna le camicie, trovò facilmente quella cachi e la tirò fuori. Poi si fermò. Come mai Adam aveva insistito tanto perché non gli portasse la camicia azzurra? Cosa aveva che non andava? Forse era sporca o...

Non era da lui preoccuparsi in quel modo del proprio look. Riesaminando le camicie, individuò quella incriminata e la estrasse per guardarla meglio.

Notò un rigonfiamento nel taschino destro, una protuberanza che somigliava molto a...

No! Si affrettò a rimetterle entrambe nell'armadio, mentre cercava di calmarsi. Nel taschino c'era una piccola scatola rivestita di velluto rosso, che poteva solo contenere...

No, no, era impossibile, si disse, ma non poté fare a meno di ritirare fuori la camicia azzurra e ricontrollare. Poi, d'impulso, infilò la mano nel taschino e tenne la scatolina sul palmo.

Wow.

Adam aveva intenzione di... voleva forse... Di sicuro non aveva in programma una proposta di matrimonio per quella sera. Però qualcosa doveva avere in mente, altrimenti perché era parso nervoso al telefono e aveva specificato per due volte quale camicia lei avrebbe dovuto portargli (o meglio, quale *non* avrebbe dovuto portargli)?

Il cuore cominciò a palpitarle nel petto. Quasi rimpianse di aver visto la scatolina. Chiaramente Adam aveva cambiato idea. Come si sarebbe dovuta comportare? Doveva fare la gnorri e aspettare l'occasione successiva? Ma non ci sarebbe mai riuscita; l'attesa l'avrebbe uccisa, e poi chissà quando lui si sarebbe deciso a chiedere la sua mano.

Fissò la scatolina chiusa, domandandosi come fosse l'anello. Dio, era pazzesco pensare che un anno prima si era ritrovata più o meno nella stessa situazione, solo che questa volta era molto probabile che l'anello fosse suo...

Al diavolo, doveva dare una sbirciatina; conoscendo Adam, il gioiello sarebbe stato fantastico, ma in caso contrario perlomeno l'avrebbe saputo e sarebbe stata preparata, se lui le avesse regalato qualcosa di orribile.

Sforzandosi di controllare il tremore alle mani, aprì la scatolina, e con sgomento non vide un meraviglioso anello di diamanti, ma un minuscolo foglietto piegato. Che cavolo...?

BECCATA! diceva il messaggio, e lei girò il biglietto, scervellandosi per capire cosa significasse.

«Speravo che ormai avessi imparato la lezione» disse Adam dalla soglia, con un gran sorriso stampato in faccia. Leonie sussultò.

«Da quanto tempo sei lì? Non ti ho sentito entrare. Cosa sta succedendo?» chiese perplessa.

«Non ti avevo detto di portarmi la camicia cachi?» Si avvicinò con una luce divertita negli occhi. «Ma ovviamente non hai resistito alla tentazione di dare un'occhiata a quella azzurra...»

«Io...» Era senza parole.

«Meno male che ti conosco bene.»

Dal tono malizioso (e dal fatto innegabile che Adam non avesse tardato al lavoro), Leonie intuì che quella messinscena era una specie di replica scherzosa del loro primo incontro.

E lei ci era cascata con tutte le scarpe.

«Hai montato questa sceneggiata per prendermi in giro. Non posso crederci!» Si sentiva una perfetta idiota.

«Non solo» replicò Adam, più serio. Accennò alla camicia cachi. «Dai un'occhiata anche a quella, o devo mettermici io?»

Leonie fece tanto d'occhi vedendolo infilare la mano nel taschino ed estrarre una scatolina di cui prima non si era accorta.

«Leonie Hayes» Adam la aprì e si inginocchiò, «tu, la tua mente curiosa e la tua immaginazione iperattiva volete sposarmi?»

Il venerdì seguente, dopo il lavoro, Alex salì nell'appartamento di Leonie con il portatile sotto il braccio. La sua vicina sarebbe andata in visibilio!, si disse bussando alla porta.

In realtà era ancora un po' sconcertata dalla quantità di tempo che passavano insieme, e pensare che non era mai stata un'amante dei buoni rapporti di vicinato. Leonie, però, era simpatica, e così dolce e ingenua da suscitarle quasi un istinto protettivo. Piaceva anche a Jon, e a giudicare dal modo in cui Leonie era andata in brodo di giuggiole per lui l'altra sera, l'apprezzamento doveva essere reciproco.

Ma a parte questo, la storia delle lettere la intrigava sempre di più. Era un mistero da risolvere, ormai, e dopo che la telefonata allo studio di intermediazione mobiliare si era rivelata un vicolo cieco, Alex si era fermata in ufficio per continuare le ricerche online sulla coppia. Forse avevano fatto un buco nell'acqua con Nathan, ma riguardo alla moglie... be', era possibile che fossero sulla buona strada.

«Ciao.» Leonie si sorprese di vederla. «Che succede?»

«Credo di aver trovato qualcosa.» Alex agitò il foglio che teneva in mano. «Una nuova pista che potrebbe aiutarci a rintracciare gli Abbott. Scusa, è un cattivo momento?» Si accorse che Leonie aveva l'aria un po' stanca.

«No, no, stavo per prepararmi la cena. Gradisci qualcosa?»

«Volentieri, se non è troppo disturbo.» Alex non era una grande cuoca, e capitava spesso che si lasciasse talmente trascinare da una storia, mentre lavorava, da finire per saltare i pasti. Perciò sì, la presenza di Leonie era un'autentica benedizione.

«Ma non entusiasmarti troppo, non è niente di speciale. Solo un po' di pasta al pomodoro e un'insalata.»

«Va benissimo!»

Leonie andò in cucina per mettere su l'acqua, poi raggiunse Alex in salotto. «Raccontami tutto. Hai scoperto qualcosa sugli Abbott, dicevi?»

L'altra le porse il foglio. «Uno studio fotografico a Monterey.»

Leonie parve scettica. «Perché dovrebbe esserci utile?»

Alex posò il portatile sul tavolino e lo accese. «Quando non sei riuscita a rintracciare Nathan, ho fatto qualche altra ricerca associando il nome di Helena alla fotografia. E guarda qui, alcune delle foto sul sito web di questo studio sono state scattate niente meno che da... Helena Abbott!» concluse con un certo orgoglio.

«Davvero?»

«Sì. Mi sono ricordata che le piaceva fotografare il ponte. Così, invece di limitare la ricerca al nome e ai luoghi della città l'ho allargata all'intero Stato. Ed ecco cos'è saltato fuori.»

Leonie si sedette sul sofà quando la homepage del sito riempì lo schermo. «Wow, complimenti. Ma pensi sia lei?»

«C'è un solo modo per scoprirlo. Qui dice che sono aperti fino alle nove. Vuoi chiamare tu, o preferisci che lo faccia io?»

«Tu saresti molto più brava. Ti ho raccontato com'è andata con la receptionist della Jones Cantor. È stato come cavare sangue da una rapa.»

«Nessun problema. Posso usare questo telefono?»

«Certo, fa' pure. Ma cosa dirai?»

«Chiederò di Helena e poi vediamo.» Alex sollevò la cornetta e compose il numero indicato sul sito.

«Cannery Row Photography, sono Mark, come posso aiutarla?» rispose un uomo al terzo squillo.

«Buonasera, Mark» lo salutò Alex sotto lo sguardo impaziente di Leonie. «Posso parlare con Helena Abbott, per favore?»

«È in ferie» la informò Mark. Alex fece una smorfia e mostrò a Leonie il pollice in giù.

«In ferie? Be', forse può aiutarmi ugualmente» improvvisò. «Chiamo da San Francisco e mi domandavo se per caso Helena abbia mai lavorato nell'area della baia. Mi interessa perché ho alcuni scatti meravigliosi del Golden Gate attribuiti a una certa Helena Abbott, e spero sia la stessa persona.»

Lui esitò. «È possibile, ma non saprei dirglielo con sicurezza. Lavoro qui solo da un paio di mesi.»

«Però accettate questo tipo di incarichi, vero?»

«Siamo specializzati in ritratti e fotografia di eventi. E anche in naturalistica, ovviamente.»

«Certo.» Era logico, trattandosi di Monterey. «Mille grazie per la disponibilità. Magari richiamo quando Helena rientra dalle ferie. Ha idea di quando sarà?»

«Mi faccia controllare.» Si udì un frusciare di fogli. «Il prossimo sabato.»

«Perfetto. La trovo a questo numero, oppure devo provare sul cellulare?» Con quella domanda, Alex si meritò un sorriso di approvazione da parte di Leonie.

«Secondo quanto vedo qui, ha alcuni ritratti in programma per sabato pomeriggio, perciò salvo imprevisti dovrebbe essere allo studio.»

«Grazie ancora, Mark, è stato molto gentile.»

«Prego. Buona serata.»

«Altrettanto.» Alex riagganciò con un sorriso trionfante.

«Ebbene?» Leonie moriva dalla voglia di sapere cosa avesse scoperto.

L'altra la aggiornò.

«Non è una disdetta che sia in ferie?» si rabbuiò Leonie. «Così non sappiamo ancora se sia lei.»

«Sì, ma se è la donna che cerchiamo, è una fortuna che non sia troppo lontana.»

«Davvero? Non so bene dove sia Monterey.»

«A un paio d'ore di macchina verso sud. Splendido posto, una baia magnifica con una fauna invidiabile. Ti piacerebbe. Non ci vado da anni, un vero peccato perché è una cittadina incantevole e… Perché non facciamo un salto laggiù? Sono sicura che la adoreresti, e già che ci siamo potremmo passare dalla signora Abbott.»

«Andare a trovarla di persona, intendi?» Leonie parve preoccupata. Be', ovvio, pensò Alex, aveva aperto la sua corrispondenza! «Oddio, no, non ce la faccio. Non possiamo semplicemente spedirle le lettere?»

«Sì, ma prima dobbiamo assicurarci che sia lei. Comunque, possiamo sempre far finta di niente e dire che due buste erano già aperte e… cosa c'è?» Alex si accorse che l'altra era diventata rossa come un peperone. «Vuoi scherzare, vero? Ne hai letta un'altra?»

«So che non avrei dovuto, ma non ho resistito. Ho pensato che magari ci avrebbe rivelato qualcos'altro… qualcosa che…»

«È la posta di un'altra persona, tienilo a mente.»

«Lo so.» Leonie si morsicò il labbro. «E non volevo, credimi, ma quando non ho trovato Nathan allo studio di intermediazione ho sperato di poter raccogliere altri indizi. Non so spiegartelo, è stato un gesto istintivo.»

«Questa storia è diventata un'ossessione, eh?» Alex era vagamente divertita, ma soprattutto era curiosa di capire perché la sua nuova amica si fosse intestardita fino a quel punto. «E cosa dice la lettera?»

«Non molto. Nathan ribadisce che è dispiaciuto e che ha nostalgia di lei. Sembra molto pentito, e il modo in cui parla di Helena… è lampante che la ama ancora.»

Leonie nascondeva qualcosa, concluse Alex. Non si era trasferita a San Francisco solo per il clima.

«Faremo il possibile per rintracciarli, ma atteniamoci alle informazioni che abbiamo a disposizione, okay? La donna di Monterey potrebbe essere la persona che cerchiamo, e non so tu, ma io non ho nessuna voglia di spiegarle perché le abbiamo portato un cofanetto pieno di lettere aperte.»

«Non ne leggerò altre, te lo prometto.»

«Quindi andiamo a dare un'occhiata? Potremmo prendere la strada costiera, così ti mostro la vera California.»

«È una proposta allettante.»

Alex intuiva che, nonostante i timori, Leonie era fortemente tentata di accettare.

«Questo weekend mi vedo con Jon, perciò probabilmente è meglio aspettare che la signora Abbott rientri dalle ferie. Potrebbe essere un altro vicolo cieco, ma che importa? Sarebbe divertente in ogni caso, no?»

Leonie annuì con vigore. «Sì, altroché» disse con un sorrisetto.

13

Amore mio,

ormai sarai stanca di queste lettere, ma non posso fare a meno di scriverti. Ci si sente soli da queste parti, ed è bello avere qualcuno con cui… be', non parlare nel vero senso del termine, ma una persona che sia in grado di capire meglio. Gli altri sono abbastanza simpatici e mi sono fatto uno o due amici, ma in realtà l'unica cosa che ci accomuna è essere qui insieme. In qualche modo, questo ci lega, ma non mi impedisce di sentire la tua mancanza e di rimpiangere di non aver fatto una scelta diversa. Avrei dovuto ascoltarti, dare retta alle tue parole, e so che ormai è inutile dirlo…

Nathan aprì gli occhi e fissò il soffitto. Di colpo ricordò che era il suo compleanno.

Non che avesse importanza. Non avrebbe festeggiato, non lo faceva da anni. Cosa c'era da celebrare, in fondo? Era da molto tempo che non aveva nulla di cui gioire e quel compleanno non sarebbe stato diverso.

Sorrise. Peggio ancora, quel *giorno* non sarebbe stato diverso.

Chissà se qualcuno si sarebbe accorto della data… Improbabile. Ormai tutti si erano dimenticati di lui, su questo non ci pioveva.

Helena se ne sarebbe ricordata, naturalmente. Si era sempre fatta in quattro per renderlo felice, soprattutto in occasioni come quella.

A dire il vero, nelle ricorrenze speciali si coprivano di attenzioni a vicenda. Erano due inguaribili romantici. O almeno lo erano stati ai bei vecchi tempi, quando ogni pretesto era buono per fare festa.

Strinse le labbra mentre quei ricordi felici si facevano strada tra le pieghe della sua coscienza. Non avrebbe dovuto abbandonarsi a quei pensieri. Non ne veniva mai niente di buono, ormai avrebbe dovuto saperlo. Eppure non poteva farne a meno. L'ultimo compleanno che avevano trascorso insieme era stato di gran lunga il migliore, prima che andasse tutto a rotoli. Scosse mestamente la testa.

Si chiese se Helena avesse ricevuto il bigliettino che le aveva spedito di recente e, se sì, cosa ne pensasse. Non sapeva perché l'aveva scritto, non era…

«La colazione è pronta, sbrigatevi!» La voce in lontananza lo riportò al presente.

Udendo un trambusto si rese conto che gli altri erano già in piedi e impazienti di andare, perciò avrebbe fatto meglio a darsi una mossa. Si stiracchiò e si tirò su, pensando a Helena.

Non riusciva a togliersela dalla mente, ma sapeva che – compleanno o non compleanno – era inutile rimuginare su di lei e sulla loro vecchia vita insieme. Avevano sperato entrambi che durasse per sempre.

Poveri illusi.

Leonie non stava più nella pelle. Da quando Alex aveva chiamato la Cannery Row Photography più di una settimana prima, a stento era riuscita a concentrarsi sul lavoro e aveva fatto il conto alla rovescia dei giorni che mancavano al viaggio a Monterey e, forse, all'incontro con Helena Abbott. Era sabato mattina, e con Alex stava preparando la macchina nel garage polveroso della loro casa vittoriana.

Monterey era a un paio d'ore da San Francisco, quindi per sfruttare appieno il weekend avevano deciso di pernottare lì e di tornare in città il pomeriggio seguente.

«Che te ne pare?» Alex accarezzò il cofano. Leonie non capiva un'acca di automobili, ma quella macchina nera lucida era notevole, aveva tutta l'aria di un modello sportivo americano.

«È bellissima. Che tipo di macchina è?»

«Ma che domande fai?» si risentì Alex. «Questa, amica mia, è una King Cobra Mustang del 1978.»

«Okay.» Leonie non aveva idea di cosa stessero parlando. Strano, non avrebbe mai immaginato che Alex fosse appassionata di motori.

«Splendido gioiellino, eh?» L'altra fece scorrere la mano con ammirazione sulla portiera. «Non puoi nemmeno immaginare quanto tempo abbiamo impiegato per trovarla, o meglio per riportarla all'antico splendore.»

«*Abbiamo*?» chiese Leonie, ma Alex era già salita e aveva acceso il motore. Be', si disse montando a sua volta, a prescindere dalla durata del restauro pregava che la macchina fosse all'altezza, perché le era appena venuto in mente che per uscire da San Francisco dovevano superare le sue colline vertiginose. «Quando è stata l'ultima volta che l'hai usata?» domandò nervosamente mentre procedevano sobbalzando lungo Green Street.

«Rilassati, concedile qualche minuto per scaldarsi.»

Alex attraversò Union Street, poi prese una curva molto stretta verso la Van Ness Avenue. Lì, con orrore di Leonie, dovettero affrontare un pendio ripido e assolutamente spaventoso.

Fu assalita dal panico quando cominciarono a scendere, e le nocche le diventarono bianche quando la gravità prese il sopravvento e la Mustang si lanciò a tutta birra giù da una collina apparentemente interminabile. Se non fosse stato per gli incroci che si susseguivano fino in fondo, avrebbe giurato di essere sulle montagne russe. Quando si avvicinarono al primo, pregò tutti i santi del paradiso che i freni fossero robusti, perché altrimenti…

«Oddio!» Si coprì gli occhi.

Ma Alex inchiodò all'ultimo secondo. «Non ti fidi di me?» la canzonò mentre guardava a destra e a sinistra in fondo alla discesa. Dopodiché schizzò giù per la successiva alla stessa folle velocità. Chiaramente amava la vita spericolata.

«Santo cielo» fece Leonie. Perché diavolo era salita in macchina con una come Alex, che senza dubbio aveva una gran voglia di morire?

Ma dopo un paio di isolati la Mustang svoltò a destra e la tortura finì. Quando il battito le tornò normale, Leonie si voltò verso l'amica. «Per favore, dimmi che non ci sono altre colline lungo la strada. Il mio cuore non reggerebbe.»

Alex sorrise. «Perché? Non ti è piaciuto? Dai, è stato forte! Avevo dimenticato quanto fosse divertente, ma salire è ancora meglio, perciò al ritorno potremmo…»

«Voglio scendere!» esclamò Leonie, scherzando ma non troppo. «Sono debole di cuore!»

«Sta' tranquilla, da qui in poi la strada è tutta piatta.» Si lasciarono la città alle spalle e si diressero a sud lungo la Route 1, la leggendaria autostrada costiera che si snodava lungo le scogliere fino alla baia di Monterey.

Alex aveva ragione: la vista era mozzafiato e i banchi di nebbia che avvolgevano gli scogli come veli eterei rendevano il paesaggio ancora più spettacolare.

Dopo una mezz'ora Alex accese la radio, e cominciò a cantare un vecchio brano di Johnny Cash; Leonie intanto rifletteva in silenzio su quanto fosse cambiata la sua vita in breve tempo. Le sarebbe piaciuto sapere cosa stesse facendo Adam in quel momento e cosa avrebbe pensato se l'avesse vista correre lungo l'autostrada su una vecchia Mustang con una ragazza che conosceva a malapena. Lei e Alex avevano simpatizzato subito, e sembravano destinate a diventare ottime amiche. Si mordicchiò il labbro, chiedendosi cosa avrebbe detto la sua vicina di ciò che era accaduto in Irlanda. Prima o poi gliene avrebbe parlato, ma per ora non era pronta.

Anzi, era rimasta sbalordita quando Grace l'aveva informata che Suzanne si era trasferita da Adam. Cosa significava? E soprattutto, che ruolo aveva Andrea in questa storia? Non aveva più importanza, si disse, scacciando quei pensieri. Dopotutto non erano più affari suoi.

Più di un'ora dopo, la Mustang attraversò una magnifica zona di paludi e colline. Poi, più avanti, Leonie intravide una meravigliosa insenatura circolare annidata nell'incavo di un'enorme penisola. Il sole di mezzogiorno si rifletteva scintillando sull'acqua e le barche a vela punteggiavano il tratto di mare lungo la costa. «La baia di Monterey» annunciò Alex. «Fantastica, vero?»

«Altroché.» Era incantata.

«Avevo quasi dimenticato quanto fosse bella. È da un'eternità che non vengo quaggiù.»

Mentre percorrevano la dolce curva del litorale e giravano intorno alla baia, Leonie distinse infiniti uccelli marini al largo. Alcuni si tuffavano tra le onde per catturare le prede, altri si sollevavano maestosi nella brezza.

«Cosa facciamo quando arriviamo allo studio fotografico?» domandò mentre uscivano dall'autostrada e si avviavano verso la città. «Cosa succede se troviamo Helena?»

Una parte di lei si augurava che la donna della Cannery Row fosse quella che cercavano, ma un'altra sperava di no perché così non avrebbe dovuto giustificarsi. Chissà come avrebbe reagito Helena. E se addirittura avesse chiamato la polizia?

Alex, invece, sembrava molto serena. «Prima dobbiamo verificare che sia lei, poi decideremo il da farsi.»

A Leonie non piaceva l'idea di varcare la soglia dello studio senza aver messo a punto un piano ben preciso, ma Alex sembrava sapere il fatto suo, così non la contraddisse. La sua vicina era stata gentile e generosa a proporle quel viaggio; e lei era sì impaziente di visitare Monterey, tuttavia la prospettiva di dover dare spiegazioni a Helena le logorava i nervi.

Posteggiarono in un parcheggio pubblico e decisero di mangiare un boccone prima di andare allo studio.

Il Fisherman's Wharf di Monterey, pieno di mercati e ristorantini che offrivano specialità di pesce, era una versione in miniatura di quello di San Francisco.

Divisero un cestino di deliziosi gamberetti freschi serviti con succo di limetta e seguiti da un buon caffè, quindi tornarono alla macchina e partirono per lo studio, che si trovava nel cuore di Cannery Row.

La strada, che un tempo ospitava gli stabilimenti per

l'inscatolamento delle sardine, era diventata un'attrazione turistica, e Leonie si ritrovò ad ammirare le vecchie fabbriche, le incantevoli locande in stile vittoriano e moltissimi negozi graziosi. Si fermò più volte a sbirciare le vetrine dei piccoli caffè, delle cioccolaterie e delle gallerie d'arte che si susseguivano sulla strada.

Alla fine arrivarono davanti alla Cannery Row Photography.

«Oddio.» Leonie fece una smorfia nervosa. «Non so se è una buona idea. Come ci comportiamo, e come facciamo a capire se è la vera Helena? Ho paura di non...»

«Rilassati, tu non devi fare niente. Aspettami qui. Entro, faccio qualche domanda, torno e ti dico che idea mi sono fatta. Poi decideremo come procedere.»

«D'accordo.» Leonie aveva un nodo allo stomaco. «La riconosceresti subito, vero? Dato che eravate vicine e tutto il resto.»

Alex sospirò. «Non ci conterei. Non l'ho mai conosciuta veramente, ed è passato molto tempo. Ma chissà, magari vederla in faccia mi rinfresca la memoria.» Entrò.

Dopo qualche minuto, Leonie si spostò all'ombra. Le vie erano affollate, il sole picchiava, e sentì il bisogno di camminare un po'. Percorse un breve tratto, trovando un sollievo immediato nella leggera brezza che spirava dal mare. Si avvicinò all'acqua. Stese sulla schiena, due otarie si crogiolavano pigramente lambite dalle onde. Adam avrebbe adorato quella scena, pensò, abbandonandosi di nuovo ai ricordi.

«Animaletti carini, eh?»

Una voce maschile la strappò dai suoi pensieri, facendole notare che non era sola. Poco più in là, qualcun altro stava guardando le otarie. Un surfista, forse? Scalzo e fasciato in una tuta da sub, con i capelli pettinati all'indietro e il viso abbronzato, pareva appena uscito dall'oceano.

«Bellissimi.» Leonie scrollò il capo, stupita. Gli animali erano come svaniti sott'acqua, ma lei continuò a fissare lo stesso punto nella speranza che ricomparissero.

«Questo è niente in confronto a quello che succede nelle profondità.» Lo sconosciuto sembrava sapere il fatto suo, e Leonie si disse che forse non era un surfista: un sub, più probabilmente.

«Posso immaginarlo.» Le sarebbe piaciuto tanto provare quell'esperienza, ma al momento non era lì per quello, pensò.

«Sei già stata all'acquario?» L'uomo aveva un leggero accento che Leonie non riusciva a identificare.

«No, purtroppo ci fermiamo solo per poco.» Gli spiegò che lei e Alex erano appena arrivate.

«Per quanto?»

«Una notte, anche se non abbiamo ancora trovato un alloggio.»

«Peccato.»

Leonie non poteva essere sicura, ma le sembrò di captare una punta di malizia nella sua voce. Quel tipo stava forse *flirtando* con lei?

Imbarazzata, arrossì, non sapendo come reagire. Lo sconosciuto era alto, molto abbronzato e probabilmente biondo, anche se era difficile da dire dati i capelli bagnati. Non si poteva negare che fosse *molto* attraente, concluse, mentre il sangue le affluiva alle guance.

«Posso consigliarti un paio di posti, se vuoi.»

«Grazie, ma devo andare a cercare la mia amica.» Leonie si allontanò. «Oh… eccola.» Con enorme sollievo la vide che camminava verso di loro con aria smarrita.

«Alex, da questa parte!» chiamò, e quando l'altra si avvicinò, l'uomo spalancò gli occhi.

E Alex lo stesso.

«Allora, com'è andata? L'hai trovata o...» Leonie lasciò la frase a metà, notando che l'amica fissava lo sconosciuto con espressione indecifrabile.

«Seth» disse pacata.

«Ciao, Alex. Quanto tempo!»

14

Calmati, si rimproverò Alex. Tra tutte le persone che poteva incontrare, si era imbattuta proprio in Seth.

«Come va?» chiese lui disinvolto, come se si fossero visti solo il giorno prima. E a giudicare dalle guance arrossate della povera Leonie, non era cambiato di una virgola!

«Benissimo» rispose allegramente, decisa a imitare il suo atteggiamento rilassato.

Leonie spostò lo sguardo da lei a lui. «Oh, voi due vi conoscete.»

«Sì» confermò Seth.

Alex si affrettò a cambiare discorso. «Com'era la Florida? Mi hanno detto che ci sei stato di recente.»

Ma secondo il mio avvocato, l'hai lasciata da un bel po'.

«Niente male.» Seth scrollò le spalle in quel modo noncurante e sbrigativo che l'aveva sempre fatta ammattire. Ma cavolo, era in forma smagliante ed era comprensibile che Leonie fosse sottosopra.

Il tempo passato sull'oceano a guidare spedizioni subacquee gli aveva schiarito i capelli e scurito la carnagione, e la tuta metteva in risalto il suo fisico snello e slanciato. «Ma mi è mancata la costa occidentale.» Seth la guardò dritta negli occhi.

«Sono sicura che hai usato il tempo al meglio, come

sempre» commentò Alex asciutta. «Da quanto sei tornato?»

«Un paio di settimane. Ho promesso di dare una mano al proprietario di un negozio di attrezzature da sub.» Parve imbarazzato. «Volevo chiamarti.»

«Come no.» Lei fece un sorriso forzato. «Comunque, è meglio andare.» Si voltò verso Leonie.

«Aspetta. La tua amica mi ha detto che cercate un posto per la notte.»

«Ci arrangeremo, grazie.» Infastidita, Alex si rese conto di non riuscire a staccargli gli occhi di dosso.

Seth allargò le mani in un gesto supplichevole. «Sai che sarei felicissimo di aiutare due signore in difficoltà.»

«Non ne dubito» ribatté Alex, lanciando un'occhiata a Leonie, «ma possiamo cavarcela da sole.»

«Ma conosco questa città come le mie tasche...»

«Non è necessario» ribadì Alex in tono fermo, attirandosi uno sguardo interrogativo da parte dell'amica. «Come dicevo, dobbiamo andare.»

«Dai, non avercela con me. Volevo chiamarti, te lo giuro. È solo che ho avuto da fare e...»

Lei si girò di scatto. «Da fare, per un anno intero?» Si pentì subito di essere sbottata in quel modo. «Non che me ne freghi qualcosa, ma potevi almeno dirmi dov'eri.»

Così ti avrei dimenticato una volta per tutte, aggiunse tra sé.

«Forse non ne avevo voglia» la rimbeccò Seth brusco. «Forse volevo...»

«Fare i tuoi porci comodi, e al diavolo tutti gli altri, giusto?» Alex scosse la testa, disgustata. «Non sei cambiato neanche un po', eh? Pensavo che ormai fossi cresciuto.»

«Che *io* fossi cresciuto?» Seth aveva lampi di rabbia negli occhi.

«Mmh, vado a fare un po' di shopping...» iniziò timidamente Leonie.

«Non preoccuparti, non è necessario. Qui abbiamo finito.» Con un'ultima occhiata glaciale a Seth, Alex si incamminò.

«D'accordo, hai ragione, hai ragione, ho sbagliato» concesse lui con voce più dolce. «Avrei dovuto dirti dov'ero.»

«Altroché se avresti dovuto.» Alex rifiutava di cedere anche solo di un centimetro, ma del resto era stato proprio quello uno dei loro problemi, no?

«Vado a fare shopping!» ripeté Leonie con vivacità. «Lì dietro c'è un negozietto di mele caramellate. Che ne dici se ci rivediamo qui tra... una mezz'oretta?» Si allontanò prima ancora che l'amica potesse rispondere.

Alex e Seth si ritrovarono soli, e questa volta nessuno dei due seppe cosa dire.

Alla fine fu lui a rompere il silenzio. «Come stai?»

«Bene, ma non per merito tuo.»

«Lo so, e mi dispiace che sia finita così, ma la situazione era assurda e non mi è venuto in mente un altro modo per...»

«Per ferirmi? Credevo l'avessi già fatto.» Alex incrociò le braccia.

«Dai, non fare così.»

«Come diavolo ti aspetti che mi comporti? Sparisci come se niente fosse...» Ce l'aveva con se stessa perché si lasciava condizionare da lui anche dopo tutto quel tempo. A farle quell'effetto era la sua espressione avvilita da cane bastonato, e i suoi occhi grigio ardesia, e il suo mezzo sorriso, per non parlare del fatto che la sua vicinanza sembrava risvegliarle ogni terminazione nervosa.

«Speravo che ormai ci avessimo messo una pietra sopra» disse dolcemente Seth. Poi, vedendo che Alex taceva, continuò: «Comunque, adesso sono qui e...». Si avvicinò, ma lei fece un rapido passo indietro.

«Non hai nessun diritto» ribatté, riscuotendosi dalle fantasticherie. «Non dopo quello che mi hai fatto passare.»

«Perché deve sempre essere colpa mia? Sei stata tu a decidere di...»

«Cosa avrei dovuto fare? Starmene lì buona buona? Non sono mica una deficiente.»

Seth trasse un profondo respiro. «È inutile rivangare, non trovi? Non possiamo parlarne un'altra volta?»

Nemmeno Alex era in vena di discuterne, in quel momento; non serviva a niente e in più era acqua passata. «Hai ragione, non è il momento né il luogo adatto. Credimi, l'ultima cosa che mi aspettavo era incontrarti oggi.»

«Cosa ci fai qui, a proposito? La tua amica ha detto che siete solo di passaggio.»

«È una lunga storia» sospirò lei, sentendosi di colpo sfinita.

Seth percepì la sua stanchezza. «Ascolta, probabilmente l'altra ragazza non tornerà per un po'. Perché intanto non andiamo a bere una birra? Terremo gli occhi aperti per vederla quando arriva.»

Alex non si fidava a restare sola con lui ed era stato già abbastanza difficile trovarselo di fronte, figurarsi sedersi a bere un drink. Per qualche motivo, tuttavia, si sorprese ad accettare. «D'accordo, ma non illuderti di cavartela con così poco» lo ammonì in un fiacco tentativo di fare la sostenuta.

Ma come accadeva sempre con Seth, spuntarla era impossibile.

Lui la condusse verso un bar con i tavoli all'aperto e si accomodarono l'una di fronte all'altro, senza guardarsi mentre cercavano Leonie. Un po' per il caldo insopportabile, un po' per lo shock inatteso di aver rivisto suo marito, Alex bevve gran parte della Corona tutta d'un fiato.

Seth, divertito, inarcò un sopracciglio. «Ecco la mia ragazza. Meno male che non hai perso le vecchie abitudini.» Sorrise, stringendo gli occhi con la sua tipica espressione maliziosa.

«Non sfidare la sorte.» Alex giocherellava con il collo della bottiglia. Era passato molto tempo dall'ultima volta che si era sentita chiamare così e, per la miseria, la spontaneità con cui lui aveva usato quell'espressione le faceva ancora un certo effetto. Evitando il suo sguardo, prese la fettina di lime e cominciò a mangiucchiarla, fissando la baia senza realmente vederla.

«Continui a fare anche questo? Non sei cambiata di una virgola.»

Alex scoppiò in una breve risata. «Non illuderti. Sono cambiata eccome, a differenza di te.»

Seth posò la bottiglia. «Sarebbe a dire?»

«*Sarebbe a dire* che ti ho visto con Leonie, prima. Ci stavi provando con lei quando sono arrivata, vero?» Alzò gli occhi e notò che lui faceva del suo meglio per fingere indifferenza.

«Non so di cosa stai parlando.»

«Sii corretto, ammettilo. Tanto non me ne frega niente.»

«Volevo solo essere gentile» insistette Seth, ma senza riuscire a nascondere un sorriso sbarazzino.

Alex conosceva quel sorriso fin troppo bene. «Non ce la fai proprio a trattenerti, eh?»

«Forse hai ragione, ma solo un pochino.» Gli brillarono gli occhi. «È carina, ma non è il mio tipo.»

«Non è il tuo tipo...» Alex era incredula e divertita. «Pensavo lo fossero tutte.»

«Certo che no. Perché? Sei gelosa, forse?»

«Lasciami in pace.» Aveva dimenticato quanto potesse essere esasperante. *Come un bambino di cinque anni che tenta di cavarsi dai guai*, rifletté, bevendo l'ultimo sorso di birra. «Sei incredibile a volte, sai?»

Un altro sorriso bianchissimo. «Grazie, cara» disse Seth esagerando l'accento texano, poi indicò la bottiglia vuota di Alex. «Un'altra?» Si alzò senza aspettare la risposta, mentre lei, seduta sola al tavolo, cercava di capire cosa dovesse provare.

Un anno...

Eppure sembrava fosse stato solo ieri, anzi, si corresse, era Seth a *far* sembrare che fosse stato solo ieri, come se tutto ciò che era successo nel frattempo non significasse nulla. Ma lui era fatto così, punto e basta.

Di lì a un minuto, tornò con altre due Corona.

«Vivi ancora in Green Street? Sto solo facendo conversazione» aggiunse con candore quando Alex gli scoccò un'occhiataccia. «So che lavori ancora per l'emittente, però. Ho visto un paio dei tuoi servizi, negli ultimi tempi. Molto interessanti.»

«Grazie.» Si sentì in imbarazzo, quasi vulnerabile, all'idea che Seth seguisse il suo programma. I loro occhi si incrociarono ancora, ma questa volta lei non distolse lo sguardo.

«Alex, io...»

«Leonie, da questa parte!» Scorgendo l'amica sull'altro lato della via, Alex saltò su e agitò la mano. *Appena in tempo*, pensò. L'atmosfera stava diventando troppo tesa per i suoi gusti, e non voleva restare sola con lui più del necessario.

Leonie si avvicinò sorridendo. «Meno male, temevo di essermi persa. Qui è bellissimo, ma le strade sembrano tutte uguali e io ho un pessimo senso dell'orientamento e… be', ora vi ho trovati.» Spostò lo sguardo da Alex a Seth come se volesse capire che aria tirasse.

«Posso portarti qualcosa da bere?» Lui si alzò e le porse la sedia, tutto cortesia e sollecitudine, come se avesse dimenticato che solo un attimo prima aveva flirtato spudoratamente con lei.

«Berrei volentieri una birra, grazie.» Leonie, invece, se lo ricordava benissimo, notò Alex divertita, vedendola arrossire.

«Arriva subito.» Seth andò al bancone.

«Hai comprato qualcosa di carino?» Alex adocchiò i sacchetti.

«Solo un paio di cosucce per l'appartamento.» Leonie si sedette e si chinò con aria da cospiratrice, lanciando un'occhiata obliqua a Seth. «Non ti è dispiaciuto che me ne sia andata in quel modo, spero, ma ho avuto l'impressione che aveste bisogno di un po' di privacy.»

Alex agitò la mano. «Nessun problema, non preoccuparti.»

«Mi sono presa un bello spavento quando avete iniziato a litigare; non avevo idea che lo conoscessi *così* bene. Sembra simpatico. Mentre ti aspettavo, è spuntato fuori dal nulla e ha cominciato a parlarmi! Stentavo a crederci.»

«È tipico di lui» osservò Alex asciutta.

«Però devo ammettere che non mi è dispiaciuto. Non capita tutti i giorni che un bel fusto attacchi discorso con una come me. E poi ha un modo, non so... un modo *incredibilmente* sexy di guardarti. Ti fa diventare le gambe molli.»

«È fatto così.» Alex bevve un sorso di birra sforzandosi di trattenere un sorriso.

«È questo l'effetto che mi ha fatto. Anzi, me lo fa ancora.» Leonie ridacchiò lanciando un'occhiata verso il bancone, dove Seth aspettava di essere servito. «Ma chi è? Un ex fidanzato o roba del genere?»

L'altra la guardò, decidendo che tanto valeva sputare il rospo. «Veramente» disse con un sospiro stanco, «è mio marito.»

15

Leonie, scioccata dalla notizia, aveva ancora la bocca aperta quando Seth tornò. Alex si sentiva in colpa, probabilmente adesso la sua vicina era in imbarazzo per averle confessato di trovarlo sexy, ma era una novità, forse? Non c'era donna che non si sciogliesse davanti a lui.

Le domande iniziarono quando le ragazze lasciarono Seth e tornarono verso il centro di Monterey per cercare un alloggio.

«Non mi avevi detto di essere *sposata*!» Leonie era così sbalordita che pareva aver dimenticato la vera ragione del loro viaggio. Quando Alex le disse che Helena non era allo studio e che non sarebbe stata reperibile fino all'indomani, l'altra quasi la ignorò, mostrando molto più interesse per la relazione tra lei e Seth.

Anche se era l'ultima cosa che Alex desiderava, lui le aveva convinte a cenare tutti insieme quella sera.

«Conosco un fantastico locale messicano dove fanno i migliori margarita dello Stato» aveva dichiarato, e nonostante la riluttanza lei aveva dovuto ammettere che avevano delle questioni da risolvere. Cosa che era determinata a fare finché sapeva dov'era suo marito.

Ora che avevano trovato un motel e stavano disfacendo i bagagli, Leonie tornò alla carica. «Come mai non mi hai detto niente? Soprattutto con Jon e tutto il resto...

Presumo che lui lo sappia?» Era sconcertata. «Non riesco a credere che tu mi abbia nascosto di essere...»

«È perché non lo sono, per quanto mi riguarda. Sì, eravamo sposati, ma solo sulla carta, e naturalmente Jon lo sa. Non vedevo Seth da quando ha preso il volo un anno fa.»

«Oh.» A Leonie la situazione non sembrava più così interessante. «Siete separati, allora.» Pareva un po' abbattuta.

«Se dipendesse da me, a quest'ora saremmo divorziati, ma Seth si è rifiutato di dirmi dov'era, perciò non ho mai potuto fargli avere i documenti.»

E non si poteva dire che non ci avesse provato. All'inizio, dopo essersi resa conto che era svanito nel nulla, aveva smosso mari e monti per scoprire dove si trovasse. Le sarebbe bastato un indirizzo, un posto di lavoro, persino una spiaggia, ovunque potessero consegnargli le maledette carte del divorzio. Fino a quel giorno, però, il suo sfuggente marito era sgusciato via come le anguille con cui nuotava regolarmente durante le immersioni nell'oceano.

«Ora capisco perché eri così arrabbiata quando l'abbiamo incontrato. Ma cos'è successo? È sparito dopo che vi siete mollati o...»

«Leonie, l'hai visto. Sorriso malandrino ed espressione da cane bastonato. Per non parlare di come ha fatto il cascamorto con te. È così difficile intuire come sono andate le cose?»

L'altra parve a disagio. «Giusto. Diciamo che non era esattamente un tipo fedele.»

Alex sbuffò. «Indovinato! Hai presente la crisi del settimo anno? Con Seth è arrivata dopo sette mesi.»

«Scusa se ho toccato l'argomento. Non ho nessun diritto di farti il terzo grado, e poi non sono affari miei.»

«Non preoccuparti. Ormai l'ho superato. In cuor mio sapevo fin dall'inizio che non era fatto per il matrimonio. Ma ero innamorata persa e molto stupida, e ho corso il rischio.»

In più era rimasta ammaliata da Seth. Era stata una storia d'amore travolgente nel vero senso della parola.

Si erano conosciuti in un locale dalle parti del Marina District a San Francisco e la scintilla era scoccata all'istante. Lei stava ordinando i drink al bancone quando lui le aveva fatto delle *avance*. Era stata subito attratta dalla sua bellezza virile e dal suo fascino di uomo del Sud – qualunque donna normale lo sarebbe stata –, ma era palese che Seth era un dongiovanni. Alex, tuttavia, aveva sfidato se stessa a conquistarlo, e per quasi tutto l'anno successivo era riuscita a mantenere vivo il suo interesse. Il sesso era esplosivo quanto i litigi incessanti, ma lei non aveva mai conosciuto nulla di simile all'energia inesauribile di Seth.

«È nato e cresciuto nel Texas settentrionale, dove non si vede l'oceano nemmeno con il binocolo, ed è diventato istruttore di sub. Questo la dice lunga, no?» raccontò a Leonie. «Qualche mese dopo che ci eravamo messi insieme mi ha portata a conoscere la sua famiglia. Non ci ho dato molto peso; mi aveva fatto una testa così a furia di parlare dei suoi cavalli e di quanto gli mancavano eccetera eccetera. I suoi genitori fanno gli allevatori di bestiame e sono persone squisite.» Fece un sorriso malinconico, pensando alla madre di Seth con le sue dolci leziosaggini meridionali e a suo padre, una versione più grigia e più rude del figlio, ma con la stessa luce maliziosa negli occhi.

«Quel weekend siamo andati a un rodeo poco fuori Dallas. Non so se ne hai mai visto uno, probabilmente no, ma in tutta l'America non esiste niente di simile. Forse è semplicemente una caratteristica texana, ma c'è un grande senso della comunità, capisci?» Si stava lasciando prendere la mano dai ricordi, ma non poteva evitarlo.

Era stata una serata indimenticabile. Seth le aveva comprato un cappello da cowboy per aiutarla a mimetizzarsi tra le persone del luogo, che se ne andavano in giro tutte tronfie sfoggiando un abbigliamento da rodeo. Vecchi e giovani avevano stivali sotto i jeans o la gonna, e persino i bambini sembravano cowboy in miniatura con le camiciole a scacchi e i cappelli. Alex aveva immaginato Seth a quell'età, mentre correva a rotta di collo sotto le gradinate aspettando che iniziasse lo spettacolo.

«Mi aveva detto che quella sera avrebbe partecipato, e io pensavo che avrebbe solo sfilato in sella al suo cavallo. Non avevo idea che...»

Il rodeo era stato inaugurato ufficialmente dall'inno nazionale, e Alex e la sua futura suocera Sally erano ancora in piedi insieme agli altri spettatori, quando Seth era comparso al centro della pista.

«Avresti dovuto vederlo, Leonie.» Alex scoppiò a ridere. «Oggi ti è sembrato bello, ma con gli stivali da cowboy, i jeans e il cappello...» Sorrise al ricordo. «Ha preso il microfono e ha scambiato qualche battuta con il presentatore, un tipo che conosceva bene. Seth conosceva *tutti*. A ogni modo, come ho detto, era al centro della pista con il microfono in mano quando si è messo in ginocchio e...» Quasi si pentì di aver iniziato a raccontare. «Si è girato verso di me, e davanti a mezzo Texas mi ha chiesto di sposarlo.»

«Wow» fece Leonie rapita.

«Già.» E anche se Alex aveva avuto qualche dubbio, soprattutto perché si conoscevano da poco, come avrebbe potuto dire no? Inoltre avevano tutti gli occhi puntati su di lei, in attesa della risposta. Era rimasta letteralmente estasiata dalla grandiosità del momento e si era lasciata trascinare dall'emozione. Scene come quella si vedevano solo nei film, dopotutto.

«Poi, quando le urla e gli applausi si sono spenti e io ho accettato, indovina cos'ha fatto?»

«È corso da te e ti ha presa tra le braccia?» azzardò Leonie sognante.

«No.» Era quello che si era aspettata anche Alex, invece Seth aveva sorriso e, facendole l'occhiolino, aveva detto: «Augurami buona fortuna, tesoro».

«Ed è andato verso i recinti. Ero così sbalordita da non rendermi conto di cosa stava succedendo. Due minuti dopo c'è stata un'esplosione di musica country e il mio futuro marito è ricomparso sulla pista, in groppa a un maledetto *toro* che lo sbatacchiava qua e là come una bambola di pezza!»

«Vuoi scherzare!» Leonie aveva gli occhi fuori dalle orbite.

«Niente affatto. Mi chiede di sposarlo e poi si fa quasi uccidere. È *questo* l'uomo che hai conosciuto oggi. Dovevo capire subito che non sarebbe durata.»

Si erano sposati poco dopo. Era stato un periodo di follie e colpi di testa, e Alex non aveva resistito alla tentazione di lasciarsi andare. Purtroppo, ciò che la attraeva di Seth – l'energia incontenibile e la sconfinata voglia di vivere – era anche quello che alla fine avrebbe rovinato la loro relazione. Lui smaniava per le novità e le emozioni forti, e la fede al dito gliele aveva portate via. Non avevano ancora festeggiato il primo anniversario di matrimonio quando Alex l'aveva pizzicato in città con una bellona svampita, dopo che lui le aveva detto che sarebbe uscito con l'equipaggio per un'immersione notturna.

Lei e Jen erano andate in un locale alla moda a North Beach. Era lì che si erano imbattute in Seth, avvinghiato a una stangona bionda in modo tutt'altro che innocente. Aveva ancora la faccia affondata nel collo della tizia quando Alex si era avvicinata e gli aveva domandato a che tipo di «immersione notturna» si fosse riferito.

«No!» Leonie era esterrefatta.

«Sì, invece.»

Anche se Seth le aveva giurato che non sarebbe mai andato oltre, che stava solo «facendo lo scemo», per Alex era stato più che sufficiente, e qualche settimana dopo averlo sbattuto fuori casa aveva contattato un avvocato per l'istanza di divorzio.

Forse Seth la amava, ma un uomo come lui, che aveva un innegabile magnetismo sessuale ed era un dongiovanni di natura, non si sarebbe mai rassegnato alla monogamia. Alex era stata abbastanza stupida per sposarlo, ma non aveva le fette di salame sugli occhi e sapeva di non poterlo cambiare. Seth era Seth e non sarebbe mai stato diverso, per quanto sostenesse il contrario.

Aveva provato a farla ragionare, a convincerla che le sarebbe rimasto fedele, ma lei non aveva voluto ascoltarlo. Così se n'era andato, e qualche settimana dopo Alex si era rivolta all'avvocato e aveva avvisato Seth dell'arrivo dei documenti.

«Fai sul serio, allora?» Era rimasto sgomento dal fatto che sua moglie intendesse andare fino in fondo.

«Certo. Perché sprecare altro tempo?»

«Ma è assurdo! Sei pazza! Non è così che funziona il matrimonio, non puoi darmi un calcio nel sedere per uno stupido...»

«Il matrimonio *funziona* sull'amore, sul rispetto e soprattutto sulla fiducia! E io non mi fido di te, Seth, anzi credo di non essermi mai fidata.»

«Tesoro, non prendiamo decisioni affrettate. Concediamoci un periodo di riflessione. Il divorzio sembra così... drastico.»

«Non sono il tuo tesoro e presto non sarò più nemmeno tua moglie» aveva ribattuto Alex irremovibile.

Non poteva rimettersi con lui, non sopportava neppure l'idea. Non voleva diventare una di quelle donne che perdonavano e poi collezionavano un paio di corna dopo l'altro fino a perdere anche l'ultimo briciolo di autostima. Non era vita, quella. Per quanto amasse ancora Seth, non voleva ridursi così. No, ora o mai più. E quel giorno, dopo averlo osservato in azione con Leonie, era più che mai convinta di aver fatto la scelta giusta.

«Non volevo essere presa in giro di nuovo. E ripensandoci, sono stata scema a cacciarmi in questa situazione. Come mi è saltato in mente di legarmi a un uomo del genere? Era una storia destinata a finire male.»

«Non sono un'esperta» disse Leonie, «ma da quello che mi hai raccontato sembrerebbe che Seth non volesse divorziare. Forse... e non lo sto giustificando... ti amava davvero.»

Alex sorrise del suo romanticismo. «Non è questo il punto. Un tipo come Seth avrà sempre difficoltà ad assumersi le proprie responsabilità, e secondo me non sopporta l'idea di firmare quei documenti perché non vuole compiere un gesto definitivo. Non vuole essere costretto a sciogliere un'unione che sembrava inossidabile.»

«C'è qualcosa che mi sfugge» mormorò Leonie. «Sparire per un anno è un bello sbattimento solo per evitare di firmare dei documenti.»

«Non conosci Seth. Ma ti assicuro una cosa» replicò Alex risoluta, appuntandosi mentalmente di telefonare all'avvocato lunedì mattina, «questa volta non mi scapperà.»

Quella sera alle otto le ragazze rividero Seth in Cannery Row anche se Leonie aveva continuato a ripetere che non voleva essere di troppo.

«L'ultima cosa di cui avete bisogno è un terzo incomodo. Preferisco restare qui a guardare la TV, posso ordinare una pizza, non c'è problema.»

«Neanche per sogno.» Alex l'aveva praticamente trascinata fuori e caricata sul taxi. «Siamo qui per cercare Helena Abbott ed è quello che faremo. Non preoccuparti per Seth Rogers, a lui ci penso io.»

Ma nonostante la determinazione a non farsi condizionare dal suo ex, lo stomaco le fece una capriola quando lo vide in attesa davanti al ristorante. Seth indossava pantaloni color caramello, una camicia di lino candido che esaltava l'abbronzatura e un filo di perline di legno al collo. I capelli erano pettinati all'indietro con il gel. Era assolutamente macho e figo e rilassato e, bisognava ammetterlo, più sexy che mai. *Cazzo...*

Il locale messicano era tutto vetrate e affacciava sull'oceano. Seth si sedette sulla panca vicino a Leonie, di fronte ad Alex. La prospettiva di dover schivare gli sguardi del marito per tutta la sera non la rendeva felice, ma era sempre meglio che averlo accanto.

Pieno di entusiasmo, lui ordinò subito dei margarita ghiacciati.

«Dovete assaggiare il guacamole» disse mentre studiavano il menu. «Lo preparano direttamente al tavolo, e vi garantisco che è il migliore in circolazione fuori dal Messico.»

Lui sì che se ne intendeva, pensò Alex. Andava matto per quella roba, lei lo sapeva, e del resto il cibo messicano era una sintesi perfetta di Seth: infuocato, eccessivo e sfizioso, ma molto complicato e spesso difficile da digerire.

Il loro primo vero appuntamento era stato in un ristorante messicano in Castro Street e il semplice gesto di mangiare si era trasformato in un'esperienza sensuale, grazie a Seth. Avevano usato le mani invece delle posate per arrotolare le *tortillas* calde e speziate, leccandosi dalle dita la crema liquida e la salsa piccante al pomodoro. E poi c'era stata un'altra occasione a casa, quando Seth era stato particolarmente fantasioso con i peperoncini rossi e lo spicchio di lime...

Alex alzò gli occhi e lo sorprese a guardarla con un sorriso allusivo, come se le avesse letto nel pensiero, e si ripromise di ordinare un semplice *burrito* senza contorno.

«Non ho mai assaggiato il guacamole» disse Leonie.

«Ah, no?» Seth si girò. «Ti piacerà, vedrai.»

«Meravigliosi!» Leonie sorrise ad Alex quando arrivarono tre giganteschi margarita. «Prima il Crab Shack e adesso questo. Non avrei mai scovato dei locali così, da sola.»

«Siete state al Crab Shack?» domandò Seth. Era stato

lui a portarci Alex la prima volta. «Come stanno Dan e Phil? Danno ancora la caccia agli UFO?»

Alex sorseggiò con la cannuccia. «Sì. Come sempre.»

«Be', quei due fanno la migliore zuppa di molluschi dell'universo! Ti hanno chiesto di me?»

La ragazza lo guardò. «È da un pezzo che la gente non mi chiede più di te.»

Prima che lui potesse replicare, la cameriera si materializzò e posò sul tavolo un enorme cestino di triangolini di mais, quindi prese un carrello e iniziò a preparare il guacamole. La osservarono mentre scavava la polpa degli avocado, aggiungeva i pomodori freschi, il peperoncino, la panna acida, il succo di tre lime appena spremuti e una generosa dose di coriandolo. «Buon appetito, ragazzi.» Mise la ciotola sul tavolo e se ne andò.

«Mmh, è squisito.» Leonie si leccò le labbra e intinse un altro triangolino.

«Prova anche la salsa al pomodoro.» Seth spinse la scodella verso di lei.

«Attenta, Leonie, ha una predilezione per le cose molto piccanti, e se non sei abituata...» Alex si interruppe, rendendosi conto del doppio senso. A giudicare dal sorriso, se n'era accorto anche Seth, ma per fortuna non fece commenti. «Quella verde non è così tremenda.»

Ma ormai Leonie si era allegramente infilata in bocca un triangolino carico di salsa. Alex trasalì, aspettando l'inevitabile, e rimase a guardare mentre la povera ragazza strabuzzava gli occhi e si avventava sul bicchiere d'acqua più vicino.

«No, l'acqua non serve, bevi il margarita!» ridacchiò Seth mentre Leonie affondava praticamente la faccia nel ghiaccio tritato.

«È stata una cattiveria» lo rimproverò Alex, ma non riuscì a trattenere una risatina. La povera Leonie sembrava sul punto di prendere fuoco.

«Oddio!» ansimò dopo aver bevuto quasi mezzo drink. «Questa roba è pazzesca!»

«Ho provato ad avvisarti, ma non mi hai dato retta.»

«Non credevo fosse *così* piccante. Dio, Seth, come fai a digerirla? Mi sorprende che non sia uno strumento di tortura.»

«È molto versatile» ribatté lui senza staccare gli occhi da Alex, che distolse lo sguardo e fissò uno stormo di uccelli marini in picchiata sull'acqua.

La baia era molto diversa all'ora del crepuscolo, quando la luce si abbassava. Era come se tutti gli animali fossero usciti a cacciare, o a giocare, ignari degli uomini che li spiavano dall'alto. Scorse un gruppo di otarie che si divertiva tra le onde, saltando e tuffandosi senza una sola preoccupazione al mondo, e si stupì ancora una volta della bellezza delicata di quel luogo e dell'effetto calmante che aveva su di lei. Era stata un'ironia della sorte, dunque, imbattersi proprio lì nella persona che incarnava l'esatto contrario della calma.

«Spiegami perché siete qui» disse Seth a Leonie, che era tornata al più innocuo guacamole. «State cercando qualcuno, hai detto?»

Lei guardò Alex, come per chiederle il permesso di parlare.

«Chissà, magari puoi aiutarci» disse Alex a Seth. Poi, un po' per ciascuna, gli raccontarono delle lettere, di Helena Abbott e dello studio fotografico in Cannery Row.

Lui parve scioccato. «Hai letto la posta di qualcun altro? Non sai che è...»

«Sì, so che è reato!» gemette Leonie esasperata, e gli spiegò come e perché avesse aperto le lettere. «Più le leggevo, più avevo bisogno di rintracciare Helena. È così triste che non le abbia lette, lui sembra molto dolce.»

«Se lo fosse davvero, non avrebbe bisogno di chiedere perdono, non trovi?» Alex cominciava a chiedersi come mai l'amica fosse così ossessionata da quella storia. «Magari Helena sta molto meglio senza di lui.»

«Non ne sono convinta. Ma almeno, se avesse la possibilità di leggerle potrebbe prendere una decisione.»

«Sono d'accordo» intervenne Seth, sincero. «Qualunque cosa abbia fatto quel tipo, è pur sempre suo marito e merita una seconda opportunità.»

«Figuriamoci!» si indignò Alex, mentre Leonie aveva tutta l'aria di voler strisciare sotto il tavolo. «Potrebbe aver scopato a destra e a manca per tutto il tempo, per quanto ne sappiamo. Cosa ti fa pensare che meriti una seconda opportunità?»

Sorpresa dalla veemenza della propria reazione, si diede della scema. Stava parlando di Nathan o di Seth? Di entrambi, probabilmente. Doveva far notificare i documenti al suo ex il prima possibile. La presenza di Seth annebbiava la sua capacità di giudizio, facendola sentire nervosa e a disagio.

E decise di dirglielo chiaro e tondo quando, qualche minuto dopo l'arrivo del primo, Leonie andò alla toilette.

«Non voglio più aspettare, Seth. L'abbiamo già tirata troppo per le lunghe. Devi firmare i documenti, quindi dimmi dove devo farteli spedire.» Vedendo che lui non rispondeva, prese la borsetta ed estrasse carta e penna. «Tieni, scrivi l'indirizzo di casa e anche quello del negozio.»

«Okay.» Stranamente, Seth obbedì. Per qualche motivo, la sua arrendevolezza la irritò ancora di più.

«Perché non abbiamo risolto la questione subito? Perché mi hai tenuta in sospeso per tutto questo tempo?»

Seth si strinse nelle spalle. «Pensavo fosse sbagliato prendere decisioni affrettate. Eri così arrabbiata e...»

«Ho dovuto lasciare la mia vita in standby per un anno, mentre cercavo di rintracciarti e mi chiedevo se sarei mai più stata libera. Forse per te non è una cosa importante, ma per me sì, e finché sono sposata non posso voltare pagina.»

«Non puoi?» Lui le lanciò un'occhiata penetrante. «Perché?»

«Non montarti la testa. Per diverse ragioni, cose da persone adulte e mature, di cui tu non hai la minima idea.»

«Ehi, sono otarie quelle che saltano laggiù?» Leonie tornò, e mentre lei e Seth guardavano fuori dalla vetrata, Alex tentò di ritrovare la calma. Perché perdeva il controllo in quel modo? Non poteva permettere a Seth di ricominciare a ossessionarla; era già stato abbastanza difficile arrivare al punto in cui era ora. No, avrebbe telefonato all'avvocato per prima cosa lunedì mattina, e con un po' di fortuna si sarebbe sbarazzata di Seth una volta per sempre.

Lui intanto chiacchierava con Leonie come se niente fosse. Tutto nella norma. «Dimmi, come mai una ragazza irlandese finisce per vivere in California? E come fate a conoscervi?»

«Lavoro da un fiorista a San Francisco e le ho consegnato dei fiori per San Valentino.»

«Fiori?» ripeté Seth incuriosito. «Da parte di chi?»

Leonie sussultò, temendo di aver fatto una gaffe.

«Dell'uomo che frequento.» Alex affondò con energia il coltello nel *burrito.* «Non che siano affari tuoi.»

«Dell'uomo che frequenti... e ti ha mandato dei *fiori*?» La voce di Seth era sdegnata. «Che razza di *ritardato mentale* regala dei fiori a una persona allergica?»

Alex si mise la forchetta in bocca. «Non lo sapeva.»

«Non lo *sapeva*? Da quanto tempo lo conosci?»

«Abbastanza per sapere che mi tratta bene e mi rende felice.»

«Spedendoti dei fiori che potrebbero ucciderti? A me sembra un coglione *fatto e finito.*»

«Non sai niente di lui.» Alex gli lanciò uno sguardo fermo. «E ora che ho scoperto dove rintracciarti, non è nemmeno necessario.»

16

Alex e Leonie passarono la domenica mattina sul molo della baia, poltrendo sotto il sole mentre aspettavano che Helena Abbott iniziasse a lavorare, a mezzogiorno.

«Anche se ha fatto una cosa terribile, devo dire che Seth mi piace molto» ammise Leonie.

Alex gemette. «Piace a tutti, è questo il problema. Ma dietro quella bella faccia e quel sorriso accattivante ci sono solo guai.»

«Oh, no, non volevo dire...» Leonie si agitò all'idea che l'amica capisse fischi per fiaschi. «Non intendevo in quel senso, anche se è molto attraente. È solo che l'ho preso in simpatia, come persona.» La guardò con intensità. «E a giudicare da come si è comportato ieri, mi sembra sinceramente pentito.»

«Non lasciarti incantare dal suo fascino. Questo è il suo solito atteggiamento. Gli occhi da cucciolo e il sorriso falso sono la sua strategia per farsi perdonare.» Alex ridacchiò. «Magari lui e Nathan dovrebbero incontrarsi e scambiare quattro chiacchiere.»

«Dev'essere stata una brutta batosta per te, all'epoca, ma cerca di non essere così cinica. Ho notato la sua espressione, quando ti ha vista ieri, e avrei dovuto essere cieca per non accorgermi di come ti guardava al ristorante. Secondo me ti ama ancora.»

«Sei proprio ingenua» rise Alex. «Hai dimenticato che prima del mio arrivo ci stava provando con *te*?»

«No, no, voleva solo essere gentile. E comunque… sei sicura che non sia solo un atteggiamento?» Anche se la sera prima la tensione si sarebbe potuta tagliare con il coltello, chiunque si sarebbe accorto che tra quei due c'era ancora una scintilla. Tuttavia, per quanto Seth le piacesse, allo stesso tempo Leonie non riusciva a giustificare il suo comportamento.

Alex alzò gli occhi al cielo. «Il buon vecchio Seth colpisce ancora. A parte gli scherzi, so di cosa sto parlando. Non fraintendermi, capisco meglio di chiunque altro quanto sia facile restare affascinate da lui, ma è stato molto tempo fa e ormai ho imparato la lezione. Non c'è da fidarsi, punto e basta. E in ogni caso, ho voltato pagina e sono molto felice.»

«Che ne pensa Jon?»

«Non ha fatto storie, per ora. Ma credo che come me preferisca risolvere la questione una volta per tutte.»

«Posso immaginarlo. Allora farai notificare i documenti al tuo ex?»

«Certo. Non dovrei?»

«E se rifiuta ancora di firmarli?»

«Non ha mai rifiutato di firmarli. Non sapevo dove spedirli.»

«E non ti sei mai chiesta il perché?»

«Non ti seguo.»

«Forse per tutto questo tempo non ti ha detto dove potevi trovarlo perché non voleva concederti il divorzio.»

«Ti ha dato di volta il cervello? Sposarsi è stata la cosa peggiore che gli sia mai capitata, perché ha dovuto smettere di fare il donnaiolo. O almeno *avrebbe* dovuto» aggiunse Alex sarcastica. «Perciò, per favore, basta con questi sentimentalismi. Ne abbiamo già parlato abbastanza. A proposito» – consultò l'orologio –, «Helena dovrebbe iniziare tra poco. Diamoci una mossa.»

«Okay.» Leonie recuperò la borsetta, decidendo di non perorare ulteriormente la causa di Seth. Alex aveva ragione, forse si era lasciata incantare da lui come dalle lettere di Nathan. Dio, era la vergogna del genere femminile, sempre pronta a perdonare e a dare agli uomini il beneficio del dubbio!

Salirono sulla Mustang e tornarono in Cannery Row. Era ancora titubante all'idea di incontrare Helena: e se fosse stata la donna che cercavano? Sarebbe stata felice di ricevere le lettere, o si sarebbe arrabbiata? No, di sicuro avrebbe capito che lei le aveva lette solo perché non aveva avuto altra scelta, e se alla fine si fosse rimessa con il marito, forse le sarebbe persino stata grata.

Quando entrarono nello studio, furono accolte da una donna cordiale seduta dietro il banco della reception.

«Salve» la salutò Alex con disinvoltura. Avevano concordato che sarebbe stata lei a parlare, dato che era abituata a intervistare le persone.

«Posso aiutarvi?» chiese la receptionist.

«Sì, volevamo sapere se Helena Abbott è libera» rispose Alex. «Ho chiamato ieri e mi hanno detto che oggi sarebbe stata qui.»

«Esatto. Siete venute per i ritratti? Siete un po' in anticipo e sta allestendo il set, ma controllo se...»

«Non abbiamo un appuntamento. Speravamo solo di scambiare due parole con lei riguardo ad altri suoi lavori.»

Era vero, in un certo senso, e Leonie si sorprese ancora una volta dell'ingegnosità di Alex.

«Vado a vedere se può ricevervi.» La donna si alzò e superò una porta a destra della reception. Dopo un paio di minuti si udirono delle voci e dei passi.

Alex guardò l'amica e le strizzò l'occhio come a dire «ci siamo», e quando la porta si aprì la receptionist ricomparve, seguita da una bruna snella ed elegante, sui trentacinque anni. Leonie sentì il battito che accelerava per l'emozione. Poteva essere lei!

Alex si alzò. «Helena Abbott?»

La donna fece sì con la testa. «Posso fare qualcosa per voi?»

«Sono sicura che è molto occupata, ma mi chiedevo se potesse dedicarci un minuto del suo tempo.»

Helena fece un sorriso affabile. «Ho un appuntamento alle due, perciò nessun problema. Dica pure.»

«Mi auguro che non troverà strane le mie domande... ma lei è di San Francisco... o ha vissuto lì di recente?»

«In effetti vengo dall'area della baia. Perché?»

«Per caso ha lavorato come fotografa da quelle parti?»

«Sì, come libera professionista prima di trasferirmi qui qualche mese fa.»

«Ed era specializzata nelle fotografie del Golden Gate?»

«Non proprio, ma ogni fotografo degno di questo nome immortala il ponte, ogni tanto. Ma perché?»

Alex guardò Leonie. «Io e la mia amica stiamo cercando un'ex inquilina della nostra palazzina. Si chiama Helena Abbott. Abitava in Green Street, forse?»

Leonie non poteva esserne sicura, ma le sembrò che a quelle parole gli occhi verdi della donna si colmassero di diffidenza. Quando rispose, tuttavia, lo fece con il consueto tono brioso. «Purtroppo no» disse Helena con un sorriso dispiaciuto. «Vi siete rivolte alla persona sbagliata.»

«Che peccato» proseguì Alex. «Il fatto è che la signora Abbott riceve ancora molta posta, in parte piuttosto urgente. Volevamo solo assicurarci che non le sfuggisse qualcosa di importante.»

«Sono desolata, ma di sicuro il padrone di casa avrà il recapito dei precedenti inquilini.»

La voce di Helena era ancora cortese e tranquilla, eppure Leonie aveva la netta sensazione che la donna avesse mangiato la foglia. Alex doveva essere arrivata alla stessa conclusione.

«Sfortunatamente no. E siccome io e la mia amica siamo venute a Monterey per il weekend, e abbiamo scoperto per caso che qui lavorava una certa Helena Abbott, abbiamo pensato di fare un tentativo» spiegò con nonchalance.

«Mi rincresce, non posso aiutarvi.»

«Ci scusi se l'abbiamo disturbata.» Alex si avviò verso la porta. Lanciò un'occhiata furtiva a Leonie, poi aggiunse con una risatina: «Dovremo rispedire al mittente tutte quelle lettere d'amore».

Helena annuì con espressione indecifrabile. «Immagino di sì.»

«Che ne pensi?» domandò Alex quando furono uscite. «È lei oppure no? Non posso dire di averla riconosciuta, ma come sai non ricordo che aspetto avesse.»

«Sono confusa. Probabilmente ha l'età giusta e corrisponde alla descrizione contenuta nelle lettere, infatti credevo fossimo sulla strada giusta... Dice di non aver vissuto in Green Street, ma ha cambiato faccia quando hai menzionato l'indirizzo, e questo è curioso.»

«È per questo che ho lanciato l'esca delle lettere d'amore. Ma non ha abboccato, vero?» Alex sospirò. «Non so, può darsi che vediamo stranezze dove non ce ne sono.

In teoria, se quella donna è la nostra Helena Abbott, non avrebbe motivo di fingere il contrario.»

«No, a quanto ne sappiamo.»

«Non avrei mai pensato di dirlo, ma mi sa che dobbiamo scoprire qualcosa in più su quei due.»

«Helena e Nathan, intendi?»

«No, Stanlio e Ollio. Chi, altrimenti?»

Leonie sorrise. «Allora apriamo altre lettere? Alla ricerca di nuovi indizi?» chiese speranzosa.

«Perché no? Ne abbiamo già lette tre, tanto vale leggerle tutte.»

Leonie era al settimo cielo. Moriva dalla voglia di proseguire la lettura, ma tutti quanti le avevano praticamente dato della criminale! «Giusto. Abbiamo fatto trenta, facciamo trentuno.»

Abbiamo fatto trenta, facciamo trentuno.

Quel modo di dire – il preferito di Adam – continuò a ronzarle in testa mentre tornavano a San Francisco. *Interessante*, pensò, riflettendo ancora una volta sugli avvenimenti che avevano preceduto la sua partenza da Dublino. Quella frase sembrava uno specchio perfetto del modo in cui aveva affrontato la situazione con il suo ex.

Dublino, un anno e mezzo prima

In vista del matrimonio, Leonie e Adam avevano aperto un conto corrente cointestato, dirottando lì stipendi e disposizioni di pagamento.

Il primo estratto conto arrivò un mattino con la posta,

e dire che lei rimase senza parole quando aprì la busta sarebbe stato un eufemismo. Aveva sempre saputo che Adam contribuiva in misura notevole alle spese di Andrea, ma a quanto pareva dava anche una paghetta molto generosa alla figlia.

«Cento euro alla *settimana*?» domandò scioccata. «Cosa se ne fa una quattordicenne di tutti questi soldi?»

Fino a quel momento non si era intromessa, ma ora avevano unito le risorse, e in più dovevano risparmiare per le nozze, quindi riteneva fossero anche affari suoi.

Adam alzò gli occhi dal giornale. «Ti riferisci alla paghetta di Suzanne? Sono spiccioli.»

Lei si allarmò di fronte a tanta superficialità. «Quattrocento euro al mese sono un sacco di soldi per una ragazzina della sua età.»

Soprattutto perché Andrea batteva cassa ogni giorno per le ripetizioni, il dentista e compagnia bella. Adam aveva appena acconsentito a sborsare quasi mille euro per una gita scolastica, e solo la settimana prima la sua ex gli aveva spedito la fattura per la ritinteggiatura della cameretta.

«È una giovane donna, ormai, non si può pretendere che si accontenti di una stanza da "piccola principessa"» aveva dichiarato Andrea, mentre Leonie era convinta che non ci fosse ambiente più adatto per quella ragazzina smorfiosa, che dopo il fidanzamento le aveva dato parecchio filo da torcere. Così, scoprire che riceveva anche un'esorbitante paghetta settimanale l'aveva mandata in bestia.

«Lo pensi davvero?» si sorprese Adam. «È stata Andrea a suggerirlo, perché io ero indeciso. Secondo lei gli adolescenti devono essere autonomi.»

«Spillare mance a paparino non è sinonimo di autonomia.»

Sapeva che non avrebbe dovuto dargli il tormento, ma era una questione di principio. Andrea se ne stava chiaramente approfittando, e anche se Suzanne si limitava a seguire l'esempio della madre, qualcuno doveva pur spiegarle che i soldi non crescevano sugli alberi.

Anche se, pensando alla ragazzina con la sua tenuta da *fashionista* in erba – stivali Ugg, *leisurewear* Abercrombie & Fitch e borsetta Juicy Couture (per non parlare della sua predilezione per i centri commerciali di lusso) –, concluse che probabilmente sarebbe stata una battaglia persa.

Adam posò il giornale. «Ora che ci penso, forse è un po' troppo. Ma d'altra parte è solo una paghetta, e sono suo padre, non voglio fare lo spilorcio.»

«Certo che no.» Leonie l'aveva sempre ammirato per l'affetto che dava alla figlia, però era palese, quelle due ci marciavano sopra. «Ma ogni tanto mi chiedo se la tua generosità venga apprezzata» aggiunse cauta. «Hai sempre lavorato sodo per mantenerle, mentre Andrea non ha mai mosso un dito. Forse qualche volta dovrebbe provvedere anche lei alle spese di Suzanne.»

«Come sarebbe a dire, non ha mai mosso un dito? Fa la madre. È stata lei a educarla e a crescerla, trasformandola nell'adorabile giovane donna che è adesso.»

Leonie rifletté. Che Adam avesse ragione? Aveva forse sottovalutato gli enormi sforzi e sacrifici necessari per allevare un bambino? Era possibile, ma non capiva perché questo autorizzasse Andrea a fare la bella vita mentre i padri dei suoi figli pagavano i conti. Non era giusto, senza considerare che non aveva idea di come avrebbero tirato avanti quando lei e Adam si fossero sposati e magari avessero messo su famiglia. Avrebbero dovuto mantenere anche Andrea e Suzanne? In quel caso, a differenza dell'altra, lei non avrebbe beneficiato del lusso di essere una madre casalinga; i loro due stipendi messi insieme non sarebbero bastati, se quasi un terzo della retribuzione di Adam fosse finito dritto dritto nelle tasche di Andrea.

Dovevano risolvere la questione. Era stata consapevole fin dall'inizio che sarebbe stato più difficile avere una relazione con un padre, ma amava Adam con tutto il cuore e voleva passare il resto della vita con lui.

«Non dubito che Andrea abbia fatto molti sacrifici per crescere Suzanne, ma forse dimentichi che li hai fatti anche tu. E inoltre, ormai Suzanne non assorbe più molto tempo a sua madre. È abbastanza grande perché Andrea possa vivere la sua vita più o meno come vuole. Non pensi sia ora che contribuisca anche in altri modi? Specialmente dopo tutto quello che hai fatto per lei.»

«Lee, le ho tolto la possibilità di avere una vita normale, o anche solo l'ombra di una giovinezza spensierata» replicò Adam con convinzione. «Andrea avrebbe potuto fare qualunque cosa, andare al college, intraprendere qualsiasi carriera. Invece, grazie a me è stata privata di un futuro brillante e si è ritrovata rinchiusa tra quattro mura con una neonata sul gobbo.»

Mentre lui dipingeva un ritratto molto credibile di Andrea come vittima innocente, Leonie pensò che certe cose si facevano in due. A meno che lui non le stesse nascondendo qualcosa, ragionò preoccupata. C'era un risvolto sinistro, forse?

«Ammetto che sono stato colto alla sprovvista quando ho scoperto che non prendeva la pillola come credevo.»

Adam sembrava un po' a disagio, come se d'un tratto si fosse accorto che la discussione poteva essere un tantino troppo delicata per Leonie. «Ma non importa come o perché sia successo, giusto? Il frutto di quel rapporto è stata Suzanne e non l'ho mai rimpianto, neanche per un secondo. È mia figlia e le voglio bene, perciò come faccio a lesinare sulla paghetta?»

Quelle parole la fecero sentire come se stesse tentando di togliere il pane di bocca a una ragazzina. Era chiaro: Andrea teneva saldamente in pugno il suo fidanzato, e lei era una povera illusa se credeva di poter cambiare le cose.

17

Mia cara Helena,

volevo solo dirti che ti penso ancora e spero tu stia bene. Spero anche non ti dispiaccia se continuo a scriverti; altrimenti smetto.

A essere sincero non so perché lo faccio, ma immagino che mi aiuti a sfogarmi. Con te sono sempre riuscito a parlare come non ho mai fatto con nessun altro ed è difficile perdere l'abitudine. Anche qui succedono cose che vorrei raccontarti, ma non lo farò. Non è necessario che tu le sappia.

In più, il tempo sembra non passare mai in questi giorni. Ogni tanto quaggiù pare addirittura che si fermi. Per me, almeno.

Per te è diverso, suppongo.

Come vanno le cose? Te lo ripeto, spero che tu stia bene e che tuo marito ti tratti nel migliore dei modi. So di averti detto che meritavi qualcuno di migliore, qualcuno che ti regalasse il mondo, e per un po' ho creduto di poter essere io quella persona.

Credo di essermi sbagliato anche su questo fronte.

Ti prego, perdonami,
Nathan

Leonie si precipitò al piano di sotto, agitando con foga il foglio sopra la testa. «Non ci crederai!» esclamò quando Alex aprì la porta.

«A cosa?» L'altra si spostò per farla entrare.

«Helena era *sposata*!»

Alex rimase impassibile. «E allora?» Tornò in cucina, dove si stava preparando un sandwich al tonno. «Lo sapevamo già.»

«Ma secondo questa lettera, non con Nathan.»

La sua amica rizzò le orecchie. «Che cosa? Vuoi scherzare?»

«No.» Leonie si sedette sullo sgabello davanti al bancone a isola. «È scritto qui. Non so perché ho sempre dato per scontato che fossero sposati *tra loro*; non ho pensato nemmeno per un secondo che avessero un'avventura extraconiugale!» Guardò Alex. «Così adesso sappiamo di avere solo perso tempo. È stato inutile cercare Nathan Abbott perché Abbott deve essere il cognome di *Helena*. E prima che tu me lo chieda, non ho idea di come si chiami il marito. Nella lettera, Nathan dice solo "tuo marito".»

Alex tagliò il sandwich a metà. «Allora abbiamo trovato quello che cercavamo» disse in tono vivace. «Mistero risolto.»

«Cioè?»

«Probabilmente è questa la ragione per cui Nathan è dispiaciuto. Si sente in colpa per via del tradimento.»

«No, no, impossibile.» Leonie scosse la testa con vigore. «Tieni, leggi.»

Alex diede una rapida scorsa al foglio.

«Si direbbe che Nathan non abbia una buona opinione del marito.»

«A me sembra che non ce l'abbia nemmeno lei» replicò Leonie con sicurezza. «Secondo me il matrimonio era in crisi ancora prima che entrasse in scena Nathan, perché non mi pare che Helena fosse torturata dai rimorsi.»

«Ricorda che abbiamo sentito solo la campana di Nathan. E gira e rigira, penso si possa affermare che ha perso la testa per lei. Forse vuole solo credere che Helena non ami suo marito.»

«Sì, ma qualcosa mi dice che lei non teneva al marito quanto teneva a Nathan, almeno finché non è andato tutto a rotoli.» Leonie era pronta a scommetterci. «Altrimenti, perché Nathan vorrebbe il suo perdono a tutti i costi?» Posò il foglio sul piano di lavoro. «Secondo la mia teoria, i due che vivevano al piano di sopra non erano Helena e Nathan, ma Helena e il marito. Era lui il tipo inquietante che ti ha squadrata da capo a piedi.» Era molto soddisfatta di quella spiegazione; non era mai riuscita a immaginare Nathan come un uomo di quel genere, perciò questa nuova ipotesi le piaceva.

«Sì, non è da escludere. E se non andavano d'accordo, questo spiegherebbe le urla.»

«Esatto. Così adesso sappiamo di aver preso una cantonata. Il problema è che non abbiamo ancora idea di come rintracciarli. La donna di Monterey non ha ancora chiamato, vero?» Speravano che la fotografa, se era la Helena che cercavano, spinta dalla curiosità prima o poi le contattasse. Ma il weekend era finito e non si era fatta viva...

«No, ma è passato poco tempo, e di sicuro sarà ancora sconcertata per essersi trovata di fronte due perfette estranee che l'hanno bombardata di domande.»

«Sì, dobbiamo avere pazienza.» Quale donna, si disse

Leonie, avrebbe resistito alla curiosità davanti a una pila di lettere con sopra il suo nome? Soprattutto dopo che Alex aveva precisato che erano lettere d'amore. No, se la Helena di Monterey era la persona giusta, avrebbero avuto sue notizie. Non aveva dubbi.

Prese il foglio e mostrò all'amica un altro dettaglio.

«Guarda dove dice "qui succedono cose che vorrei raccontarti". Quali cose? E dov'è "qui"? È come se si fosse allontanato da questa zona o...»

«Oh, Leonie, non lo so» la interruppe stancamente Alex. «Forse ci stiamo facendo prendere un po' troppo la mano.»

«In che senso, scusa?»

«In realtà non sappiamo *niente* di queste persone se non quello che possiamo dedurre dalle lettere, e abbiamo già preso un grosso abbaglio: il cognome di Nathan. Chi dice che non stiamo sbagliando ancora?»

«Continuo a non capire...»

«Se vuoi il mio parere, probabilmente c'è un'ottima ragione per cui Helena non ha risposto alle lettere. Chissà, questo tipo potrebbe essere una specie di stalker psicopatico e lei ha dovuto traslocare per fuggire da lui.»

Leonie era delusa. «Ho seri dubbi. Dalle lettere si deduce che Nathan la ama e che vuole aggiustare la situazione tra loro. E come può essere uno stalker se hanno trascorso del tempo insieme nell'appartamento? Helena doveva essere innamorata quanto lui.»

Alex le lanciò uno sguardo compassionevole. «Ascolta, so che vuoi solo aiutarli, ma forse dovremmo starne fuori. Chissà in che razza di guaio potremmo cacciarci. Le apparenze ingannano. Sì, ammetto che le lettere di Nathan sono romantiche e affascinanti, ma non significa che siano sincere. Prendi Seth, per esempio. Riuscirebbe a convincere il diavolo in persona che è innocente come un angioletto, quando in realtà farebbe qualsiasi cosa pur di volgere una situazione a proprio favore.»

«Non è lo stesso, ne sono certa.» Leonie quasi si offese per conto di Nathan. Chiaramente l'incontro con l'ex marito aveva influenzato l'opinione dell'amica.

Alex la guardò. «Seriamente, cosa speri di ottenere? Non conosci queste persone e, siamo oneste, se le lettere le avesse trovate qualcun altro, le avrebbe gettate via. Perché difendi quest'uomo a spada tratta senza neppure essere informata sulle circostanze?»

«Non lo so.» Marcy le aveva fatto più o meno la stessa domanda e Leonie non riusciva a spiegare a se stessa, né tantomeno a loro, il vero motivo per cui aveva bisogno di riunire la coppia.

Nelle parole di Nathan c'era qualcosa che toccava le sue corde. Qualcosa nei suoi modi, e nei suoi tentativi sinceri di rimediare a ciò che aveva fatto, aveva catturato la sua immaginazione. Alex aveva ragione: non avevano la minima idea del perché Nathan fosse così ansioso di ottenere il perdono di Helena.

Ma a parte questo, Leonie voleva aiutarlo ad avere una seconda possibilità. La meritavano tutti, no?

18

Dublino, un anno prima

Mancavano solo sei mesi al grande giorno e Leonie era felice come una pasqua. Aveva imparato a mettere da parte i dubbi su Suzanne e aveva cercato di ignorare i suoi continui assalti alle loro finanze. In fin dei conti, era la figlia di Adam e la sua futura figliastra, perciò avrebbe dovuto rassegnarsi.

A onor del vero, non era solo colpa della ragazzina; sua madre le aveva inculcato che tutto le era dovuto, e lei non sapeva comportarsi in altro modo.

Così Leonie aveva accettato Suzanne, e di conseguenza anche la teenager sembrava essersi ammorbidita nei suoi confronti.

Andrea, invece, era un altro paio di maniche.

Da quando Leonie e Adam si erano messi insieme, le due donne non si erano mai incontrate, e per quanto la riguardava non era un problema. Poteva tranquillamente vivere senza conoscere Andrea; era già abbastanza sgradevole dover ascoltare le sue parole piagnucolose (ma accuratamente zuccherate) al telefono. Così una mattina, a colazione, quando Adam propose con naturalezza di fare visita alla sua ex, per poco Leonie non sputò il caffè.

«Le farebbe piacere conoscerti» le assicurò, e lei si

chiese quando Andrea avesse espresso quel desiderio. Forse quando aveva telefonato per scucire a Adam i soldi per le lezioni di chitarra di Suzanne, oppure una delle volte che aveva avuto bisogno di una donazione «d'emergenza» per le spese di casa? Era incredibile che Adam non si domandasse mai perché la donna che manteneva se ne andasse in giro (stando a quanto diceva Suzanne) vestita griffata da capo a piedi, mentre lui di solito si accontentava degli abiti in saldo.

«Dovresti vedere le sue borsette» si era entusiasmata una volta la ragazzina. «Marc Jacobs, Miu Miu, Zagliani. Hai presente quelle di pitone iniettate con il Botox?» aveva continuato mentre Leonie cercava di decidere se una cosa simile rientrasse nei beni «di prima necessità» di cui Andrea aveva detto di avere bisogno. Suzanne aveva sollevato la sua Juicy Couture da «principiante». «Sono molto lontana dall'avere una collezione come la sua, ma papà ha promesso di regalarmi una Balenciaga per il mio compleanno, perciò di sicuro recupererò.»

Quando Leonie si era ripresa dallo stupore, si era appuntata mentalmente di discutere con Adam se fosse opportuno incoraggiare la mania delle borsette firmate in una quattordicenne. Di quel passo, a sedici anni Suzanne avrebbe preteso uno Chanel. E in ogni caso, loro non potevano permettersi tutte quelle spese.

Dire che non smaniava di conoscere Andrea sarebbe stato un eufemismo, dunque.

«Me l'ha detto l'altro giorno» proseguì Adam, e Leonie ricordò che anche per l'incontro con Suzanne aveva fatto lo stesso giochetto, ma poi non era finita molto bene. E per l'ennesima volta si chiese se Adam, oltre a essere intelligente e maturo, non fosse anche un tantino ingenuo.

«È strano che Andrea voglia conoscermi.» Mangiò un boccone di pane tostato. «Cosa abbiamo in comune, a parte te e Suzanne?»

«È naturale che voglia conoscere la futura matrigna di Suzanne, non trovi? Ovviamente Suze le avrà detto tutto di te, così...»

Leonie poteva solo immaginare la descrizione fatta dalla ragazzina alla madre. «È abbastanza carina, ma un po' sciatta. Avrebbe bisogno di una bella trasformazione... e anche di perdere qualche chilo, ma riesci a credere che non ha nemmeno *un* paio di Jimmy Choo?»

Anche se, ripensandoci, forse era ingiusta. Aveva capito che Suzanne sapeva essere dolce a modo suo, e benché ci fosse voluto un po' di tempo, le piaceva pensare che loro due stavano instaurando a poco a poco un rapporto, se non proprio di amicizia, almeno di vaga complicità.

«Allora quando vuoi presentarci?» Fece del suo meglio per nascondere la mancanza di entusiasmo.

«Il prossimo weekend, magari? Non abbiamo impegni e non tocca a noi tenere Suzanne, perciò ho pensato che sarebbe carino farle una visita. Potremmo uscire a cena e forse potrei fare una partita a golf il giorno dopo e...»

«Vuoi che ci fermiamo a dormire laggiù?» esclamò lei incredula.

«Come sarebbe a dire, laggiù?» Adam rise, bonario. «È a Wicklow, non in Mongolia.»

«Lo so.» Leonie fu sollevata nel vedere che non aveva colto la sua insofferenza. «È solo che non mi sembra una buona idea.»

«Perché?» La guardò con aria interrogativa.

«Forse Andrea non sarà contenta che le piombiamo in casa con così poco preavviso.»

«Niente affatto.» Adam agitò la mano. «È felicissima.»

«Vuoi dire che gliel'hai già chiesto?»

«Sì, le ho detto che ci stavamo pensando. Cosa c'è?» Adam si accorse della sua espressione.

«Dovevi consultarti prima con me, non trovi?» ribatté Leonie ferita.

«Credevo non avresti avuto niente in contrario. Qual è il problema?» Poi, vedendo che non rispondeva, la guardò. «Cosa ti prende, Lee? Qualcosa non va?»

«No... Il fatto è che...» Lei non sapeva come confessargli che avrebbe preferito andare dal dentista piuttosto che dalla tanto temuta Andrea.

Adam, tuttavia, lo intuì da solo. «Ascolta, se non vuoi, non importa; possiamo rimandare a un'altra volta.» Il tono era dolce, ma la delusione era palpabile.

E d'un tratto Leonie capì quanto la situazione dovesse essere pesante anche per lui. Chiaramente desiderava che la sua futura moglie e la madre di sua figlia andassero d'accordo, nei limiti del possibile, soprattutto per via di Suzanne. Quindi, forse, lei avrebbe dovuto stringere i denti e levarsi il pensiero. Se si fosse messa a complicare le cose, non sarebbe stato corretto nei confronti di Adam, che aveva già i suoi grattacapi con Andrea.

«No, no, va bene. Vuoi che prenoti un hotel, oppure dormiamo da lei o...»

Lui le prese la mano. «Ascolta, so che sarà un po' fastidioso per te, e mi dispiace di avertelo proposto, ma il nostro fidanzamento è stato una grossa novità per tutti e voglio essere certo che ognuno abbia ben chiaro il proprio ruolo. Non fraintendermi, di sicuro Andrea è contenta che io abbia trovato la felicità con te, e questa è l'unica ragione per cui vorrei che vi conosceste. In più, voglio farle capire che dopo il matrimonio non intendo sottrarmi alle mie responsabilità. Ora Suzanne è una priorità, come lo è sempre stata, e questo non cambierà.»

«Lo so. E anch'io sarei lieta di conoscere Andrea.» Leonie si sforzò di sembrare convincente.

Tuttavia, mentre organizzavano il weekend a Wicklow, non poté ignorare i brutti presentimenti che la assalirono.

Andarono a Wicklow il fine settimana seguente. Quando imboccarono il vialetto della casa vicino a Ashford, Leonie notò che non era un castello principesco, come si era aspettata, ma poco ci mancava.

Ora capiva perché le bollette di Andrea erano astronomiche. Se avesse vissuto in una villa di duecentocinquanta metri quadrati, lo sarebbero state anche le sue. Chissà se il padre di Hugo contribuiva alle spese nella stessa misura di Adam. Se sì, era forse amareggiato quanto lei al pensiero dei sacrifici che doveva fare per mantenere una seconda famiglia? Nessuno negava che i padri dovessero partecipare alla crescita dei loro figli, ma in confronto all'accogliente trilocale che lei e Adam stavano per acquistare a Dublino, quel posto era una favola. E quando sulla porta comparve la donna alta e procace con i lunghi capelli biondi, elegante, oltre che decisamente sensuale, Leonie cominciò a intuire con che razza di persona avevano a che fare.

Andrea era il tipo a cui gli uomini non sapevano dire no. Nonostante lei e Adam avessero rotto più di dieci anni prima, e Leonie non avesse alcun motivo per sentirsi insicura, come poteva stare tranquilla di fronte a quella Venere? Adesso capiva da chi Suzanne avesse ereditato quegli occhi guardinghi, quasi felini, che non somigliavano affatto a quelli luminosi e sinceri di suo padre.

«Ciao» disse Andrea a Adam nel tono infantile e caramelloso che, al telefono, dava tanto sui nervi a Leonie. «Sei in anticipo.»

Niente «ciao, tu devi essere Leonie, quella il cui fidanzato versa ogni mese sul mio conto l'equivalente del debito pubblico di un piccolo Paese, piacere di conoscerti». Nemmeno un semplice «salve». Invece, con suo grande disappunto, Andrea strinse Adam in un abbraccio troppo intimo, oltre che scontato.

«Ciao, Andi.» Adam fece un passo indietro, imbarazzato. «Sì, siamo un po' in anticipo. C'era molto meno traffico del previsto. Comunque, questa è Leonie.» La presentò con un sorriso che la fece subito stare molto meglio.

«*Questa* è la famosa Leonie?» cinguettò l'altra con un falsetto che suonò stridulo come un'unghia su una lavagna. Quando finalmente la degnò di un'occhiata, la squadrò da capo a piedi e disse: «Ho sentito tanto parlare di te, ma devo ammettere che sembri molto più giovane di quanto abbia detto Suzanne. È tipica dei teenager questa tendenza all'esagerazione!». Fece una risatina sciocca e irritante, inducendo Leonie a chiedersi cosa diavolo la ragazzina avesse riferito alla madre sul suo conto.

«Piacere di conoscerti» rispose meccanicamente. Poi, senza aver fatto loro le congratulazioni né aver accennato alla ragione della visita, Andrea li guidò nell'ingresso.

Quando Leonie raccolse il borsone e seguì Adam e la sua ex, ebbe la sensazione di entrare nella tana del drago.

L'interno era straordinario. Arredata in stile chic contemporaneo, con pareti color crema, parquet di noce e divani di pelle, la casa pareva appena uscita dalle pagine di una rivista di design.

Senza dubbio Andrea aveva un ottimo gusto, concluse Leonie andando verso la spaziosa cucina a vista sul retro della villa. Al tavolo era seduta Suzanne, accanto a un bambino che disegnava con i pastelli a cera. Il suo fratellino Hugo, probabilmente. *Fratellastro*, si corresse Leonie, e quando il piccolo alzò lo sguardo notò che somigliava come una goccia d'acqua a Suzanne e Andrea, stessi capelli chiari e occhi verdi.

La ragazzina saltò su. «Papà, c'è una festa al centro sociale domani sera e mi piacerebbe tanto andarci, ma la mamma dice che devo chiederti il permesso» esordì senza tanti preamboli. Leonie sarebbe stata curiosa di sapere perché Andrea avesse lasciato la decisione a Adam, quando di solito lui aveva pochissima voce in capitolo.

«Tesoro, siamo appena arrivati» replicò brusco. «Ne parliamo dopo.»

«D'accordo!» Scoccandogli una delle sue occhiate penetranti, Suzanne girò sui tacchi e si precipitò fuori dalla stanza.

Andrea faticò a nascondere un sorrisetto compiaciuto. «Gradite un caffè?»

«Sì, grazie, Andi.» Adam posò i bagagli sul pavimento.

«Io preferirei un tè, se non è troppo disturbo» disse educatamente Leonie.

«Non beviamo tè in questa casa» ribatté Andrea solenne, come se l'altra le avesse chiesto una pista di coca.

«Nessun problema. Il caffè va benissimo.»

«Ehi, Hugo, come stai?» Adam si sedette accanto al

bambino. «Sei cresciuto dall'ultima volta che ti ho visto. Come va l'asilo?»

«Bene.» Il piccolo lo guardò diffidente. Era carino, pensò Leonie, osservandolo mentre continuava a disegnare, con la lingua che gli spuntava all'angolo della bocca.

«Ciao.» Si sedette e prese un disegno. «Wow, è bellissimo. Questo sei tu?»

«Sì.» Hugo annuì soddisfatto, poi indicò un'altra figura stilizzata con dei bizzarri capelli rosa e il muso lungo. «Questa è Thuzanne.»

Leonie soffocò una risatina. «È identica a tua sorella. Sei bravissimo a disegnare, vero?»

Lui fece sì con la testa e sorrise timidamente.

«Da grande diventerà un artista di fama internazionale, giusto, tesoro?» Andrea li raggiunse con un vassoio di caffè e biscotti.

«A proposito, come vanno le lezioni di chitarra di Suzanne?» domandò Adam.

«Oh, ha mollato secoli fa» rispose l'altra vivace. «La conosci, è impossibile convincerla a fare qualcosa, se non vuole.»

Me ne sono accorta, pensò Leonie, poi le venne in mente un dettaglio. «Ma il corso è stato pagato in anticipo, se non erro.» Ricordava benissimo l'importo perché l'assegno li aveva mandati in rosso per qualche tempo.

«Sì, ma cosa vuoi farci? Sono cose che capitano.»

Cose che capitano? La superficialità sfrontata di Andrea le fece ribollire il sangue. Che sfacciataggine! Quelle lezioni erano costate una fortuna! Come la scuola di danza, il corso di tennis e tutte le altre attività che Suzanne si era ostinata a voler provare.

Sotto il tavolo, Adam le posò una mano sulla coscia,

sperando di calmarla. Ma Leonie ne aveva abbastanza di quella sanguisuga, era stufa di vederla prosciugare le tasche del suo fidanzato. Non aveva nulla in contrario agli alimenti di Suzanne, quella però era una presa per i fondelli.

In ogni caso, qualunque fosse la sua opinione su Andrea non si sarebbe mai sognata di esprimerla lì, soprattutto davanti a Hugo.

«Dovremo tentare di recuperare una parte dei soldi» intervenne Adam diplomatico, «o almeno convincere Suzanne a finire il corso.»

«Fa' pure» replicò Andrea con un sorrisetto, sottintendendo che sarebbe stata un'impresa impossibile. Leonie non avrebbe potuto metterci la mano sul fuoco, ma aveva l'impressione che l'altra fosse contenta di aver affrontato l'argomento. Sapeva forse che lei era indispettita dalla questione delle spese e non vedeva l'ora di sbattergliela in faccia? Certo che no, perché lei ne aveva discusso solo con Adam, e lui non avrebbe mai seminato zizzania riferendolo alla sua ex.

Guardò di nuovo gli scarabocchi di Hugo. «Sei bravissimo, sai?» Sperava di allentare la tensione cambiando discorso. Prese un disegno che raffigurava tre persone: due adulti che tenevano per mano un bambino. «È bellissimo. Questo sei tu?» Ottenne un cenno di assenso. «Questa deve essere la mamma, e chi è questo?»

«Billy.»

«E chi è Billy?»

«Hai disegnato abbastanza per oggi, tesoro.» Andrea mise via i pastelli. «Adam, perché non mostri a Leonie la vostra camera?»

«Volentieri. La solita?»

Per Leonie fu un gran sollievo scoprire che dormiva da solo quando andava a trovare Suzanne. Non che avesse motivo di dubitare, ma...

«Chi è Billy?» chiese a Adam quando furono al piano di sopra.

«Un vecchio amico di Andrea. Si sono mollati e ripresi per anni e forse è rientrato in scena.»

«Chiunque sia, mi è sembrato che lei volesse evitare l'argomento.»

«Ah, sì?» Come al solito, Adam non aveva notato nulla di strano.

«Non ti sei accorto che ha messo via i pastelli di Hugo alla velocità della luce?»

«Pensavo volesse apparecchiare per la cena.»

Ma Leonie non era convinta. Andrea era stata la personificazione della calma e della compostezza finché non era saltato fuori il nome di Billy.

Poi era cambiata di colpo.

Mezz'ora dopo, Leonie e Adam scesero a cena. Suzanne sedeva al tavolo della sala da pranzo, imbronciata.

«Ciao.» Leonie si accomodò vicino a lei. «Come va?»

Adam dava una mano in cucina ad Andrea, che aveva rifiutato le cortesi offerte d'aiuto della sua ospite: «Ho tutto sotto controllo, grazie, siediti e rilassati». Poi, in tono pungente: «In più ho sentito dire che cucinare non è il tuo forte».

Avendo deciso di non darle la minima soddisfazione, lei aveva ignorato la frecciata ed era andata nell'altra stanza.

«Sei riuscita a parlare con tuo padre della festa?»

Un sospiro profondo. «È inutile; non vuole darmi il permesso. Non mi lascia mai fare *niente.*»

«Sai benissimo che non è vero.» Leonie evitò di rammentarle il viaggio ai Caraibi e la gita scolastica, tanto per fare due esempi. «E tua madre? Lei è d'accordo?»

Suzanne incrociò le braccia. «Non gliene frega niente di cosa faccio. Basta che non le rompa le scatole. Quando c'è Billy, io e Hugo è come se non esistessimo.»

Leonie rizzò le orecchie. «Chi è Billy? Prima ne ha parlato anche il tuo fratellino...»

Suzanne alzò gli occhi al cielo. «È il *ragazzo* della mamma.»

Il ragazzo di Andrea? Questo sì che era interessante.

«Ma litigano sempre.» Suzanne tolse un pelucco invisibile dalla tovaglia.

«Capisco. Ogni tanto succede, tra adulti.» Leonie sapeva meglio di chiunque altro che la ragazzina tendeva a esagerare. «Si direbbe che Hugo lo trovi simpatico. E tu? Vai d'accordo con lui?»

«Più o meno, ma non mi parla molto. Forse preferisce Hugo perché è un maschio.»

«Probabilmente è così. Ci fa compagnia a cena o...»

«Chi? Billy?» Suzanne fece una smorfia. «Impossibile. Non viene mai quando c'è papà, perciò non gli va a genio nemmeno lui.»

Sempre più interessante, pensò Leonie con il cervello che lavorava a pieno ritmo. Avevano forse litigato? Qualunque fosse il problema di Billy, comunque, Adam non doveva darci molto peso, perché lei prima di quel giorno non lo aveva mai sentito nominare. Questo Billy era forse infastidito dal fatto che Adam fosse ancora coinvolto nella vita di Andrea? In quel caso avrebbero avuto molte cose di cui parlare, se mai si fossero conosciuti, pensò Leonie con un pizzico di ironia, ipotizzando di trovare in lui un alleato.

E se Billy era geloso di Adam, forse gli dava fastidio anche la presenza del padre di Hugo?

«E il papà del tuo fratellino? Viene a trovarvi spesso?»

Suzanne la guardò come se fosse la persona più stupida del mondo. «Billy *è* il papà di Hugo.»

19

Alex tornò in ufficio dopo una mattinata dietro le telecamere e trovò un messaggio dell'avvocato. Immaginando che c'entrassero i documenti del divorzio che avevano spedito a Seth all'inizio della settimana, lo richiamò all'istante.

«Doug, sono Alex. Mi hai cercata?»

Lui andò subito al sodo. «Odio dovertelo dire, ma tuo marito ha preso il volo un'altra volta.»

«*Cosa?*» Per poco non si mise a urlare. «Come sarebbe a dire, ha preso il volo?»

«A quanto pare non risiede più all'indirizzo di Monterey che mi hai dato.»

«Ma non è possibile! L'ho visto lo scorso weekend e mi ha promesso che si sarebbe fatto trovare, mi ha *giurato* che viveva lì.» Le aveva rifilato il recapito sbagliato? Razza di imbroglione...

«Non più. L'ufficiale giudiziario ha parlato con un altro uomo, il quale gli ha riferito che Seth se n'era andato qualche giorno prima.»

«Non posso *crederci*! Quello stronzo bugiardo buono a nulla!»

Gli aveva dato fiducia, e come al solito Seth aveva mentito spudoratamente. Avrebbe voluto strozzarlo.

Doug continuò il discorso. «Forse possiamo provare

con un'istanza di notifica per pubblici proclami ma, come ti ho detto, i giudici non la concedono facilmente, perciò potrebbe rivelarsi una perdita di tempo.»

Se, come nel caso di Alex, il coniuge era irreperibile per la consegna dei documenti, si poteva pubblicare l'istanza di divorzio su un giornale locale. Quando, dopo quasi un anno, non erano ancora riusciti a rintracciare Seth, lei aveva chiesto all'avvocato di valutare quella possibilità, ma i tribunali la consideravano un'ultima risorsa e la autorizzavano solo se si dimostrava che erano state tentate tutte le altre strade. Generalmente i giudici erano riluttanti a concederla, ed era difficile per Alex provare che Seth non era rintracciabile, soprattutto perché il suo maledetto codice fiscale risultava ancora associato all'indirizzo in Green Street.

Così Doug le aveva sconsigliato quell'alternativa e aveva chiesto più tempo al tribunale, cosa che avrebbe voluto fare anche ora. «Peccato che tu non mi abbia avvisato mentre eri lì; avremmo potuto mandare l'ufficiale giudiziario il giorno stesso.»

«Lo so, lo so.» Si diede della scema, ma Seth le era parso accomodante, e finché Leonie non gliel'aveva fatto presente, non aveva mai pensato che si stesse defilando di proposito. «Ha giurato che li avrebbe ritirati e io sono stata così cretina da credergli!»

«Siamo al punto di partenza, allora. Chiederò più tempo al tribunale, ma intanto, finché tuo marito continua a scivolarci tra le dita, il divorzio deve aspettare.»

«L'ha fatto di nuovo! Ti rendi conto?» Quella sera, dopo il lavoro, Alex sfogò la frustrazione con Leonie. Erano spaparanzate sul divano davanti alla TV, in attesa dell'ultimo episodio di *Grey's Anatomy.*

«Ti avevo detto che lo faceva apposta. Non vuole divorziare, è chiaro come il sole.»

«Non spetta a lui decidere!» Alex si alzò. «E doveva pensarci prima di tradirmi.» Passò in cucina, spense la caffettiera e riempì due tazze. «Se avessi immaginato che si sarebbe comportato così, l'avrei inchiodato a terra a Monterey e costretto a firmare i documenti. Ma naturalmente non li avevo con me. Per la miseria, non posso crederci!»

Porse il caffè a Leonie.

«Non capisco. Avevi detto che non aveva fatto storie per darti l'indirizzo.»

«Infatti è così! Ne abbiamo discusso a cena, tu eri andata alla toilette. Mi ha detto che potevo spedirglieli, che non sarebbe stato un problema.» Alex si ributtò sul divano. «Invece erano solo bugie!»

Leonie sorseggiò pensosamente il caffè. «Non volevo intromettermi, o meglio *tu* non avevi molta voglia di parlare di Seth, ma quella sera ho notato la sua reazione quando hai nominato Jon.»

«Reazione?»

«Già. Mi è sembrato seccato.»

Alex raddrizzò la schiena. «Davvero?» Strinse le palpebre. «Be', è tipico di lui. Non mi vuole, ma non vuole nemmeno che mi abbia qualcun altro! Se mi capita ancora sotto tiro, giuro che lo uccido con le mie...»

Il suono forte del citofono le fece sussultare entrambe, ma prima che Alex potesse rispondere udirono una chiave girare nella toppa.

«Aspetti qualcuno?» domandò Leonie nervosa, girandosi verso l'ingresso.

«No, sono l'unica ad avere la chiave dell'appartamento. A parte...» Alex si interruppe quando si rese conto di cosa stava succedendo, e soprattutto di *chi* era appena entrato.

Una testa conosciuta si affacciò in salotto. «Indovina chi è arrivato?» urlò allegramente Seth con il solito sorrisetto stampato in faccia.

Alex saltò su. «Cosa diavolo ci fai qui? Perché hai ancora la chiave? E chi credi di essere per entrare come se fossi a casa tua?» Era fuori di sé. Che faccia tosta! Come *osava*?

«Questo sì che è un benvenuto caloroso.» Lui posò il borsone e strizzò l'occhio a Leonie, irritando Alex ancora di più.

«Benvenuto un corno. Non hai nessun diritto di stare qui!»

«Io torno di sopra» borbottò Leonie impacciata. «Ci vediamo domani.»

«Non è necessario che tu te ne vada» la fermò Alex, fulminando Seth con lo sguardo.

«Ho delle cosette da sbrigare. Grazie per il caffè.» Leonie si dileguò.

«Ebbene?» fece Alex quando lei e Seth furono soli. «Ti decidi a spiegarmi cosa diavolo credi di fare?»

Lui la guardò con aria da santarellino. «Mi manchi.»

«*Cosa?*» Alex non credeva alle proprie orecchie. «Ti *manco*? E quando l'avresti capito, esattamente? Mentre te la spassavi a Miami? O quando hai scoperto che non me ne stavo più qui a struggermi per te?»

«Sei stata qui a struggerti per me?»

Lei avrebbe voluto prenderlo a pugni. «Ti ho fatto una domanda» sibilò.

Seth sospirò, e si fece serio. «Dico davvero, mi manchi. Me ne sono reso conto quando ti ho incontrata a Monterey la settimana scorsa.»

«Per favore!» gemette Alex. «Dacci un taglio...»

Lui allargò le mani in un gesto supplichevole. «Ascolta, ho riflettuto molto su di noi, e so che non mi credi, ma ero sincero quando ho detto che ti avrei chiamata. Volevo tornare in città, ma prima dovevo mantenere la promessa che avevo fatto al mio amico.»

«Quello del negozio di sub?»

«Sì. L'ho conosciuto a Miami. Era in vacanza e abbiamo attaccato discorso e mi ha detto di avere un'attività sulla costa occidentale. Mi è sembrato il pretesto perfetto per tornare. Avevo pensato di lavorare lì per un paio di settimane, finché avessi trovato il coraggio di telefonarti.»

Alex lo fissò senza credere a una parola. Il lupo perde il pelo ma non il vizio. C'era sotto qualcos'altro, e grazie a Leonie, ora lei sapeva anche cosa.

Jon.

Era logico, in effetti. Il suo ex era sempre stato molto possessivo, ma ai tempi quella gelosia non la infastidiva, anzi Alex la considerava quasi lusinghiera. Invece era solo una dimostrazione dell'ego debordante di Seth.

«Il pretesto perfetto» ripeté con voce piatta. «Ma se eri così sicuro di tornare, perché ti serviva un pretesto?»

Lui la guardò più intensamente che poté. «Non ero ancora pronto per affrontarti. Le cose erano finite male, tra noi. Non avevo idea di come avresti reagito.»

«Reagito a cosa? A un'improvvisata come quella di questa sera? O al fatto che mi hai mentito *ancora* promettendo che avresti firmato i documenti del divorzio? Dopo averli evitati per gli ultimi dodici mesi?» aggiunse aspra.

L'espressione da cane bastonato, di nuovo. «Scusa, ma mi hai colto di sorpresa. Non credevo che saresti andata fino in fondo, o almeno non senza averne discusso prima con me.»

«Non credevi che sarei andata fino in fondo?» Alex era sbalordita. «Sei stato uccel di bosco per quasi un anno! Cosa pensavi che facessi? Che stessi qui ad aspettare il tuo ritorno?»

«Non lo so, ero convinto che ci servisse una pausa. Poi avremmo potuto tentare con un consulente di coppia oppure...»

«Non posso crederci! Non posso crederci. Sei impazzito, per caso? Anche se no, aspetta, devo essere *io* la pazza per dare retta a queste stronzate mentre le inventi di sana pianta per intrufolarti di nuovo nella mia vita come se non fosse stata colpa tua!»

«Non ho mai detto di non avere le mie colpe, ma le cose si fanno in due.»

«Non ho voglia di ascoltarti, okay? Le tue stupide scuse non significavano niente allora e significano ancora meno adesso. E per giunta ti sei dileguato nel nulla e mi hai lasciata da sola a gestire la situazione.» Alex era determinata a non farsi più condizionare da lui. Era passato tanto tempo, e adesso lei era tornata con i piedi per terra. «Come osi venire qui e dirmi che ti manco, quando la tua unica preoccupazione è... a essere sincera non so quale diavolo sia la tua preoccupazione, ma scommetto che c'entra con il tuo ego.»

Seth parve offeso. «Il mio ego? In che senso?»

«Perché ormai ti ho dimenticato e frequento un altro. Non te lo aspettavi, vero? Credevi che avrei avuto il cuore spezzato per chissà quanto tempo... Poi però scopri di esserti sbagliato, rispunti fuori e dici che ti manco! Mi hai presa per una deficiente?»

«Niente affatto. Sì, è stato spiacevole scoprire che stai con un altro, ma non mi aspettavo niente di diverso. Qualsiasi uomo sarebbe fortunato ad averti.»

Alex si mise la mano sul fianco, spazientita. «Piantala. Ancora non capisco perché sei qui, ma chiariamo subito una cosa. È da un anno che voglio divorziare, e non intendo aspettare oltre. Perciò, per una volta nella vita prova a mettere da parte il tuo egoismo e permettimi di voltare pagina.»

Seth la fissò in silenzio per un lungo momento. Poi distolse lo sguardo. «No» sussurrò.

«No? Come sarebbe a dire, *no*?»

«Non voglio divorziare. Dicevo sul serio, prima. La gelosia e l'ego non c'entrano niente. Ti amo ancora e voglio far funzionare questo matrimonio.»

«Far funzionare questo matrimonio?» ripeté Alex domandandosi se avesse capito male o se il suo ex fosse uscito di senno. «Non c'è nessun matrimonio. Mi hai tradita, ricordi?»

Lui scosse ostinatamente la testa. Era incredibile che dopo tutto quel tempo cercasse ancora di negare!

«Vai a letto con l'altro?» Contrasse la mandibola.

«È pazzesco che tu me lo chieda.»

«Sì o no?»

«Stiamo insieme da prima di Natale. Secondo te?»

Seth non mosse un muscolo. «Capisco.»

«Così... dal tuo punto di vista saremmo pari, giusto?» replicò Alex. «Ma non è affatto la stessa cosa!»

In realtà, forse era anche per questo che aveva esitato a fare l'amore con Jon. Le era sempre sembrato, se non proprio disonesto, almeno scorretto, siccome sulla carta era ancora sposata. Aveva come la sensazione di tradire i propri principi. E il fatto di non riuscire a divorziare aveva peggiorato le cose.

Poi però l'aveva superata.

Ma ora Seth era tornato, e la faceva sentire un verme per essere stata a letto con un altro, come se fosse *lui* la parte lesa!

Seth fece un profondo sospiro. «Ascolta, ammetto di essermi comportato da stupido. Non mi spiego nemmeno ora perché ti ho mentito su dove avrei passato quella serata. Flirtavo con le altre donne per abitudine...» Parve rendersi conto di quanto suonassero patetiche le sue parole. «Posso solo dire che non ho mai voluto ferirti. Neanche per un secondo.»

Lei lo guardò, e tutto il dolore e la sofferenza di quell'orribile periodo tornarono ad assalirla. Perché avrebbe dovuto sentirsi in colpa per essersi messa con Jon? Il suo ex non aveva nessun diritto di farle provare rimorso. «Spiacente, ma l'hai fatto.»

«Lo so. E riconosco di essere stato infantile a tagliare la corda. Credevo che potessimo aggiustare le cose, ma poi hai cominciato a parlare di divorzio. Ascolta, sto solo dicendo che adesso sono qui e voglio fare un altro tentativo. Almeno questo me lo devi, no?»

«Non ti devo un bel niente» replicò Alex irremovibile. «Per quanto mi riguarda, non sei più mio marito e non ti voglio nella mia vita. Il divorzio si farà, che ti piaccia oppure no.»

20

Nella settimana successiva, tuttavia, Alex fu assillata dal pensiero di Seth e dei suoi buoni propositi di «aggiustare le cose».

«Mi fa impazzire!» si lamentò con Leonie, che invece trovava tutto molto romantico.

«Perché sei così sicura che non sia sincero?» chiese quando si incontrarono a pranzo al Crab Shack.

«Perché lo *conosco* e so benissimo che non vuole rimettersi con me; vuole solo marcare il territorio! Avevi ragione, sai? La storia di Jon non gli è proprio andata giù.»

«Povera te, e povero Jon. Cosa intendi fare?»

«Posso solo tenerlo il più possibile a distanza, ma non così tanto da spingerlo a volatilizzarsi di nuovo. Ho bisogno della sua firma.»

«Stento a credere che sia entrato in casa tua in quel modo. E con quell'aria innocente, per di più, come se fosse normale.» Leonie sorrise. «Dovevi vedere la tua faccia.»

Anche Alex era sbalordita dalla sfacciataggine del suo ex. «Infatti. Ha ricominciato con il solito ritornello del "siamo destinati a stare insieme", e poi si è sentito autorizzato a tornare come se potessimo riprendere da dove avevamo interrotto! Dio, perché gli uomini sono così ottusi, a volte?»

Leonie fece un sorriso stiracchiato. Per l'ennesima volta, Alex si interrogò sulla ragione del suo trasferimento. Era chiaro che stava fuggendo, ma da cosa? O, più probabilmente, da chi?

Sembrava un po' troppo interessata a quelle lettere e alla storia che raccontavano. Era possibile che la relazione di Helena e Nathan le avesse toccato il cuore? Le lettere erano un mistero, d'accordo, e lei stessa all'inizio si era entusiasmata, ma solo perché aveva sperato in uno scoop. No: anche Leonie nascondeva qualcosa; Alex però, pur desiderando conoscere meglio la nuova amica, non l'avrebbe forzata a parlare.

Leonie avrebbe vuotato il sacco quando se la fosse sentita, e nel frattempo sarebbe stata costretta a sorbirsi i suoi sfoghi.

«Dopo dov'è andato?» domandò Leonie. «Immagino che tu non gli abbia permesso di...»

«Sei impazzita? Certo che non l'ho fatto rimanere! È stato fortunato che non l'abbia conciato per le feste, viste tutte le stronzate che mi ha riversato addosso! "Ooh, non volevo ferirti, Alex, è stata solo la forza dell'abitudine"» lo imitò. «Hai mai sentito una cosa del genere in vita tua?»

Ma Leonie fece un sorriso affettuoso, come se trovasse il tutto molto dolce. Come faceva Seth a ingraziarsi le persone, anzi le *donne*?

«Su un punto ha ragione, direi» azzardò timidamente. «Andando a letto con Jon, gli hai reso la pariglia.»

«Non è la stessa cosa, e lo sai!» Alex era esasperata. «Non ho agito alle spalle di mio marito, almeno non di proposito, perciò non è stato un tradimento.»

«Sì, ma dal suo punto di vista probabilmente lo *è*. Sai quanto sono puntigliosi gli uomini su certe cose.»

«Quando gli fa comodo!» Era irritante vedere Leonie distorcere la situazione in quel modo. «Comunque, dubito che nel frattempo Seth si sia mantenuto casto e puro, dunque è un'argomentazione che non regge, per quanto mi riguarda.» Alex fece segno a Dan di portare il conto.

Ma Leonie pareva determinata a fare l'avvocato del diavolo. «Chissà? Forse si è reso conto di aver combinato un casino e non sapeva come affrontare le conseguenze.»

«Ed è scappato? Molto maturo» ribatté Alex asciutta, ma allo stesso tempo si accorse di aver toccato un tasto dolente. La reazione dell'amica dimostrava che anche lei era fuggita, trasferendosi in California.

Fuggita da cosa? Alex moriva dalla curiosità, però probabilmente non era né il luogo né il momento adatto per indagare. «Le persone gestiscono le situazioni in modo diverso» disse diplomatica, «in ogni caso non si può scappare per sempre. Prima o poi i nodi vengono al pettine, come Seth ha dovuto imparare sulla propria pelle.» Fece attenzione a mettere in chiaro che stavano ancora discutendo del suo ex, ma intuì che Leonie aveva la testa altrove. Decise di correre il rischio. Fece un bel respiro e usò un tono dolce e naturale. «Ho l'impressione che anche tu abbia tagliato la corda. Ti va di parlarne?»

L'altra impallidì. «Prego? Non so a cosa ti riferisci.»

«Tesoro, so che non siamo amiche d'infanzia, tuttavia credo di conoscerti abbastanza per sapere che stai soffrendo. Non sei costretta a raccontarmi niente, ma se vuoi confidarti, io ci sono. A volte aiuta. Guarda me. Non saprei dove sbattere la testa se non potessi sfogarmi con te.»

Leonie era visibilmente a disagio. «Grazie, ma non c'è niente di cui parlare.» Sospirò. «Ho rotto con il mio fidanzato e avevo bisogno di cambiare aria. Capitolo chiuso.»

«Mi dispiace; dev'essere stata dura.» Senza dubbio c'era *molto* di più. «Stavate insieme da tanto?»

«Da qualche anno, ed eravamo fidanzati da circa uno quando è finita.»

Era evidente che Leonie non vedeva l'ora di cambiare argomento, Alex però insistette. «Wow! E siete ancora in contatto?»

L'altra scrollò il capo e distolse lo sguardo, sforzandosi di soffocare le lacrime. Alex recepì il messaggio forte e chiaro, concludendo comunque che forse avevano in comune più di quanto pensassero. «Maledetti uomini. Vale la pena di dannarsi l'anima per loro? Non sono mica indispensabili, dico bene?»

«Credo di no.» Leonie sorrise, ma aveva ancora gli occhi lucidi. «A proposito, che ne pensa Jon di quel che è successo con Seth?»

«Non lo sa ancora. Anche se farei meglio ad avvisarlo di cosa ci aspetta per qualche settimana.»

«Settimana? Pensi davvero che Seth si arrenderà così facilmente?»

«Si stancherà, più che altro.» Alex spinse via il piatto. «Può darsi che ora si sia impuntato, ma presto si concentrerà su qualcos'altro.»

Dopo pranzo, Leonie tornò al lavoro, ed era nel retro a organizzare le consegne pomeridiane quando le tornò in mente la conversazione avuta con l'amica. Era stata tentata di confidarsi con lei, ma la verità era che non avrebbe saputo da che parte cominciare. Senza dubbio Alex avrebbe avuto qualche difficoltà a capire, era già successa la stessa cosa a Grace.

Dublino, un anno prima

Dopo essere rientrata da Wicklow, Leonie andò da Grace per raccontarle del weekend.

«È stato strano» disse davanti a una tazza di caffè. «A quanto ne sapevo, anche il padre di Hugo era uscito di scena. Non avevo mai sentito nominare Billy, ma secondo Suzanne è *lui* il padre del bambino.»

Quella notte a casa di Andrea, mentre si preparavano per andare a letto, Leonie aveva ripetuto a Adam ciò che le aveva detto Suzanne, e lui non aveva compreso il motivo di tanta agitazione.

«E anche se fosse vero che hanno ricominciato a vedersi? Si prendono e si mollano da sempre, e siccome Billy è gentile con Suzanne, non sono affari miei.»

«Ma non sei curioso neanche un pochino?»

Adam si era tolto la camicia e l'aveva appesa allo schienale della sedia. «No. Come ho detto, non mi riguarda.»

«Ma perché Andrea sostiene di aver rotto con il padre di Hugo?» Leonie stentava a credere che Adam non fosse minimamente turbato. Ma d'altronde non si scomponeva mai, quando c'era di mezzo Andrea.

«In realtà lei non mi ha mai detto niente.» Adam si era infilato sotto le coperte. «Forse ho solo fatto due più due. Non mi intrometto nella vita sentimentale della mia ex.»

Leonie ci era rimasta male.

«Santo cielo, hai proprio un'immaginazione iperattiva.» Lui le aveva dato un bacio affettuoso sul naso. «Sempre in cerca di grandi misteri dove non ce ne sono. Se Andrea frequenta un altro e se quest'uomo la rende felice, è un bene per tutti.»

E ora Grace gli dava ragione.

«Che importa? Non c'entra niente con te e Adam, no?»

«Già.» Per qualche motivo, Leonie aveva dato per scontato che l'amica si sarebbe incuriosita quanto lei. «Ma perché Andrea ha avuto una reazione così strana quando Hugo ha nominato Billy?»

«È probabile che non volesse parlare del suo bello, soprattutto davanti a te.»

«Può darsi.»

In effetti, dopo aver servito la cena Andrea non aveva più accennato a Billy, preferendo scagliarsi contro i vestiti di Leonie, i suoi capelli e persino l'anello di fidanzamento.

«Se Adam avesse anche solo *pensato* di regalarmi un diamante così microscopico, sarei fuggita a gambe levate» aveva commentato, esaminando il solitario piccolo ma elegante mentre lui era fuori portata d'orecchio.

Peccato che *non* ci aveva pensato, avrebbe voluto rimbeccarla Leonie, ma si era trattenuta perché non aveva intenzione di litigare davanti ai ragazzi. Anche se si sarebbe detto che la loro madre non si facesse scrupoli in quel senso.

«A quando le nozze?» aveva domandato Andrea durante il dessert. «Presumo che Suzanne sarà la damigella d'onore.»

Nella speranza di fare una sorpresa alla ragazzina (e soprattutto di guadagnare qualche punto ai suoi occhi), Leonie aveva deciso di chiederle di essere *una* delle damigelle d'onore al momento opportuno. Ora Andrea aveva mandato tutto a monte.

Anche Adam era parso infastidito. «Grazie per averci rovinato la sorpresa.»

Leonie si era rivolta a Suzanne, cercando di salvare

il salvabile. «Avrei voluto chiedertelo più avanti, ma mi farebbe piacere se fossi una delle damigelle d'onore.»

La ragazzina aveva alzato gli occhi al cielo. «Così dovrò mettermi un vestito pacchiano con i volant. Che schifo!»

«Ehi, sii più educata, signorina» l'aveva rimproverata Adam, ma Andrea si era affrettata a intervenire.

«Di sicuro Leonie non si sognerebbe mai di scegliere qualcosa di pacchiano» aveva detto con un tono zuccheroso che grondava sarcasmo. «A proposito, dove hai comprato l'originale vestito che porti stasera?»

«Originale» uguale «orribile», aveva pensato Leonie furibonda. Però era stata anche contenta della domanda.

«L'ho comprato in Tunisia l'anno scorso.» A quelle parole, Adam aveva incrociato i suoi occhi e fatto un sorriso complice. Era lo stesso abito che aveva indossato durante la cena all'hotel nel Sahara.

Notando lo scambio di sguardi, Andrea si era schiarita la voce. «In uno di quei volgari mercati stranieri, immagino. Non capisco perché la gente faccia acquisti in posti del genere. Io vado solo nei centri commerciali.»

«Sinceramente preferisco un look più personale. Non mi piace per niente sembrare un clone delle altre donne di Dublino.»

«Esatto.» Adam le aveva preso la mano. «E secondo me Leonie starebbe bene anche vestita di stracci.»

Ora, ascoltando il resoconto della serata, Grace scoppiò a ridere. «Uno a zero per Leonie!» Le diede il cinque. «Ben le sta. Dev'essere una vera stronza. Come fai a sopportarla?»

«Non ho molta scelta, purtroppo.»

«Come se la mocciosa non fosse già una scocciatura

abbastanza grossa.» Grace, che aveva visto Suzanne un paio di volte, non era una delle sue più grandi ammiratrici.

«La figlia riesco a gestirla, la madre non so.»

Quel weekend, in ogni caso, lei e Andrea si erano dichiarate guerra. Il problema era, pensò mestamente Leonie, che non sapeva se avrebbe avuto la grinta necessaria per combattere, figurarsi per provare a vincere.

21

«In che senso, vuole fare un altro tentativo? Credevo foste sul punto di divorziare.»

Come previsto, Jon non fu felice di sapere che il marito di Alex era tornato in città.

Era venerdì sera ed erano a North Beach. Stavano mangiando una pizza all'aperto al Calzone quando lei aveva deciso di affrontare l'argomento. Con il senno di poi, si disse, avrebbe dovuto scegliere un posto più tranquillo, perché come al solito la zona era affollatissima. I tavoli sui marciapiedi erano un lusso, e si contendevano lo spazio con la gente che camminava per strada.

«Non c'è nulla di cui preoccuparsi» ribatté. «Non vuole riprovarci davvero. Seth è fatto così. Ha saputo di te e si comporta come un bambino geloso dei suoi giocattoli.»

Jon non sembrava convinto. «Sei sicura? E come mai si è rifatto vivo all'improvviso? Avevi detto che era irreperibile.» Si scostò bruscamente quando un enorme alano si accovacciò sotto il tavolo vicino. Aveva paura dei cani. Peccato che a San Francisco fossero ammessi in quasi tutti i locali pubblici.

Alex sorrise osservando il cane placidamente sdraiato ai piedi del padrone, indifferente alla confusione. «Infatti, finora.» Gli raccontò dell'incontro casuale a Monterey, mentre era in compagnia di Leonie. «Come ho detto, ce lo leveremo presto dalle scatole, ma nel frattempo devo assecondarlo, almeno finché non firma i documenti.»

«Giusto.» Sembrava che Jon si sentisse minacciato, e questo la gratificava. Era piacevole sapere che Jon teneva a lei. Non che avesse qualcosa di cui preoccuparsi, per quanto riguardava Seth. No: gli avrebbero notificato le carte per il divorzio, lei si sarebbe sbarazzata di suo marito e, con un po' di fortuna, di tutti i problemi. Dopodiché sarebbe stata libera di andare avanti con la sua vita.

Non che Jon le stesse facendo pressione o roba del genere. Anzi, era l'esatto contrario di Seth. E, anche se non aveva il magnetismo irresistibile del suo ex (ma chi diavolo ce l'aveva?), era molto attraente, a modo suo.

Ma perché d'un tratto aveva cominciato a paragonarlo a Seth? Jon era come era, e non aveva senso fare confronti.

«Sei proprio sicura di averlo dimenticato?» La voce di Jon le si insinuò nei pensieri, facendola sentire ancora più in colpa. Era lui particolarmente intuitivo, oppure lei era un libro aperto?

«Sicurissima. Fidati, Jon, non hai niente da temere!» Fece una breve risata. «È un capitolo chiuso della mia vita, purtroppo però non posso liberarmi di lui finché... Cazzo!» Atterrita, guardò la figura che si avvicinava lungo il marciapiede.

Non poteva essere vero. Come diavolo era possibile?

«Buonasera, signora Rogers, che piacere incontrarla!» Seth sorrise fermandosi accanto al loro tavolo. Come se tra i mille e rotti ristoranti della città fosse capitato lì per caso. In cuor suo, Alex gemette. Lo faceva apposta, ne era certa. In qualche modo aveva scoperto dove avrebbero cenato quella sera e aveva deciso di imbucarsi.

Jon, sorpreso, spostò lo sguardo dall'una all'altro, più o meno come aveva fatto Leonie a Monterey.

«Vi dispiace se vi faccio compagnia? È piuttosto affollato qui.» Seth prese la sedia libera accanto a Jon, come se fossero vecchi amici. Poi, come per sottolineare ulteriormente le differenze tra loro, si chinò ad accarezzare l'alano. «Ciao, cagnolone.»

Jon si girò verso Alex, aspettando una spiegazione.

«Non mi presenti il tuo amico?» Seth non si disturbò a nascondere il fatto che si stava divertendo.

Lei lo guardò in cagnesco. «Questo è Jon, il mio ragazzo. Jon, questo è Seth, che, come forse ti ho già detto, è il mio ex marito.»

«Ex marito? Non mi pare» la corresse lui, stringendo la mano dell'altro come se fosse un suo grande amico, ma se fossero stati cani di sicuro avrebbe alzato la zampa per fargli pipì addosso.

«Piacere di conoscerti» disse Jon cupo.

«Il piacere è tutto mio.» Seth rivolse il suo sorrisetto ad Alex.

Lei era furiosa. «Non posso *credere* che tu mi abbia rovinato l'appuntamento così!» Quando, qualche minuto dopo, Jon si scusò e andò alla toilette, ne cantò quattro al suo ex.

«Non so di cosa tu stia parlando» replicò Seth con finto candore. «Passavo per caso e vi ho visti.»

«Non è stata affatto una coincidenza. Come facevi a saperlo?»

«Sapere cosa?»

Aveva proprio una faccia da schiaffi, pensò Alex. «Che

sarei stata qui stasera. Non provare a negarlo, *so* che l'hai fatto apposta.»

Lui fece una scrollata di spalle indifferente. «Può darsi che me l'abbia detto Leonie.»

«Cosa?» Avrebbe *ucciso* la sua vicina. «E quando?»

«Sono passato da casa tua, ma non c'eri, così sono salito al piano di sopra.»

Alex non capiva perché mai l'amica avrebbe dovuto dargli quell'informazione, ma conoscendo Seth, era probabile che Leonie non gli avesse *dato* un bel niente. Senza dubbio lui le aveva estorto il nome del ristorante.

Quando Jon tornò, incrociò il suo sguardo e ce la mise tutta per comunicargli quanto fosse dispiaciuta mentre cercavano di finire la cena in santa pace, anche se era obiettivamente impossibile, con il suo ex che non la piantava di blaterare.

«Che lavoro fai, Seth?» domandò Jon alla fine.

«Al momento sono in attesa di occupazione.»

«In attesa di occupazione?» ridacchiò Jon. «È uno scherzo, vero? Perché non mi pare di averlo mai sentito dire da qualcuno con più di venticinque anni.»

Seth arrossì, anche se Alex non avrebbe saputo dire se per la rabbia o la vergogna. Chiaramente Jon non intendeva fargliela passare liscia.

«Possiamo offrirti qualcosa, dato che devi tirare la cinghia in questo periodo?» rincarò con aria seria.

«No, grazie, dottore. Generalmente non mi servono i soldi per ottenere ciò che voglio.» Stava parlando con il rivale, ma non staccava lo sguardo da Alex.

«Giusto. Fammi sapere come va.» Jon addentò una fetta di pizza.

«Che ne dite, ordino il dessert?» propose Alex, infastidita da tutta quell'esibizione di muscoli. Santo cielo, sembravano due gorilla in lotta per la conquista dell'unica femmina disponibile.

Finirono di mangiare in silenzio, mentre Seth se ne stava seduto con aria indolente.

A un certo punto, Jon spinse via il piatto. «Scusa, Alex, ma è meglio che vada.» Posò sul tavolo una banconota da cento dollari, che copriva ampiamente il conto più la mancia. «Domattina comincio a lavorare presto.»

«Ci lasci già? Ma è venerdì sera!» esclamò Seth con fare teatrale.

«Purtroppo la neurochirurgia non va d'accordo con la mondanità.» Jon aveva la mascella serrata.

Alex si alzò. «Vengo con te.» Non vedeva l'ora di andarsene.

«Tesoro, il tuo amico ha detto che domani inizia presto» protestò Seth, esasperandola. «L'ultima cosa di cui ha bisogno è che tu lo tenga sveglio fino a tardi, giusto, dottore?»

«Piantala» borbottò Alex, ma siccome nessuno dei due poteva contraddirlo, Jon annuì. «Ti chiamo domani.» Quando i loro sguardi si incontrarono, lei cercò ancora una volta di trasmettergli tutta la sua frustrazione.

Gli diede un lungo bacio appassionato (e molto eloquente) sulle labbra. «Grazie per la cena. È stata una splendida serata.»

Lui sorrise. «Prego. Ci vediamo presto.»

«Piacere di averti conosciuto, dottore. Spero di incontrarti ancora, prima o poi» gli gridò dietro Seth a mo' di promessa infausta.

Quando Jon se ne fu andato, Alex si voltò verso il suo ex. «Chi credi di essere, mio padre? E non pensare che non mi sia accorta che stavi cercando di provocarlo. È un brav'uomo.»

«Un brav'uomo? Che mi dici delle frecciatine che mi ha lanciato? E come se non bastasse, ti ha mandato dei *fiori*, Dio santo!»

«Te le sei meritate, e come ti ho detto non sapeva dell'allergia. Non l'ha fatto di proposito. È un medico, ricordi?» Prese la borsetta e si alzò.

Seth la imitò. «Come potrei dimenticarlo? Continuate a ripeterlo.»

«Cosa vorresti dire?» Lo precedette lungo la strada.

«Voglio dire che non capisco perché ti sei messa con quel tipo. È di una noia mortale. Scommetto che non è mai stato nemmeno a una partita dei 49ers!»

«Non sono affari tuoi perché sto con lui, e chi se ne frega se non è mai andato a una stupida partita di football. Forse era troppo occupato a salvare vite umane.»

«Certo, mi era sfuggito di mente, è un medico» ribatté Seth sarcastico. «Fammi indovinare, ha una villa a Pacific Heights e una casa galleggiante a San Francisco, guida un'ibrida e dà un sacco di soldi in beneficenza. Dai, non c'entra niente con te!»

Alex si girò di scatto. «Che diavolo ne sai tu? Per tua informazione, Jon è meraviglioso. È gentile, molto premuroso, mi tratta come una signora e soprattutto non si infila sotto le lenzuola con ogni donna che incontra».

«Ancora questa storia? Quante volte devo dirti... Cazzo, non so nemmeno perché provo a spiegartelo; non mi hai creduto allora, perché dovresti credermi adesso?»

«Non ti credo perché non sta in piedi! Mi avevi detto che saresti uscito in barca. L'escursione prevedeva una tappa al Ruby Skye, forse?»

«So che non avrei dovuto mentirti, e hai ragione a dire che mi sono comportato da stronzo. Ma io e i ragazzi avevamo bevuto un paio di birre e... temevo che mi avresti fatto la predica perché sarei rimasto fuori fino a tardi. Ascolta, so cos'hai visto, ma non c'è stato nient'altro e...»

«Ma ti comporti *ancora* da stronzo!» urlò Alex rifiutandosi di ascoltarlo. «E questa sera mi hai dato l'ennesima dimostrazione! Sapevi che sarei stata qui con Jon, così hai deciso di raggiungerci e rovinarci la serata, tanto per il gusto di farlo. Questo è solo un gioco per te, vero?» Frustrata, si passò una mano tra i capelli.

Era troppo. Aveva dovuto fare l'enorme fatica di dimenticare il suo ex e legarsi a Jon, e proprio quando ci era riuscita, quando aveva rimesso in sesto la sua esistenza, Seth era ricomparso a scombussolare le sue emozioni. E come se non bastasse sosteneva di voler «riprovare», mentre Alex sapeva benissimo che non era vero. Perché si divertiva a confonderla in quel modo? Non c'era da stupirsi che avesse dato per scontato che fosse stato lui a spedirle i fiori a San Valentino. Sarebbe stato proprio nel suo stile!

Si girò a guardarlo. «Fino a due settimane fa non sapevo nemmeno se fossi vivo o morto perché non ti eri degnato di dirmi dove fossi. Poi ci rivediamo per caso, scopri che frequento un altro, e allora entri a casa mia e dici che vuoi ricominciare da capo. Mi hai presa per scema? Pensi che non abbia capito cosa stai facendo?»

«Sto solo...»

«Facendo quello che hai sempre fatto, cioè prendermi per i fondelli! Sono andata avanti. Perché non puoi concedermi almeno questo?»

«Cosa intendi?»

«Perché non mi permetti di essere felice? Al minimo

ostacolo sei sparito, e mi hai lasciata a gestire la situazione da sola. E adesso mi impedisci di chiudere con te una volta per tutte.»

Seth tacque per qualche istante. Quando parlò, non aveva il solito tono spavaldo. «Di divorziare, in parole povere.»

«Sì. Forse per te è solo un gioco, ma per me no» disse Alex con voce tremante. «Ho trentatré anni e la zavorra di un primo matrimonio. Non voglio più trascinarmela dietro e sono stanca di aspettare. Voglio voltare pagina. Aiutami a farlo.»

«Vuoi davvero andare fino in fondo?»

Alex lo guardò, desiderando che la prendesse sul serio. Era l'unico modo per liberarsi del dolore che le aveva procurato. «Non sono mai stata così convinta in vita mia. Altrimenti perché mi sarei fatta in quattro per trovarti?»

Seth rimase impassibile. «Per sposare il dottore, immagino.»

«Non siamo ancora arrivati a quel punto e non so se mai ci arriveremo. Ma non è questo che conta. Finché sono sposata con te, sulla carta o in altro modo, non posso andare avanti. Voglio fare tabula rasa, quindi tu devi lasciarmi libera.»

Lui la fissò e per un attimo sembrò sul punto di acconsentire, ma poi si rabbuiò. «Mi dispiace, non è così semplice.»

«Cosa?» Alex era scioccata.

«Forse ti sorprenderà, ma anch'io ho un avvocato, e a suo parere l'istanza di divorzio senza addebito di colpa presentata dal tuo legale non è valida.»

Lei cadde dalle nuvole. «Di cosa stai parlando? Certo che è valida. Secondo la legge della California non sono costretta a dimostrare che mi sei stato infedele e poi non abbiamo proprietà, figli o beni da contenderci.»

«È qui che ti sbagli.» Seth aveva un'espressione trionfante. «In realtà abbiamo un bene in comune e finché non raggiungiamo un accordo l'istanza non può essere formalizzata.»

«Quale bene…?» Ma poi le venne in mente. «La Mustang.»

«Esatto. E finché non decidiamo a chi deve andare, ufficialmente abbiamo un bene da contenderci.»

Neanche per sogno. Seth *non* si sarebbe preso la sua amata macchina. Non dopo tutto quello che ci aveva investito. Che ci *avevano* investito, a dire il vero, ma non era quello il punto. Il suo ex *sapeva* quanto adorasse quell'auto. Come poteva avere intenzione di portargliela via?

«Ma me l'hai regalata per il mio compleanno!» strillò. «Perciò è mia.»

«Veramente, agli occhi della legge rientra nella comunione dei beni» replicò lui compiaciuto. «Dunque dobbiamo trovare un accordo. L'unico problema è che potrebbe volerci un po' di tempo…»

In quel momento Alex avrebbe voluto ucciderlo.

22

Amore mio,

so che probabilmente sono l'ultima persona da cui vorresti ricevere una lettera, ma ci tenevo a chiederti scusa. Devi sapere che non farei mai nulla per farti soffrire, almeno non di proposito, ma questa volta ho commesso un errore madornale, anzi irreparabile.

Mi rendo conto di non poter più tornare indietro, e non lo pretendo nemmeno. Volevo solo dirti che mi dispiace tanto per l'accaduto. Vorrei con tutto il cuore che non fosse mai successo, però ormai è capitato ed è solo colpa mia, e farei qualsiasi cosa per rimediare, ma non posso.

So di non avere il diritto di domandartelo, ma stai bene? Spero di sì.

Non saprei cos'altro aggiungere. Ricorda che non ho mai voluto farti del male e che mi rincresce immensamente.

Ti prego, perdonami.

Leonie, seduta sul davanzale della finestra, infilò la lettera nella busta.

Si stava ancora scervellando sul mistero di Nathan e Helena. Lei e Alex ce l'avevano messa tutta, eppure si trovavano in un vicolo cieco.

Ma forse aveva ragione la sua vicina?, si chiese. Era meglio starne fuori e smettere di provare a riunire la coppia?

Dopotutto, sapeva meglio di chiunque altro che alcune situazioni non si possono aggiustare e che certe azioni non si possono cancellare. E per l'ennesima volta da quando era successo, rimpianse di non avere avuto la presenza di spirito di prevedere cosa avesse in serbo il destino per lei e Adam.

Specialmente quando le cose avevano iniziato ad andare a rotoli...

Dublino, nove mesi prima

Era giovedì sera. Leonie aveva deciso di fare un po' di shopping in città, e rincasò più tardi del solito.

Entrando nell'appartamento, si sorprese di trovarlo immerso nel silenzio. Anche se il più delle volte Adam tornava molto dopo di lei, gli aveva inviato un SMS per informarlo che avrebbe tardato e che forse avrebbe dovuto iniziare a preparare la cena da solo. Ma sembrava non fosse ancora rientrato, perché le tapparelle del salotto erano abbassate e Leonie concluse che aveva dimenticato di alzarle prima di uscire quel mattino.

«Ciao.» La voce la fece trasalire.

«Adam, porca miseria, mi hai fatto venire un colpo!» Rise, ma si accorse quasi subito che qualcosa non andava. Lui sedeva immobile sul divano, al buio. «Cosa c'è?» Leonie alzò le tapparelle inondando il salotto di luce. Fu solo allora che vide la sua faccia. «Adam?» chiese preoccupata. Il suo fidanzato aveva una pessima cera, e fissava il vuoto. Oddio, pensò terrorizzata, stava male, forse?

«Non l'hai saputo?» disse lui in tono piatto.

«Saputo cosa?» Rimase inchiodata dov'era, senza osare muoversi. «Cos'è successo? Mi stai spaventando.»

«L'hanno detto al telegiornale questa sera. Pensavo l'avessi sentito.»

Leonie fu pervasa dal sollievo. Qualunque fosse il problema, non poteva avere a che fare con la salute. «A essere sincera, il lavoro è stato un po' frenetico, oggi, ho pranzato alla scrivania e poi ho fatto shopping, così...»

«Si tratta della Microtel» la interruppe lui con voce rotta. «È andata.»

«Come sarebbe a dire, "andata"? Andata dove? Non capisco.»

Adam parlò lentamente, in tono inespressivo. «L'azienda per cui lavoro da sette anni sta per chiudere i battenti. Hanno indetto una riunione questa mattina per annunciare che è stata messa in liquidazione.» La guardò, pallido in volto. «È tutto finito, Lee. Da questa mattina sono ufficialmente disoccupato.»

«Cosa?» Era sbigottita. Probabilmente era l'ultima cosa che si sarebbe aspettata. «Ma non possono farlo. Che mi dici dell'indennità di licenziamento? E del preavviso per darvi il tempo di trovare un altro posto?»

«Non funziona così. Non sono obbligati a fare qualcosa per noi. È finita, punto e basta.»

Leonie lo studiò, cercando di comprendere le implicazioni delle sue parole. Adam era dipendente della Microtel da anni: una posizione da ingegnere di alto livello e una retribuzione molto generosa. Com'era potuto accadere?

«Non capisco...»

«Nemmeno io, all'inizio. Ma ho avuto tutta la giornata per abituarmi, e la realtà è questa. Ho perso il lavoro.»

Leonie si sedette sul sofà e lo abbracciò. «Amore, mi dispiace tanto. Dovevi telefonarmi e dirmelo.»

«Ero sotto shock, Lee, come gli altri. Avresti dovuto vedere le facce dei miei colleghi alla riunione di questa mattina. Eravamo senza parole. Le vendite andavano bene, perciò, a quanto ne sapevamo, la Microtel era solida. Non abbiamo avuto nessun sentore.»

«Non capisco» ripeté Leonie. «Se le vendite erano aumentate, perché...?»

Adam si passò la mano tra i capelli. «Neanch'io. So soltanto che per la prima volta in vita mia non ho un lavoro. E non è una bella sensazione.»

«Oh, tesoro, non ragionare così, altrimenti impazzisci. Sì, è un brutto colpo, una batosta terribile, ma ci risolleveremo. Presto troverai un altro lavoro, ne sono certa. Sei molto qualificato e hai un sacco di esperienza.»

«Sì, come tutti gli altri ingegneri che sono stati licenziati questa mattina» replicò lui amaramente.

Leonie si morsicò il labbro. Forse non sarebbe stato facile ottenere un altro posto nell'immediato futuro, ma era inutile che Adam si angosciasse. D'accordo, non sarebbe potuto capitare in un momento peggiore, tra il mutuo per il nuovo appartamento e le spese del matrimonio, ma era solo un intoppo – un grosso intoppo, senza dubbio –, non di certo un ostacolo insormontabile.

«Per favore, non abbatterti. Sì, è un grosso shock, ma non è la fine del mondo. Ce la caveremo, vedrai.» Anche se il suo stipendio non si avvicinava nemmeno lontanamente a quello di Adam, avrebbe permesso loro di sopravvivere almeno per un paio di mesi. «Dobbiamo solo tirare la cinghia e tagliare qualche spesa finché non ci rimettiamo in sesto.»

«Mi dispiace, Lee, non è così che dovrebbero andare le cose.» Lui si prese la testa tra le mani. «Dio, mi sento un fallito.»

«Smettila subito» lo rimproverò lei. «Non è colpa tua, è solo un imprevisto e torturarsi non serve. Devi prenderti una pausa, metabolizzare l'accaduto e rimetterti in piedi.»

«Lo so.» Adam alzò lo sguardo su di lei, con un'espressione scettica e incerta che le spezzò il cuore. Da quando lo conosceva era sempre stato sicuro di sé, ed era sconvolgente vederlo intimorito e vulnerabile.

«Quel che è fatto è fatto e non si può cambiare» riprese Leonie a cena. «Quello che *possiamo* fare è controllare le nostre reazioni.»

«Scusa se mi piango addosso, è solo che non ho mai dovuto preoccuparmi dei soldi o da dove arrivassero. Lavoro da quando ho finito il college ed ero convinto che tutto sarebbe sempre filato liscio.»

«Forse ti sei adagiato sugli allori, l'abbiamo fatto entrambi. Ma prova a guardare i lati positivi. Abbiamo ancora uno stipendio discreto su cui contare, sufficiente per pagare il mutuo e le spese primarie, almeno per un po'.» Leonie posò la forchetta. «Ma forse non sarebbe una cattiva idea rinviare le nozze.»

«Neanche per sogno» rifiutò Adam in tono fermo, stringendo le labbra in una linea dura. «Non voglio rimandare. Mancano sei mesi. Per allora avrò un altro lavoro. O comunque farò il possibile per trovarlo. No, mi distruggerebbe farti una cosa simile.»

Leonie fu rincuorata dalla sua determinazione, ma allo stesso tempo bisognava essere pratici. «Va bene, ma ricorda che per me non sarebbe un problema. Quello che conta è il presente.»

«Grazie, Lee.» Le prese la mano. «Non so cosa farei senza di te.»

Poi esaminarono gli ultimi estratti conto per individuare le spese che avrebbero potuto ridurre.

«Se non altro la macchina è stata saldata» osservò Adam con sollievo. Aveva pagato l'Alfa Romeo in anticipo due anni prima.

Leonie diede un'occhiata al foglio. «Potrei disdire l'abbonamento a "Heat" e smettere di comprare tutti quei libri...» Tacque quando le venne in mente un'altra cosa. «Che mi dici degli alimenti di Andrea e della paghetta di Suzanne? Non possiamo più permetterceli.»

Lui sbiancò. «Oddio, non ci avevo pensato. Cosa posso fare?»

«Devi parlarne con Andrea, ma secondo me non può pretendere di ricevere la stessa cifra. La paghetta di Suzanne è un lusso che non è più alla nostra portata.»

Adam parve sopraffatto dalla vergogna, e lei si ammorbidì.

«Dovremo fare tutti un po' di sacrifici, almeno per qualche tempo» lo consolò scegliendo accuratamente le parole. Si augurò che fosse d'accordo, perché sarebbe stato *impossibile* assicurare a entrambe le famiglie lo stesso tenore di vita di prima.

«Ma non so se possiamo sospendere gli alimenti. E se Andrea mi trascinasse in tribunale?» Si passò la mano tra i capelli, ogni minuto sempre più sconvolto.

«Non sto dicendo di eliminarli completamente, ma se noi dobbiamo risparmiare, è giusto che lo faccia anche Andrea.» Leonie si sforzava di essere ragionevole.

«Sì. Solo che non so cosa fare.»

«Be', io sì. Finché non trovi un altro lavoro sarò l'unica

a portare a casa lo stipendio, e la priorità dobbiamo essere noi due come coppia.»

«Hai ragione. Più tardi la chiamo per avvertirla» promise Adam.

«Vuoi scherzare? Adam!» Pur essendo seduta mezzo metro più in là sul divano, Leonie udì le urla indignate di Andrea all'altro capo della linea.

«Non posso farci niente, Andi, anche tu avrai sentito la notizia al telegiornale.» Adam guardò Leonie e scosse la testa. «Lo so, ma dovremo fare qualche sacrificio, almeno nel breve termine... Sì, certo che contribuiremo alle spese, ma non nella stessa misura e... cosa? Perché?» Staccandosi la cornetta dall'orecchio, aggrottò le sopracciglia e passò il telefono a Leonie. «Vuole parlare con te.»

Lei si stupì. Cosa voleva Andrea da lei? «Pronto?» disse con una certa esitazione.

«È assolutamente inaccettabile» iniziò l'altra con la solita voce piagnucolosa. «Anzi, è scandaloso.»

Leonie si sorprese che Andrea fosse tanto colpita dalla chiusura dell'azienda. Forse in fin dei conti l'aveva giudicata male. «Lo so, è scioccante, ma...»

«Ti dico subito che non mi piace. Non è corretto tagliare fuori Suzanne in questo modo. Me lo aspettavo, sappilo, ma...»

Leonie fece tanto d'occhi. L'aveva giudicata benissimo, invece! «Non ho mai voluto tagliare fuori nessuno, Suzanne è sempre la benvenuta qui. Però oggi Adam ha perso il lavoro! Mi ritieni responsabile anche di questo?» All'udire quelle parole, lui alzò la testa di scatto con un gesto rabbioso.

«Sono sicura che vuoi sfruttare la situazione a tuo vantaggio. È ovvio che non ci hai mai viste di buon occhio e questa è l'occasione perfetta per sbattercelo in faccia.»

Fremendo di collera, Leonie restituì il telefono a Adam. Come osava quella stronza dare la colpa a *lei*? Non si rendeva conto che se non fosse stato per il suo stipendio lei e la sua preziosissima figlia non avrebbero ricevuto il becco di un quattrino?

«Sei stata fuori luogo, Andrea» disse Adam alla sua ex. Poi, a telefonata conclusa, a Leonie mormorò: «Mi dispiace, non ha voluto sentire ragioni». Si prese la faccia tra le mani. «Mi rincresce di essere la causa di tutto questo, Lee.»

«Non è colpa tua.» Ma in realtà, era molto preoccupata.

Se Adam era così disperato ora, come li avrebbe affrontati i tempi veramente duri?

23

Mia cara Helena,

scusa ma devo scriverti di nuovo perché ho un profondo bisogno di sfogarmi con qualcuno in questo momento e tu sei l'unica che può capirmi.

Qui è sempre più difficile e ogni tanto mi sento molto solo e incredibilmente impaurito. Mi conforta il pensiero che lì fuori ci sia una persona in grado di comprendermi, anche se immagino che tu non abbia ancora accettato le mie azioni e decisioni. Amore mio, lo stesso vale per me. E la cosa peggiore è che avevi ragione su tutta la linea. Questo è un posto assurdo, una situazione assurda, e non dovrei essere qui. Non dovrebbe esserci nessuno.

Per favore, ricorda che ovunque sia e qualunque cosa faccia ti penso sempre.

Ti prego, perdonami,
Nathan

Nel tardo pomeriggio, Alex stava uscendo per fare jogging quando trovò Seth seduto sul primo gradino davanti alla casa.

«Ciao, straniera.»

«Cosa ci fai qui?» chiese cauta. Non aveva voglia di parlare con lui. Anzi, dopo il vile trucchetto della macchina faticava persino a guardarlo in faccia. Secondo Doug, se Seth aveva intenzione di impuntarsi sulla Mustang, probabilmente era meglio raggiungere un accordo, ma Alex era affezionata all'auto e non voleva rinunciarci senza lottare.

Così aveva chiesto all'avvocato di cercare una scappatoia dal cavillo della comunione dei beni, dato che il suo ex gliel'aveva regalata. Doug aveva promesso di fare il possibile, ma finché il problema non si fosse risolto, il divorzio avrebbe dovuto aspettare.

Seth sorrise come se avesse indovinato i suoi pensieri. «Non preoccuparti. Non c'entra niente con noi. È solo che oggi ho trovato una cosa e ho pensato che potesse interessarti.»

«Cosa? E perché non hai usato il telefono?»

«Temevo che non avresti risposto, se avessi visto che ero io.» Non aveva tutti i torti. «Riguarda l'uomo che tu e Leonie state cercando: Nathan.»

Guarda caso, quel giorno l'amica le aveva mostrato un'altra lettera che, come le altre, diceva ben poco sul luogo in cui si trovava il mittente e sulle cose che doveva aver combinato, e Leonie era sempre più frustrata dalla mancanza di progressi.

«Stavo uscendo.» Alex indicò i calzoncini e le scarpe da ginnastica. «Ma di sicuro lei...»

«Ho controllato. Non è in casa, e non è un problema. Mi farà bene un po' di movimento.» Si mise a correre al suo fianco. «Ti va di andare al Presidio?»

Il famoso parco lungo il Pacifico era il posto in cui facevano jogging quando stavano insieme, oltre che la meta di Alex quella sera. Pieno di piste, era l'ideale per una corsa nell'area della baia.

«Okay» fece Alex, sospettosa ma incuriosita. «Cos'hai scoperto?»

«Come sai, lavoro di nuovo al negozio di sub. Ieri stavo esaminando i documenti dell'Associazione nazionale istruttori subacquei dell'anno scorso e sono incappato nel nome Nathan Abbott. L'ho notato solo perché l'avevate nominato voi due, altrimenti non ci avrei fatto caso.» Fece una pausa. «Ammettendo che sia la stessa persona, a un certo punto deve aver fatto un'immersione con noi.»

«Quando?» ansimò Alex. «A quando risalivano i documenti?»

«Metà marzo. Ho pensato che potesse esservi utile.»

«È una pista interessante e la verificherò, ma è improbabile che sia il nostro uomo.» Spiegò che Abbott era il cognome di Helena, non di Nathan. «Nei documenti compare anche lei, per caso?»

«Helena Abbott? Non mi pare, ma posso controllare.» Pareva stranamente disposto ad assecondarla, notò Alex. Forse si era reso conto che la storia della Mustang era stata un tiro mancino.

«Grazie comunque, è sempre meglio di niente. Leonie sarà contenta.»

«Perché quelle lettere le stanno così a cuore? Sembra siano diventate una fissazione.»

«Altroché, e non capisco il motivo. Sono soltanto lettere, dopotutto. Ma credo che in fondo sia una ragazza romantica.»

Lui sorrise. «Tu, invece, sei cinica.»

Alex continuò a correre, con un principio di sorriso sulle labbra. «Immagino di sì.»

«Non credi che quest'uomo meriti una seconda opportunità?»

«Non so cos'abbia combinato, perciò come faccio a decidere?»

«Ma sembra molto innamorato.»

«Forse doveva pensarci prima di fare qualche stupidaggine.» Alex lo guardò di traverso. «Tanto per essere chiari, stiamo ancora parlando di Nathan, vero?»

Seth fece una faccia candida. «Certo.»

Accelerarono e continuarono a correre in silenzio, dirigendosi verso l'entrata del parco lungo Lombard Street. Era una bella serata e il Presidio era affollato di famiglie, turisti e persone che portavano a spasso i cani. Quasi meccanicamente attraversarono Lincoln Boulevard e andarono dritti verso l'estremità settentrionale di Crissy Field in direzione della pista costiera, da cui la vista spaziava sul Pacifico e sulle Marin Headlands.

«Sai, mi mancava tutto questo» disse Seth dopo un po', quando più avanti si profilò il Golden Gate. «A Miami fa quasi sempre troppo caldo per correre.»

«Posso immaginarlo.» Alex non era sicura di voler parlare di cosa il suo ex aveva o non aveva fatto a Miami, dato che finora Seth non vi aveva mai accennato. «Anche se avrei scommesso che il rilassato stile di vita caraibico ti calzasse a pennello.»

«All'inizio sì. Però ho sempre saputo che sarei tornato. Questa è praticamente casa mia.» Sorrise. «Ma oltre a essere fuori allenamento, temo di essere anche un po' fuori forma! Pausa?»

«D'accordo.» Alex rallentò sotto il ponte e si fermarono per un momento ad ascoltare in silenzio il rumore del traffico, mentre più in basso i cavalloni si frangevano sulla riva. Quando Seth ebbe ripreso fiato, ripartirono, a un'andatura più tranquilla.

«Leonie sembra simpatica» osservò lui dopo qualche minuto.

«Già.»

«Qual è la sua storia?»

«La sua storia?»

«Sì. So che si è trasferita in California un paio di mesi fa e che lavora da un fiorista, ma come mai è finita qui? Dev'esserci dell'altro, no?»

«Non so granché, a essere sincera.» Era interessante che le conclusioni di Seth somigliassero alle sue, anche se Alex non l'avrebbe mai ammesso.

«Come fa una ragazza irlandese a finire dall'altra parte del mondo senza una ragione particolare?»

«Come fa una persona a finire in un posto qualsiasi? Per quanto mi riguarda, non c'è niente di strano, e anche se ci fosse non sarebbero affari miei.»

«Allora pensi anche tu che ci sia sotto qualcosa!» la punzecchiò Seth. «Secondo me sta scappando.»

Caspita, che intuito!

Lui continuò: «Da un uomo, probabilmente. È quasi sempre colpa di un uomo».

«Eh, già, la nostra vita ruota intorno a voi, dico bene?»

«Okay, okay, forse è un po' banale. Ma quando le ho parlato a Monterey, prima che arrivassi tu...»

«Quando hai flirtato con lei, volevi dire.»

Seth nascose un sorriso. «Ho avuto la sensazione che non si fidi facilmente delle persone.»

«O forse si è solo dimostrata immune al tuo fascino?»

«Piantala, ti sto solo dicendo la mia opinione. Secondo me il suo interesse per quelle lettere nasconde qualcosa.»

«In che senso?» domandò lei, curiosa.

«Mi sembra che abbiano acquisito un significato spropositato nella sua mente. Forse si identifica con la coppia perché ha vissuto qualcosa di analogo.»

Alex rifletté. In effetti, era possibile. Leonie pareva stranamente determinata a riunire Helena e Nathan, nonostante non avesse la minima idea di cosa fosse successo tra loro. Era rimasta molto delusa quando era saltato fuori che la Helena Abbott di Monterey non era la donna che cercavano, ed era ancora decisa a trovare uno dei due amanti sebbene Alex le avesse consigliato di rinunciare.

«Di sicuro si è lasciata trascinare, su questo hai ragione. E sarà al settimo cielo se riuscirà a risolvere il mistero. Ma chi può dire se sia capitato qualcosa di simile anche a lei?» Alex si propose di riprovare ad affrontare l'argomento con l'amica, sempre che Leonie fosse disposta a parlarne. Era più probabile che fosse fuggita per buttarsi i problemi alle spalle, anziché prenderli di petto.

«In ogni caso, dà l'impressione di essere una romanticona.» Seth la sbirciò di sottecchi. «A proposito di romanticismo, come vanno le cose con il dottor Stranamore?»

Alex si irrigidì. «Bene, grazie.»

«Bene e basta? Non è niente di speciale, allora.»

«Seth, smettila. Non ho voglia di discuterne con te. Né ora né mai.»

Lui fece un gran sorriso. «Scusa, è stato più forte di me. Non darmi retta, vi trovo una coppia fantastica.»

Lei sorrise suo malgrado. «Come no.»

«Dico sul serio. Se tu sei felice, lo sono anch'io.»

«Strano che tu non ci abbia pensato prima di sparire a Miami.» Alex si pentì subito di aver detto quelle parole.

Cazzo, non voleva che la conversazione prendesse quella piega!

Seth le si avvicinò, con il fiatone. «Ti sbagli» replicò dolcemente. «Le cose stavano andando male e avevamo bisogno di tempo.»

«Di quello me ne hai dato in abbondanza» ribatté lei, amara.

«Alex...»

«Comunque, presto sarà finita» tagliò corto Alex, stanca di discutere.

«Sì» concesse Seth, ma dal tono della sua voce lei si chiese se il marito non avesse in serbo qualche altro giochetto.

24

Lunedì mattina, al Flower Power, Leonie stava inserendo i dati delle carte di credito nel computer quando arrivò una telefonata.

«È per te.» Marcy le porse il cordless. «Una pazza dall'Irlanda.»

Confusa e titubante, Leonie avvicinò il telefono all'orecchio. «Pronto?»

«Vengo a trovarti!» esclamò Grace all'altro capo della linea. «Ho già prenotato il biglietto.»

«Cosa? Dove?»

«A San Francisco, ovviamente. Ne ho fin sopra i capelli di sentirti parlare di Alex, Marcy e tutte queste persone di cui non so niente. E poi mi manchi. Così ho detto a Ray: "Lasciamo perdere la vacanza di famiglia. Sinceramente, penso dovremmo aspettare finché i bambini saranno più grandi e un po' meno scalmanati". Ma ha capito che avevo bisogno di staccare la spina, così si è offerto di restare a casa con loro e mi ha suggerito di venire da te per un weekend lungo. Riesci a crederci? Se non fossi sicura del contrario, giurerei che ha preso un colpo in testa. In ogni caso, è fatta: sono andata su Internet ieri sera e ho prenotato un volo tra due giovedì!»

Investita da quella raffica di parole, Leonie stentava a credere alle proprie orecchie.

Grace l'avrebbe raggiunta a San Francisco di lì a poco!

«Che sorpresa! È fantastico. Non so cosa dire. Grace» aggiunse in tono più dolce, «l'ultima volta che abbiamo parlato ero un po' giù, ma per favore non pensare che volessi...»

«Piantala, siamo amiche da un'eternità e le amiche si aiutano nel momento del bisogno, no? Naturalmente non è colpa *mia* se hai deciso di prendere armi e bagagli e volare dall'altra parte del mondo. E se Maometto non va alla montagna...»

Leonie aveva le lacrime agli occhi. La commuoveva che Grace fosse disposta a fare un viaggio così lungo solo per starle accanto. E non sarebbe potuto capitare in un momento migliore. Aveva avuto il morale a terra, nell'ultima settimana o giù di lì, tra la battuta d'arresto nelle ricerche sulle lettere e i ricordi di quello che era successo a casa.

«Quanto ti fermi?»

«Solo per il weekend. Fino al lunedì. Non posso lasciare Ray con i gemelli per più di un fine settimana. Sclererebbe, e probabilmente farebbe le valigie prima del mio ritorno. Solo quattro giorni, dunque. Ma mi hanno detto che se resto nel mio fuso orario evito il jet lag, perciò dovrei essere a posto.»

Leonie sorrise. «Sai che qui siamo otto ore indietro?»

«Esatto, è l'ideale. Non avrò problemi ad alzarmi all'alba quando in realtà sarà come stare a letto fino a tardi in Irlanda. E non mi succede spesso, te lo assicuro.»

«Giusto.» Leonie non ebbe il coraggio di precisare che, secondo lo stesso calcolo, si sarebbe coricata all'ora del tè.

«Va bene se alloggio da te? So che vivi in un appartamento piccolo, ma il biglietto è già abbastanza caro senza dissanguarmi anche per l'hotel.»

«Sei impazzita? Non mi sognerei mai di farti andare in albergo! Sì, sì, certo che puoi stare da me. Tu dormi in camera, io sul divano e...»

«Niente affatto, mi conosci, io mi addormento ovunque» disse Grace con il suo solito fare accomodante, rammentandole quanto le fosse mancata e quanto sarebbe stato bello rivederla. «Non sono impaziente di passare dieci ore in aereo da sola, ma se non altro avrò un po' di pace e tranquillità. E poi non sono mai stata in America, e muoio dalla voglia di vederla, e soprattutto di dare un volto alle persone di cui continui a parlare.»

Leonie sorrise. Sarebbe stato magnifico presentarla ad Alex e Marcy. A proposito di Marcy, doveva dare un'occhiata al calendario dei turni per vedere quale fosse la situazione nel weekend dell'arrivo di Grace. Era certa di avere il venerdì libero, ma non era sicura del sabato. Ma il Flower Power era chiuso la domenica, perciò anche se avesse dovuto lavorare un giorno su quattro avrebbe avuto un sacco di tempo da passare con l'amica. E comunque, nessuno sapeva ingannare la noia meglio di lei.

«È meraviglioso!» esclamò. «Non vedo l'ora di abbracciarti. Ci divertiremo un mondo, promesso.»

«Non sto più nella pelle» strillò Grace. «USA, arrivo!»

Il pomeriggio dell'arrivo di Grace, Leonie noleggiò una limousine per andare a prenderla all'aeroporto. Era un mezzo di trasporto economico e relativamente diffuso, ma sapeva che l'amica sarebbe andata in visibilio all'idea di viaggiare fino in città su una grande e lussuosa auto americana, e che sarebbe stato un inizio coi fiocchi per la sua prima volta negli Stati Uniti.

Non appena la scorse ai cancelli della sala arrivi, Grace mollò le valigie e si lanciò verso Leonie con un sorriso a trentadue denti, abbracciandola come se non si vedessero da anni.

«Non riesco a credere che tu sia qui!» Leonie era più emozionata del previsto. «E sei in forma smagliante. Sei dimagrita?» Di solito Grace non curava molto il proprio aspetto – aveva i capelli biondi che le incorniciavano il viso in ciocche pesanti, e non applicava neppure un velo di trucco –, ma era bellissima.

«Avrò perso almeno mezzo chilo solo durante il volo, dato il cibo schifoso che ci hanno servito. E stendiamo un velo sui drink. Volevo fare scorta di stuzzichini omaggio per ingannare il tempo, ma l'hostess ha allungato la mano pretendendo di essere pagata.»

«Viaggio piacevole, mi pare di capire» Leonie sorrise.

«Lungo, più che altro. Mi sono annoiata a morte a fissare quell'aereo minuscolo sullo schermo; era come se non si muovesse di un centimetro.»

«Non hai letto, o guardato un film?»

«Avrei voluto, ma ero troppo emozionata per concentrarmi.» Si diede un'occhiata intorno. «L'America. Stento a credere di essere qui!»

«Anch'io, ma... quanto hai detto che ti fermi?» Leonie abbassò lo sguardo sulle due enormi valigie. «No, aspetta, fammi indovinare. Hai portato anche i gemelli?»

Grace le strizzò l'occhio. «Mi conosci. Arrivo sempre preparata.»

Lungo il tragitto dall'aeroporto continuò a blaterare di metodi per contrastare il jet lag.

«Rispettare il fuso orario dell'Irlanda è la strategia più efficace. Non ho spostato le lancette dell'orologio quando siamo atterrati, così dovrei essere a posto.»

«Okay.» Leonie non intendeva contraddirla.

«E voglio vedere e fare *ogni cosa* e... Oh, quello è il ponte?» Fece un'espressione delusa mentre indicava fuori dal finestrino. «Non mi sembra molto dorato. Allora è vero quando si dice che queste cose non sono all'altezza delle aspettative.»

«Forse perché quello è il *Bay* Bridge.» Leonie sorrise. «Non preoccuparti, dubito che resterai indifferente quando vedrai il Golden Gate.»

E infatti, Grace non tardò a innamorarsi della città. «Oddio, un *cable car*!» strillò quando scorse il Powell-Mason che si dirigeva verso Downtown suonando la campanella. «E guarda... due lesbiche! Non vedo l'ora di raccontarlo a Ray, mi aveva avvertita che sarebbero state ovunque!»

«Non credo siano lesbiche, sono solo due ragazze che fanno shopping.»

Grace non nascose la delusione. «Peccato. Speriamo di trovarne altre dopo.»

«Ci daremo da fare.»

Di lì a qualche minuto, la macchina le lasciò in Green Street.

«Wow.» Grace sgranò gli occhi. «Vivi qui? Ma somiglia a una casa delle bambole! Dio, non avevo idea che questo posto fosse così carino, con le colline e gli alberi e questi splendidi edifici. È quasi come essere a Wisteria Lane!»

Leonie la aiutò a portare i bagagli su per i gradini. «È piaciuto subito anche a me.»

Una volta entrate, Grace sentì il bisogno di aprire ogni porta, curiosare dentro ogni armadietto e ispezionare ogni mobile. E fu subito attirata dal bovindo. «Da qui si vede il mare e... Oddio.» Trasalì vedendo il luogo più famoso di San Francisco, che in quel momento si stagliava nitido e luminoso contro uno splendido cielo limpido. «*Quello* è il ponte?»

«Esatto.» Leonie intuì che l'amica stava provando la soggezione affascinata che provava chiunque si trovasse per la prima volta di fronte a una struttura così simbolica. «Possiamo andarci domani, se vuoi. E magari fare anche un giro ad Alcatraz. Finora non ci sono stata nemmeno io.»

«Dato che sono appena evasa dalla mia Alcatraz» mormorò Grace, «ne farei volentieri a meno, se non ti dispiace.»

«Come preferisci.» Leonie rise e accese il bollitore. «Tè?»

«Non hai niente di più forte? Oppure il salutista stile di vita californiano ti ha già contagiata?»

Leonie estrasse dal frigorifero una bottiglia di champagne ghiacciato. «Volevo aspettare, ma perché no? Chi ha tempo non aspetti tempo.»

Grace si fregò le mani come una bambina quando l'amica fece saltare il tappo. «È fantastico! È incredibile che sia qui a bere champagne con te a San Francisco! L'appartamento è bellissimo.» Girò lo sguardo sulla stanza. «I mobili sono tuoi, o c'erano già quando ti sei trasferita?»

«Miei, ma ho ereditato alcune cose.» Le vennero in mente le lettere, ma decise di rimandare il discorso a un altro momento.

«Mi piacciono il camino e il soffitto e i pavimenti. È tutto favoloso!»

Continuarono a chiacchierare e a sorseggiare il vino, sedute l'una di fronte all'altra sul davanzale della finestra, con le spalle poggiate al muro mentre guardavano le barche a vela entrare e uscire dalla baia. Grace era incantata dal panorama e da come la città digradava in modo quasi caotico verso l'acqua.

«Una vista come questa costerebbe una fortuna, a Dublino. Non che ci sia qualcosa di simile, con il ponte e tutte queste case magnifiche. Possiamo prendere il *cable car*? Ormai ci avrai fatto l'abitudine, ma mi piacerebbe tanto provare! E devi mostrarmi il negozio dove lavori e...»

«Rilassati, ti mostro tutto quello che vuoi.» Leonie sorrise del suo entusiasmo.

«Brava ragazza! Stasera cosa facciamo? Mi porti in città per una notte di follie? Ovunque tranne che in un pub irlandese» aggiunse Grace con una vigorosa scrollata di capo. «Ho giurato a me stessa che non sarei volata dall'altra parte del mondo per andare in un pub irlandese.»

«Sicura di voler uscire?» Leonie controllò l'ora. «A casa sono le due del mattino passate e hai detto che volevi rispettare il fuso orario.»

Grace la fissò, rendendosi conto che il suo piano grandioso era già andato in pezzi.

«Al diavolo. Non ho tutto il resto della vita per dormire? Ma lascia che ti dica una cosa: ho una fame da lupi. C'è un posto qui vicino dove possiamo mangiare un boccone?»

«Conosco proprio un locale che fa al caso nostro.»

Un po' brille per lo champagne, passarono un paio d'ore al Crab Shack chiacchierando e scherzando con Phil e Dan, che (per fortuna) parvero divertiti dallo stupore sfrenato di Grace quando scoprì che erano gay.

«So che siamo a San Francisco ma, non so, non mi aspettavo che fossero *ovunque*» confessò sbalordita.

«Smettila. Non sono ovunque! E ci sono coppie omosessuali anche in Irlanda.»

«Ma dimmi, tu come stai?» le chiese Grace in tono eloquente dopo cena. Soffocò uno sbadiglio, e nonostante l'amica negasse, Leonie capì che il jet lag iniziava a farsi sentire.

«Benissimo» rispose vivace. «Come probabilmente avrai intuito, adoro vivere qui.»

«E?»

«E, cosa? Non c'è altro da aggiungere.»

«Oh, dai! Stai parlando con *me.* Cosa mi dici di quello che è successo? Vuoi farmi credere di averlo superato?»

«In effetti è così.» Leonie era un po' a disagio, ma aveva appena detto la verità, perché era stata così assorbita dalla sua nuova vita da riuscire quasi a dimenticare le parti peggiori del passato. «Che senso ha rimuginarci sopra? Quello che è fatto è fatto, non si può cambiare.»

Grace parve scettica. «Allora è un capitolo chiuso?»

«Sì. Per quanto mi riguarda, io e Adam ci siamo lasciati e abbiamo voltato pagina.» Giocherellò con la cannuccia nel bicchiere d'acqua. «L'hai sentito di recente?» domandò, non sapendo se volesse conoscere la risposta oppure no.

«No, ma d'altra parte perché avrei dovuto? Mi hai fatto giurare di non dirgli niente.»

«Grazie per non avergli spifferato dove sono.»

Grace sbadigliò. «Non significa che approvi la tua decisione, però.»

«Allora dovremo rassegnarci a non essere d'accordo. Tu pensi che sarei dovuta restare e affrontare le conseguenze, io sono certa di aver fatto bene ad andarmene. La vediamo in modo diverso. Comunque» proseguì dolcemente Leonie, «perché non ne discutiamo un'altra volta? Sei appena arrivata e sono contentissima che tu sia qui, perciò non roviniamo l'atmosfera.»

«Però è anche una delle ragioni per cui sono venuta.»

«Lo so e te ne sono grata, ma almeno per il momento pensiamo a divertirci.»

Grace fece un altro sbadiglio, poi ammise l'inevitabile. «Credimi, non chiedo di meglio. Ma, Lee, possiamo tornare a casa? Mi sembra di non dormire da giorni!»

25

Il giorno dopo passò tra visite ai monumenti e puntatine nei negozi. Dopo una bella dormita sul divano, Grace sprizzava energia da tutti i pori, e dopo una colazione a base di soffici pancake ai mirtilli in una caffetteria dei dintorni, Leonie accompagnò l'amica al Flower Power.

«Così tu sei la famosa Marcy?» Grace le strinse la mano con foga. «Ho sentito molto parlare di te.»

«Anch'io, cara. Benvenuta a San Francisco. Come stanno i tuoi due tesori?»

«Se li chiami "tesori", significa che Leonie ti ha raccontato un sacco di bugie! E stando a quanto Ray mi ha detto questa mattina al telefono, non sono cambiati molto dalla mia partenza.»

«Sono sicura che sentiranno la tua mancanza. Che programmi avete per oggi?»

«Pensavamo di andare a Union Square per un po' di shopping e di fare le turiste nel pomeriggio» rispose Leonie.

«Interessante. Però è difficile visitare tutto in così poco tempo. Dovrai fare un altro salto quaggiù, Grace.»

«Molto volentieri! Ma se Leonie tornasse a casa non sarebbe necessario» replicò pungente.

Marcy guardò Leonie. «Non vorrai mica piantarmi in asso, eh?»

«Certo che no!» Scoccò un'occhiataccia a Grace. «Sai benissimo che non me lo sognerei mai.»

«Bene, perché avremmo tutti nostalgia di te, anche se non sei molto ferrata nelle composizioni floreali.»

«Potevi risparmiarti la battuta» disse Leonie a Grace quando furono uscite.

«Lo so. Scusa, ma è stata così gentile da farmi dimenticare che è il tuo capo.»

«Hai ragione, è adorabile. Ma se ti piace Marcy, andrai matta per Alex. Esce con noi stasera, credo. Aveva un impegno con Jon, il tipo che frequenta, ma ha detto che proverà a rimandarlo.»

«Perfetto, non vedo l'ora.»

Presero il *cable car* fino a Union Square, dove Grace comprò regali a più non posso per Ray e i gemelli.

«Guarda!» Si fermò in un negozio di souvenir ed esaminò una divisa a strisce bianche e nere da detenuto di Alcatraz, taglia per bambini. «Non sarebbe perfetta per i miei due mostriciattoli?»

Verso mezzogiorno, Leonie la portò a Chinatown. Come previsto, Grace rimase affascinata dal famoso Dragon Gate e dalla Grant Avenue con i suoi edifici orientaleggianti, i mercati del pesce, i negozi e i ristoranti. In Portsmouth Square assistettero a una seduta di *tai chi* mentre tutt'intorno uomini anziani giocavano a scacchi cinesi.

«È stupendo!» esclamò Grace. «Ma sono soltanto io, oppure questi profumini deliziosi hanno fatto venire appetito anche a te?»

«Siamo nel posto giusto.» Leonie decise che se Grace si era già innamorata di Chinatown, sarebbe stata felice di vivere l'esperienza del *dim sum* a pranzo.

Dopo aver trovato posto in un ristorantino, spiegò

all'amica che potevano scegliere ciò che volevano dai carrellini di cibo che passavano accanto al tavolo. «Cioè dobbiamo solo indicare quello che desideriamo e loro ce lo danno?» Grace era un po' confusa dall'ampia gamma di carne e pesce cotti in vari modi, adagiati in piccole quantità sui piattini di bambù. «Ma come facciamo a sapere cosa vogliamo?»

«È questo il bello del *dim sum*.» Leonie scelse una porzione di ravioli ai gamberetti. Seguendo il suo esempio, l'altra si buttò su dei fagottini di lattuga ripieni di maiale alla griglia. «Il menu non esiste, continuano a portare roba dalla cucina. Puoi mangiare quello che vuoi, e alla fine calcolano il totale.»

«Wow, Ray ne andrebbe matto!» Grace diventò più sicura di sé a ogni piatto che assaggiava. «Soprattutto dell'idea di abbuffarsi all'inverosimile. Alla fine per sollevarlo servirebbe una gru!»

«Sono felice che ti stia divertendo.»

«Puoi dirlo forte, Lee, sono qui da meno di ventiquattr'ore e me la sto spassando alla grande! Anche se, a essere sincera, non so se dipenda dalla città o solo dalla possibilità di fare una conversazione tra adulti.»

Fece un sorrisetto, e Leonie intuì di esserle mancata più di quanto avesse immaginato. Era strano, perché negli ultimi anni (e in particolare dopo la nascita dei gemelli) aveva sempre avuto la sensazione di essere *lei* ad avere più bisogno della loro amicizia. Grace sembrava così soddisfatta e consacrata alla famiglia, non aveva mai pensato che il suo trasferimento avrebbe potuto scombussolarla.

«Sentiranno tutti la tua mancanza. Come se la sta cavando Ray?» Il marito di Grace aveva telefonato quel mattino presto e inviava SMS a intervalli regolari, ma Leonie non aveva idea se fossero rassicuranti o allarmanti. Conoscendo Ray, probabilmente la seconda.

«Sta sclerando. Ma stasera fa venire mammina Niland, così può tirare il fiato» rispose Grace. «E lei sarà felice che io non sia lì a guardarla come un falco.»

Dire che lei e la suocera non andavano d'accordo era un eufemismo, e Leonie sapeva che la signora Niland non era mai stata di grande aiuto con i gemelli perché si offriva raramente di fare da baby-sitter o altro. Era un peccato perché la madre di Grace era morta anni prima, e come tutte le neomamme la sua amica aveva di sicuro bisogno di incoraggiamento e di qualcuno su cui poter contare.

Trasferendosi in America, rifletté con una punta di rimorso, anche lei le aveva fatto lo stesso torto.

«Ma è un bene che Ray capisca cosa fai tutti i giorni, non credi?»

«Non farà la minima differenza.» Grace scosse la testa con fare affettuoso. «Ma devo riconoscere che è stato lui a suggerirmi di staccare la spina per qualche giorno. Forse aveva capito che la mia pazienza era al limite.»

Leonie alzò lo sguardo, rendendosi conto per la prima volta che forse quella visita era stata dettata anche da motivi personali. «Mi dispiace che sia così dura per te. E so di non essermi comportata da amica negli ultimi tempi.»

«Smettila, tu non c'entri niente!» ribatté Grace. «È solo che... non so... sono un po'... Non avrei mai e poi mai immaginato di dirlo dopo l'enorme fatica che abbiamo fatto per avere i bambini, ma ogni tanto ho l'impressione di essere un tantino... vincolata, forse? Non fraintendermi, amo Rocky e Rosie con tutto il cuore, ma...»

«È comprensibile e sono certa che non sei la prima né l'ultima madre a pensarla così. Avere un figlio deve già essere abbastanza sconvolgente, figuriamoci due. E ti prendono così tanto tempo che è naturale sentirsi un po' tagliate fuori.»

«Sì, ma non fare caso a me. Il fatto è che essere qui, senza una sola preoccupazione al mondo, tutta presa a spazzolare un *dim sum* in questa splendida città... Sai, non ho mai viaggiato molto da giovane, perciò mi rendo conto solo ora di quanto sia interessante.»

«Esatto.» Leonie era più decisa che mai a farla stare bene. «Allora cerchiamo di divertirci il più possibile finché sei qui.»

Quella sera tornarono in Green Street dopo aver passato il pomeriggio al centro visitatori del Golden Gate e a Fisherman's Wharf, dov'erano rimaste a guardare la gente prendendosela comoda.

Verso le sette, Alex salì a salutare Grace, e per la gioia di Leonie le due simpatizzarono subito.

«Oddio, Leonie non mi aveva detto che avevi un fisico da modella!» esclamò Grace dopo le presentazioni. «Sai una cosa? Sono contenta che mio marito non ci sia; avrei dovuto metterlo sotto chiave!»

«Ne dubito molto» rise Alex, ma era palese che fosse stata immediatamente conquistata da quella schiettezza.

«E comunque, anche lei è sposata» intervenne Leonie con un sorriso malizioso, attirandosi un'occhiataccia.

«Ma divorzierò presto» precisò Alex, «*molto* presto, spero.»

«Sul serio?» Grace parve in imbarazzo e Leonie ricordò di non averle detto nulla di Seth. «Mi dispiace molto.»

«Non preoccuparti. In realtà è un'ottima notizia.» Vedendo la sua espressione perplessa, Alex provò a spiegarle la situazione. «È una lunga storia, comunque adesso ho un altro.»

«Non per molto, se dipendesse da suo marito» la punzecchiò Leonie, e Grace ascoltò con interesse mentre Alex le raccontava i suoi affari di cuore.

«Due uomini che lottano per te. Ancora meglio» commentò. «Ray a questo punto non avrebbe uno straccio di possibilità!»

Le due ragazze ridacchiarono, e visto che il ghiaccio era stato rotto, Leonie domandò: «Dove andiamo stasera?».

Alex alzò le spalle. «Scegliete voi. Per me va bene qualsiasi cosa.»

Leonie si voltò verso Grace, che si era buttata sul sofà con un'aria sorprendentemente svogliata. «Ti va di uscire?»

Lei trattenne uno sbadiglio. «Scusate, non so cosa mi sia preso, ma al momento non riuscirei a spostarmi da questo divano nemmeno se sotto ci fosse una bomba.»

«Di nuovo il jet lag?»

Grace annuì mestamente. «Temo di sì. Alla faccia delle strategie per contrastarlo. In compenso sto morendo di fame, l'appetito non mi manca mai.»

«Perché non ordiniamo qualcosa a domicilio?» propose Alex. «Non ho ancora mangiato e c'è una fantastica rosticceria in fondo alla strada.»

«Buona idea. Ti dispiace, Lee?» domandò Grace mogia. «Scusa, ma non ho energia per nient'altro. Almeno finché non metto qualcosa sotto i denti.»

«Per me va benissimo. E chissà, magari ti riprendi dopo un paio di bicchieri.»

In realtà ne bastò uno, e da lì in poi Grace diventò incontenibile. Chiacchierò allegramente per tutta la cena e dopo qualche altro calice di Pinot grigio trovò il coraggio di torchiare Alex sulla sua situazione sentimentale.

«Prima divorzi da tuo marito e poi sposi il dottore, allora?» Si girò verso di lei sul divano.

«Grace!» Leonie la colpì con un cuscino. «Non dovresti fare domande così personali.» Poi, curiosa, guardò Alex. «Ebbene?»

«È troppo presto per fare progetti di questo tipo» rispose la sua vicina. «E comunque, dopo quello che è successo preferisco andarci con i piedi di piombo.»

«Non saprei...» Grace bevve un sorso di vino. «Ho l'impressione che tu non abbia ancora dimenticato il tuo ex.»

«È *esattamente* quello che ho detto anch'io!» concordò Leonie con foga. «Ma non vuole darmi retta.»

«Seth è un perdente, te l'ho detto fin dal primo giorno.»

«Sarà, ma io non ci sputerei sopra.» Leonie fece l'occhiolino a Grace, che scoppiò a ridere.

«Voi due fate una bella coppia, lo sapete?» Alex spostò lo sguardo dall'una all'altra. «Un bel duo comico.»

Leonie si raddrizzò. «Scherzi a parte, Grace, dovresti vedere Seth. Assolutamente *incredibile.* Ma anche Jon non è niente male.»

«Grazie!» interloquì Alex. «Mi hai tolto le parole di bocca!»

«Hai qualche fotografia?» chiese Grace. «Mi fa impazzire non sapere di chi state parlando.»

«Sì.» Alex si alzò. «Ne ho una di me e Jon, scattata non molto tempo fa. E di sicuro da qualche parte ce n'è anche una di Seth» aggiunse più aspra.

Quando scese a recuperarle, le altre due si riempirono di nuovo i bicchieri.

«È adorabile» disse Grace. «Capisco perché ti sei ambientata così bene.»

«Già, e senza di lei sarei persa. Ma» replicò Leonie seria «non le ho detto niente di Adam, perciò non voglio...»

«Ecco qui.» Alex tornò, e con le foto in mano si lasciò cadere sul sofà.

«Non ditemi qual è uno e qual è l'altro, okay?» disse Grace. «Lasciatemi indovinare.»

«Buona idea.» Leonie lanciò ad Alex un'occhiata allusiva.

Grace si mise comoda e studiò le fotografie. Una ritraeva Alex e Jon durante il gala al Palace of Fine Arts, l'altra lei e Seth su una spiaggia, abbronzati e sereni. Anche se Alex sorrideva in entrambe, Leonie notò che nella seconda era raggiante. E Seth sembrava altrettanto felice. Li aveva visti solo litigare, perciò vederli stare così bene insieme fu una rivelazione.

«Cavolo» osservò Grace. «Sono tutti e due strafighi. Dove siamo, in *Melrose Place*?» Scrollò il capo, perplessa. «Boh, non saprei quale scegliere. Non che possa sperare in tanta fortuna. Santo cielo, perché gli uomini irlandesi non sono così?»

«Dai, anche Ray è carino.» Leonie indicò la sua borsetta dall'altra parte della stanza. «Faglielo vedere.»

«D'accordo.» Grace si alzò controvoglia. «Ma Alex, ti avverto, non regge il confronto.»

Leonie non aveva mai riso tanto in vita sua come quando Grace tirò fuori una fotografia di suo marito e la posò accanto alle altre.

Con i capelli arruffati e una casacca da rugby troppo attillata che si tendeva sulla pancetta, il povero Ray sembrava appena uscito dal letto. Evidentemente la foto era stata scattata durante una serata di baldoria. Certo, c'era una bella differenza tra lui e Jon con il suo smoking impeccabile, e Seth con il suo fisico muscoloso e abbronzato. Nessuno trovò la cosa più spassosa di Grace.

«Scusa, non avrei dovuto mostrarti proprio questa» sghignazzò. «Di solito non è ridotto così male, ma bisogna ammettere che c'è un leggero abisso.»

Alex, sconcertata dal fatto che le altre due si sbellicassero dalle risate, fu così educata da non fare commenti.

«Sembra un brav'uomo, e sei molto fortunata ad avere qualcuno su cui contare.»

Grace tornò seria all'improvviso. «Già, lo penso anch'io.» Prese la foto e la guardò sorridendo. «E hai ragione. È un brav'uomo.»

Osservandole, Leonie si rattristò di colpo. Per essere giusti, lì avrebbe dovuto esserci anche una foto di Adam, invece non c'era.

«Tutto bene?» Alex aveva notato il suo cambiamento d'umore.

«Sta benissimo» intervenne Grace, lanciando all'amica uno sguardo complice.

Ma Alex mangiò la foglia. «Maledetti uomini. Perché ci angosciamo per loro?» Accantonò le foto e recuperò la bottiglia mezza vuota. «Un altro bicchiere?»

L'ultima sera, Grace e Leonie uscirono a cena da sole. Erano allo Stinking Rose, un famoso ristorante italiano in Columbus Avenue.

«Domani si torna a casa» disse Grace gettandosi su

un antipasto di molluschi al vapore in salsa d'aglio. «Il tempo è volato.»

«Spero che ti sia divertita.»

«Altroché. Ma Lee, non hai intenzione di restare qui per sempre, vero? Prima o poi dovrai pur tornare a casa.»

Leonie aveva saputo per tutto il weekend che a un certo punto avrebbe dovuto affrontare l'argomento, ma parlarne non era facile. «Forse, ma non ora. Mi sto godendo la vita. È stata la decisione migliore che potessi prendere.»

«Non vuoi almeno dire a Adam dove sei? Se lo sapesse, magari...»

«Preferisco di no.» Leonie giocherellò con il pollo nel piatto. Poi sospirò. «Ascolta, è difficile da spiegare e sì, forse dovrei contattarlo o almeno dirgli dove mi trovo, ma a che scopo? Se non altro così ho ancora il controllo della situazione. È stata una mia scelta buttarmi tutto alle spalle.»

«Capisco cosa intendi, ma di sicuro tieni ancora un po' a lui, no?»

Solo un po'? Leonie fece un sorriso forzato. «Certo, ma dopo quello che è capitato le cose non sarebbero più le stesse. Non si può tornare indietro.»

«Sì, ma...»

«Ascolta, so che vuoi solo aiutarmi e ti ringrazio, ma non mi farai cambiare idea. È successo quello che è successo. Mettila come ti pare, il succo è che ha rovinato il nostro rapporto. Sposarsi era fuori questione. Non potrei mai perdonarlo.»

«Sì, ma è proprio questo il problema. La tua fuga non ha niente a che vedere con Adam. Riguarda te e quello che non riesci a fare, cioè voltare pagina.»

«Hai ragione, non ce la faccio. Quindi come posso pretendere che lo faccia lui?» Vedendo che Grace non rispondeva, continuò: «Comunque, dato che negli ultimi tempi non si è più fatto vivo, si direbbe che se la cavi benissimo anche senza di me».

«Chissà come è andata a finire con Andrea. Pensi che siano ancora...?»

«Non mi interessa» tagliò corto Leonie, sentendo una fitta di dolore all'udire quel nome. «Immagino di sì, o almeno lo spero. Per il bene di Suzanne, se non altro.» Sospirò. «Ma non roviniamoci l'ultima serata parlando di quella strega.»

Grace sgranocchiò una bruschetta. «Sempre testarda come un mulo, eh?»

«Sì.» Poi, decidendo che era arrivato il momento giusto, Leonie aggiunse: «Ma dato che sei qui, ho un favore da chiederti».

26

Dopo aver accompagnato Grace all'aeroporto lunedì mattina, Leonie tornò in città con un taxi, ripensando alla conversazione della sera prima. Era interessante sapere che, secondo la sua amica, lei e Adam potevano ancora avere un futuro insieme.

Riflettendo su quanto era successo, rimpianse di non aver colto i segni e le coincidenze prima che la situazione precipitasse. Ma non avrebbe mai e poi mai immaginato cosa stava per accadere, e di questo poteva incolpare solo se stessa.

Dublino, sei mesi prima

Due mesi dopo essere stato licenziato, Adam non aveva ancora trovato lavoro. Certo non per mancanza di impegno; aveva presentato la propria candidatura a tutte le aziende del settore che gli erano venute in mente e si era iscritto a tutte le agenzie di collocamento della città, ma invano. Di conseguenza era ogni giorno più demoralizzato.

«Mi sento inutile» si lamentò con Leonie, che ormai era troppo esausta per riuscire a contraddirlo, dato che coordinava il maggior numero possibile di eventi serali in modo da fare più straordinari e sbarcare il lunario.

Dopo molte proteste da parte di Andrea, alla fine erano riusciti a concordare una drastica riduzione degli alimenti e non avevano avuto altra scelta se non sospendere la paghetta di Suzanne, scatenando le ire della ragazzina. Cionondimeno faticavano a tirare avanti.

Adam sbrigava la maggior parte delle faccende domestiche (insisteva sempre per lavare i piatti dopo cena mentre Leonie si sforzava di stare sveglia davanti alla TV), ma con il passare delle settimane era sempre più sconsolato e aveva iniziato a perdere colpi.

«Non c'era niente in frigo, così ho pensato di ordinare qualcosa a domicilio» annunciò una sera quando Leonie tornò a casa e lo trovò sul divano a guardare la televisione. I piatti della colazione erano ancora sul piano della cucina e il salotto era disseminato di tazze sporche e degli avanzi del pranzo.

Aveva avuto una giornataccia al lavoro ed era spossata, perciò scoprire che Adam non si era degnato di riordinare né tantomeno di provare a cucinare qualcosa fu l'ultima goccia.

«Qualcosa a domicilio?» gli fece eco, incredula. «Non possiamo permetterci di sprecare soldi quando a malapena riesco a farci restare a galla!»

Non avrebbe voluto usare un tono così rancoroso, ma era frustrata e irritata dalla sua apatia.

Adam la guardò, visibilmente offeso. «Continui a ripeterlo.»

«A ripetere cosa?»

«Che sei *tu* a farci restare a galla» rispose lui, facendola pentire di aver pronunciato quelle parole. «Ma hai la fortuna di avere un lavoro.»

Quello era un altro cambiamento che Leonie aveva

notato in lui negli ultimi tempi, una tendenza sempre più marcata all'autocommiserazione. Era inevitabile, pensò, ma non serviva a niente.

«Non è questo che volevo dire. Ho solo sottolineato che al momento non possiamo permetterci il lusso delle cene a domicilio.»

«Non andremo in bancarotta per qualche dollaro.»

Lei sentì montare la rabbia. «Non è questo il punto, e lo sai. Non è necessario ordinare qualcosa quando siamo perfettamente in grado di cucinare.»

«Ma non c'è niente da cucinare, te l'ho detto.»

«Allora perché non vai a fare la spesa? Il cibo non compare magicamente nel frigorifero.»

«Capisco. Così adesso sono un egoista oltre che un disoccupato.»

«Per l'amor del cielo!» Leonie fece un respiro profondo. «So che stai passando un periodo difficile e che deve essere dura andare avanti dopo aver ricevuto tante porte in faccia, ma ricorda che non è facile nemmeno per me. Odio vederti così depresso e pessimista, però devi smetterla per il bene di entrambi.»

«Smetterla! Smettere cosa, esattamente? Cosa diavolo pretendi che faccia?»

«Le cose da fare non mancano, per esempio lavare i piatti o preparare la cena, ma ultimamente hai deciso di startene lì a piangerti addosso.» Leonie odiava rimproverarlo, ma a quel punto essere crudeli era l'unica maniera per fargli del bene.

Adam la fissò, ferito. «Mi stai dando dello scansafatiche?»

Per fortuna, la conversazione fu interrotta dallo squillo del telefono. Lui rispose e Leonie andò in camera, dove cercò di calmarsi. Era stato spregevole parlargli in quel modo? Una cena a domicilio non li avrebbe gettati sul lastrico, però allo stesso tempo Adam era stato menefreghista, volutamente oppure no. La casa era in condizioni pietose, e non muoveva un dito da giorni. Per giunta, sembrava non rendersi conto di quanto fosse precaria la loro situazione economica.

La porta si aprì e Adam infilò dentro la testa. «Devo uscire» disse bruscamente.

«Dove vai?»

«A Wicklow. Era Suzanne; ha un problema con il computer e vuole che gli dia un'occhiata. Volevano chiamare un tecnico, ma...»

Ma Andrea sa di non poterci rifilare la fattura, finì Leonie in silenzio, sbalordita che la sua ex fosse riuscita ancora una volta a intrufolarsi nella loro vita. E aveva anche avuto un tempismo perfetto!

«Esci subito? E la cena?»

«Tranquilla, loro mangiano più tardi, Suzanne ha aggiunto un posto a tavola.» Poi, con un tono carico di sottintesi: «Perciò non preoccuparti per me».

Certo che no, pensò Leonie, ma suo malgrado non poté farne a meno.

Da quel momento ci fu una moltitudine di altri «lavoretti». Il camino andava pulito, il tetto riparato e la lavatrice aggiustata, tutti interventi che richiedevano una presenza più frequente di Adam a casa della sua ex.

«Capisci come ha rivoltato la situazione a proprio vantaggio?» si lamentò Leonie con Grace. Era sabato mattina e stavano bevendo il caffè nella cucina di Grace dopo che

Adam era stato chiamato di nuovo da Andrea. «Non le passiamo più la cifra esorbitante di prima, così ha dovuto trovare modi più fantasiosi per soddisfare i suoi capricci.»

«Non mi piace questa storia» disse Grace impensierita. «È già abbastanza grave che al momento non andiate d'accordo, senza che ci si metta anche lei.»

Leonie si morsicò il labbro. «Lo so, ma non posso farci niente. Non posso mica impedirgli di darle una mano, dato che sono stata io a suggerire di tagliarle gli alimenti.»

Era quello che aveva detto anche Adam quando lei aveva osato fargli notare quanti lavoretti si fossero resi necessari all'improvviso nella villa della sua ex.

«Prima chiamava del personale specializzato, ma ora non può più permetterselo» aveva risposto.

Leonie avrebbe voluto ribattere che, per essere una persona a corto di soldi, Andrea non aveva avuto problemi ad acquistare il nuovo cappotto di Prada – gliel'aveva visto addosso l'ultima volta che aveva portato Suzanne –, ma non voleva litigare ancora. Ora si domandò se la propria presa di posizione sulla faccenda degli alimenti non fosse stato l'errore più grosso della sua vita.

Suzanne non le rivolgeva più la parola e, seguendo l'esempio della madre, sembrava decisa a scaricarle addosso tutta la colpa.

«È così imbarazzante» aveva piagnucolato durante una delle ultime visite. «Cosa faccio con i vestiti? Per le ragazze sono una sfigata, se il sabato non vado da Bershka.»

«Primark ha fantastici capi alla moda di questi tempi» aveva suggerito Leonie, ma la ragazzina le aveva lanciato uno sguardo assassino, come se le avesse appena consigliato di comprarsi dei vestiti di seconda mano. Come Grace, Leonie pensava che a Suzanne avrebbe fatto bene dover limitare le spese per un po'. Quella teenager non aveva la minima idea del valore dei soldi.

«Da giovani eravamo fortunate se racimolavamo gli spiccioli per poter andare al cinema, figurarsi per concederci un paio di CD» disse Grace, e Leonie rise.

«Da giovani?»

«Sai cosa intendo. Comunque è fuori questione che io coccoli i gemelli in quel modo. Appena saranno abbastanza grandi, se vorranno dei soldi dovranno guadagnarseli.»

«Sono d'accordo, ma Andrea non ragiona come noi. Ritiene che Suzanne abbia diritto alla paghetta.»

«È questo che non capisco. Adam è stato molto buono con loro nel corso degli anni; non è che debba recuperare il tempo perduto o roba del genere.»

«Lo so, ma è un padre molto devoto.»

«Forse più di quello dei gemelli!» Grace rise. «In ogni caso, sei una santa a sopportare anche questo; io non so se riuscirei.»

Leonie fece una smorfia. «Chiaramente non sono più tanto santa. Non so, forse non dovevo insistere sul taglio dei fondi. Andrea non chiamerebbe Adam così spesso e lui avrebbe più probabilità di trovare un lavoro.»

«Non dire sciocchezze. È impossibile che tu mantenga due famiglie. Cosa pretendono? Che lavori ventiquattr'ore su ventiquattro? Ma Adam dovrebbe essere più furbo, se vuoi il mio parere. Non si ferma mai a riflettere su quanto debba essere difficile anche per te? Come si sentirebbe se tu perdessi il lavoro e finissi per passare *molto* tempo a casa del tuo ex?»

Leonie alzò la testa di scatto. «Sospetti ci sia sotto qualcosa?» Ovviamente ci aveva pensato anche lei, ma

Andrea e Adam si erano lasciati da tanto, e l'altra aveva una nuova relazione, perciò non si era preoccupata. Ma soprattutto amava il suo fidanzato, si fidava di lui e credeva che quei sentimenti fossero reciproci. D'accordo, stavano attraversando un periodo critico, però prima o poi non capitava a tutte le coppie?

«No, no, non è questo che intendevo» la rassicurò Grace. «Trovo solo che Adam sia molto egoista, considerando che sei tu a portare i soldi a casa.»

Forse era vero, ma Leonie era convinta che fosse solo una fase passeggera. Tra il senso di impotenza di Adam da una parte e il suo stress dall'altra, era naturale che ci fosse della tensione. Ma in fin dei conti, si riduceva tutto ai soldi, e con un po' di fortuna quelli sarebbero stati un problema temporaneo.

La loro relazione era troppo solida per essere minata da un problema così banale, vero?

Qualche settimana dopo, Adam trovò un posto da ingegnere meccanico in un'azienda a Kildare. Anche se lo stipendio era leggermente inferiore a quello della Microtel, era al settimo cielo.

Così la tensione si allentò, e nonostante Leonie non fosse felice di tutto il tempo che aveva passato da Andrea, era innegabile che tenersi occupato avesse avuto un effetto positivo sul suo stato d'animo.

«Ero solo contento di poter fare qualcosa, credo» le confessò una sera a cena.

Quando Leonie era rientrata dal lavoro quel giorno, aveva trovato l'appartamento tirato a lucido e Adam in cucina, circondato dai sacchetti della spesa. «Mi sentivo un fannullone, mentre quando ero lì avevo la sensazione di essere utile.»

Lei sorrise, sforzandosi di nascondere il dolore al pensiero che fosse stata la sua ex a incoraggiarlo e a farlo stare meglio.

«All'inizio ti avevo suggerito di fare qualche lavoretto qui per distrarti» azzardò, senza voler rivangare i vecchi litigi.

«Lo so e avevi ragione. Ma ero così concentrato sulla ricerca di un nuovo lavoro da perdere di vista le cose essenziali.» Le prese la mano. «Scusa se mi sono comportato da stupido, Lee, e soprattutto per essermi sfogato su di te.»

«Sono qui per questo» scherzò lei, lieta che fosse tornato quello di una volta.

«Lo so, ma solo quando Andrea mi ha fatto notare quanta fatica stessi facendo per mandare avanti le cose...»

Leonie si stupì. Era stata Andrea a farglielo notare? I miracoli succedevano davvero, allora! E pensare che per qualche tempo aveva temuto che la sua ex se lo volesse riprendere. Invece, a quanto pareva, le aveva fatto un favore.

«Non devo darti per scontata» continuò lui. «Sono stato molto stupido.»

«Ascolta, non mi hai data per scontata. Solo... non eri in te. Sono contenta che tu ti sia rimesso in carreggiata, ma sappi che ero molto in pensiero. Non ti avevo mai visto così depresso e scoraggiato.»

«Non è stato divertente neanche per me.» Adam fece un mezzo sorriso. «Però grazie a Dio è tutto finito. Non voglio mai più trovarmi in una situazione del genere.»

Nemmeno io, si disse lei, ringraziando il cielo per averle restituito il vecchio Adam.

Da quel momento le cose tornarono più o meno alla normalità.

Decisero di spostare le nozze alla primavera successiva. Così Adam avrebbe avuto tutto il tempo per ambientarsi nel nuovo posto di lavoro e prendere gli accordi necessari con l'azienda per la luna di miele.

Scelsero un viaggio di due settimane negli Stati Uniti; lei era ansiosa di rivedere il Paese in cui era nata, e lui di andarci per la prima volta. «Ho sempre voluto esplorare il profondo Sud» aveva dichiarato Adam.

«New Orleans e il Mississippi sembrano favolosi, almeno nei romanzi di Grisham.»

Leonie aveva accettato, ma desiderava anche andare in California, una parte del Paese in cui non era mai stata ma che aveva sempre esercitato una forte attrazione su di lei. A ogni modo, avevano molti mesi per decidere e, grazie al nuovo lavoro di Adam, anche i soldi per pagare il viaggio e pure il ricevimento.

Dopo tre lunghi mesi di «ristrettezze», i generosi alimenti di Andrea furono ripristinati (anche se leggermente decurtati) insieme alla paghetta di Suzanne. Leonie si sentì in qualche modo sollevata; forse ora l'altra li avrebbe lasciati in pace e avrebbe permesso loro di fare progetti.

Ma naturalmente era una pia illusione.

Qualche settimana dopo, mentre si stavano riabituando a una tranquilla routine, arrivò un'altra telefonata «urgente».

«È per Suzanne» disse Adam a Leonie quando ebbe finito di parlare con la sua ex. «Andrea parte per un weekend lungo il prossimo giovedì e vuole sapere se possiamo ospitarla. Ho risposto che non dovrebbero esserci problemi, ma che prima avrei interpellato te. Che ne pensi?»

Leonie gemette. Un lungo weekend con una teenager

imbronciata e musona non era certo una prospettiva allettante. In più, le scuole erano chiuse per le vacanze natalizie, perciò sicuramente sarebbero stati costretti a sopportare anche quelle smorfiose delle sue amiche. «Il fine settimana va bene, ma come facciamo a tenerla d'occhio quando siamo al lavoro?»

«Non ci avevo pensato.»

Ma di sicuro Andrea sì, rifletté Leonie. L'altra doveva sapere che, date le circostanze, Adam non avrebbe potuto chiedere un permesso. Non c'era da meravigliarsi! «Aspetta, non è lo stesso weekend del tuo impegno di lavoro?»

«Hai ragione.» Lui riprese in mano il telefono. «Le dico che non si può fare.»

«No, un attimo, ha prenotato da qualche parte?» Leonie si era ricordata che in realtà non era passato molto tempo dalla vacanza ai Caraibi di cui Andrea aveva avuto un bisogno «disperato». «E perché Suzanne non va con lei?»

«Non lo so, non me l'ha detto. Probabilmente parte con qualche amico.»

O forse con il misterioso Billy, ipotizzò lei.

«E Hugo? Chi si occupa di lui? Oppure Andrea lo porta con sé?»

«Non ne ho idea, non l'ha nemmeno menzionato.»

Leonie sorrise. Figurarsi se Adam aveva chiesto le informazioni indispensabili. Non che fossero fatti suoi, ma allo stesso tempo era molto curiosa.

Ciononostante, restava il fatto che qualcuno doveva badare a Suzanne.

«Forse posso rimanere io con lei. Ho delle ferie arretrate, e con tutti gli straordinari che ho fatto di recente ottenere un paio di giorni non dovrebbe essere un problema.»

«Sicura? Non ti ridurranno la licenza matrimoniale?»

«No, come ho detto, ho delle ferie arretrate, perciò questo è un pretesto come un altro per approfittarne. E poi siamo in un periodo molto frenetico, non mi dispiace staccare la spina per un po'.»

«Lee, sei magnifica. Lo sai, vero?» Adam si avvicinò e la strinse tra le braccia.

Lei si accoccolò contro il suo petto. «Se lo dici tu.» E sorrise, decidendo che se quel semplice gesto l'aveva reso così felice sarebbe stata lieta di ripeterlo all'infinito.

A conti fatti, accudire la ragazzina fu meno pesante del previsto. Di giorno Leonie la lasciava fare di testa sua, incoraggiandola a uscire con le amiche o a fare shopping. La accompagnava in auto ovunque volesse andare, e di conseguenza Suzanne passò la maggior parte del tempo a spasso per la città o nel suo posto preferito, il centro commerciale Dundrum. Sembrava che, come sua madre, fosse soddisfatta quando il suo portafoglio veniva riempito regolarmente, e se era questo che ci voleva perché il «clan» allargato raggiungesse un certo equilibrio, Leonie non aveva nulla in contrario.

Sfruttò appieno le ferie fuori programma, facendo molte passeggiate all'aperto o leggendo rannicchiata sul sofà. Gli ultimi mesi erano stati faticosi, e quei giorni di riposo furono un toccasana. Ma soprattutto, offrirsi di badare a Suzanne le aveva fatto acquistare molti punti agli occhi di Adam, e dati i problemi che avevano avuto negli ultimi tempi, quello era un altro vantaggio.

«Ero sicura che ce l'avreste fatta» disse Grace quando Leonie andò a trovarla venerdì pomeriggio. Suzanne era uscita con le amiche, promettendole che sarebbe rientrata per cena. «Adam è pazzo di te, siete fatti l'uno per l'altra» aggiunse.

Leonie fece una smorfia. «Non so, il nostro rapporto ha traballato per un po'. Cominciavo a sospettare che ci fosse qualcosa tra lui e Andrea.»

«Macché, stavi solo ingigantendo i problemi.»

«Hai ragione, ma quando le cose non andavano molto bene tra noi e loro passavano tutto quel tempo insieme… Boh, gli uomini sono strambi, a volte.»

«Puoi dirlo forte. Ogni tanto mi domando cosa gli passi per la testa. Hai presente la ristrutturazione del bagno?» Quando Leonie annuì, Grace continuò: «Ray è tornato a casa ieri con un nuovo piatto doccia. A quanto pare si poteva scegliere tra un modello con "posa semplificata" e uno con "posa professionale", e indovina quale ha comprato?».

«Conoscendo Ray, quello professionale.»

«Esatto! Ma come diavolo…» Grace lasciò la frase a metà, scuotendo la testa bionda con aria confusa. «Lasciamo perdere mio marito, comunque. Adam è fantastico, e io ero sicura che non ti avrebbe abbandonata.»

«Forse, se avessi visto Andrea, qualche dubbio ti sarebbe venuto. È la madre di sua figlia, non dimenticarlo, perciò hanno un passato molto intenso.»

«Hai azzeccato la parola. *Passato.* Non hai niente da temere. È stato un brutto periodo, ma ne siete usciti e ora va tutto a meraviglia.»

Leonie sorrise, sentendosi più serena di quanto le capitasse da un'eternità. Grace aveva visto giusto come al solito; nonostante le recenti incertezze, non aveva nulla di cui preoccuparsi per quanto riguardava Adam e Andrea. D'accordo, l'ex del suo fidanzato era un milione di volte più bella di lei, aveva un corpo strepitoso e si vestiva da dio, ma Adam aveva avuto la sua occasione e aveva deciso di andarsene. E, per sua fortuna, stava per sposare lei.

«Come mai ti sei ritrovata ad accudire la principessina?» Grace fece un sorrisetto acido. «Mammina è partita per un weekend piccante?»

«Me lo sono chiesta anch'io. Adam mi ha detto solo che sarebbe andata da qualche parte. Non sapeva dove né tantomeno con chi.»

«Bizzarra coincidenza che sia via anche lui, no? Forse avevi ragione tu, dopotutto» ridacchiò Grace. Poi, vedendo l'espressione dell'amica: «Dai, stavo scherzando!».

«Lo so, lo so. Ma non mettermi strane idee in mente!» Leonie rise. «Sto già abbastanza male per conto mio.»

«L'ho già detto e continuerò a dirlo. Non hai *niente* da temere. Credimi, Adam non è quel tipo di uomo.»

«Leonie, avrei bisogno di un favore.»

«Dimmi pure, Suzanne.»

Era sabato sera e Leonie stava per proporre alla ragazzina di ordinare la cena a domicilio. Da quando Suzanne era arrivata, aveva sempre cucinato con le sue mani, ma ora aveva voglia di cambiare. La rosticceria all'angolo faceva un fantastico *pad thai* vegetariano e Suzanne andava matta per il cibo orientale, perciò non avrebbero dovuto esserci problemi.

«Devo tornare a casa.»

«A casa? A Wicklow, intendi? Perché?»

«Ho dimenticato una cosa importante.»

«Una cosa importante» le fece eco Leonie in tono piatto, sapendo che non le avrebbe dato altre spiegazioni.

La teenager annuì.

«È davvero così urgente? Torni a casa domani.»

«Per favore, non posso farne a meno.»

Leonie si sorprese di quanto la ragazzina sembrasse preoccupata, e nient'affatto piagnucolosa e aggressiva come al solito. Forse aveva capito che quella tattica non attaccava, con lei. Tuttavia, un viaggio di andata e ritorno fino a Wicklow nel traffico prenatalizio...

«Non so, Suzanne. È tardi e l'N11 è sempre intasata in questo periodo...»

«Ho dimenticato la pillola.» Suzanne, imbarazzata, fissava il pavimento torcendosi le mani. «Devo iniziare la nuova confezione oggi dopo i sette giorni di sospensione, ma l'ho lasciata a casa...»

Leonie la guardò sbalordita. Non aveva ancora compiuto quindici anni! Okay, aveva sempre avuto l'aspetto e il comportamento di una ragazza più grande, ma lei aveva sempre pensato (con molta ingenuità, concluse ora) che fosse solo un atteggiamento. E nonostante i vestiti provocanti e la testardaggine, non aveva mai immaginato che Suzanne sarebbe arrivata a... quello. Ma se era in agitazione per la pillola, doveva averlo fatto. Adam ne era al corrente?

«Papà non lo sa» disse Suzanne come se le avesse letto nel pensiero. «Ti prego, non dirglielo. Mi ucciderebbe.» La supplica suonò così immatura e infantile da rendere la situazione ancora più dolorosa.

«Non spetta a me riferirglielo, ma devo ammettere che mi hai presa un po' alla sprovvista» replicò dolcemente

Leonie. «È un bene che tu sia responsabile, però allo stesso tempo sei ancora troppo giovane per...» La guardò. «Immagino che tu... faccia *quello*, dato che ci tieni così tanto?»

Porca miseria, quella sì che era una conversazione imbarazzante!

Suzanne evitò il suo sguardo. «Possiamo andare a prenderla?» ripeté eludendo le domande, e Leonie non poté darle torto. Non era sua madre e non aveva il diritto di farle il terzo grado. A proposito...

«Andrea sa che prendi la pillola?»

«Sì, ma non vuole che lo sappia papà. Andrebbe fuori di testa.»

Leonie non capiva perché l'altra avesse acconsentito, ma d'altronde non aveva idea di cosa significasse crescere un'adolescente. «Okay, allora dopo andiamo a prenderla. Prima però ordiniamo qualcosa da mangiare.»

«Grazie, Leonie, sei molto gentile.» Meno Suzanne faceva la prepotente, e più sembrava giovane.

Mentre aspettavano il pony della rosticceria, si sedettero sul divano a guardare la TV e Leonie fece del proprio meglio per metabolizzare la notizia. Ormai non poteva fare a meno di vedere Suzanne con occhi diversi.

Aveva una mentalità troppo antiquata, forse? In ogni caso, a prescindere dalla sua opinione, non avrebbe permesso che la ragazzina saltasse la pillola e si cacciasse in un guaio per colpa sua.

Dopo cena salirono in macchina e si diressero verso Wicklow. Suzanne non parlò molto e Leonie fu contenta di guidare in silenzio, persa nei propri pensieri.

Riteneva che Adam dovesse essere informato, ma allo stesso tempo non erano affari suoi e di sicuro non toccava a lei dargli la notizia. Doveva forse parlare con Andrea ed esprimerle le sue preoccupazioni? Immaginò la reazione dell'altra, e si disse che Andrea non avrebbe avuto tutti i torti se l'avesse mandata a quel paese.

Lasciò l'N11 all'altezza dell'uscita per Ashford e si avviò verso la villa. Quando si fermarono davanti alla porta, si stupì di vedere un'auto parcheggiata fuori: una vecchia Volkswagen ammaccata che aveva visto giorni migliori.

«Di chi è?» domandò a Suzanne.

«Di Billy.» La ragazza smontò.

Allora, rifletté Leonie, Andrea era davvero partita con il suo compagno ed evidentemente aveva preferito usare la sua elegante Audi. Era strano, però, associare Andrea a un uomo che guidava una macchina come quella. Ma chi poteva dirlo? Magari Billy usava quel macinino solo per i tragitti brevi, e in garage aveva anche una Mercedes.

«Vuoi entrare?» la invitò Suzanne. «Non ci metto molto, ma dato che mi hai accompagnata fin qui...»

«Tanto vale che mi sgranchisca le gambe.»

La ragazzina aprì la porta, e una volta dentro udirono il rumore di un televisore acceso.

Si scambiarono un'occhiata. «Sembra ci sia qualcuno.»

Suzanne alzò le spalle e si incamminò nella direzione del suono. «Forse la mamma è tornata in anticipo.» Aprì la porta del salotto.

Leonie la seguì con una certa riluttanza; l'ultima cosa che desiderava era un faccia a faccia con Andrea. Quando varcò la soglia, però, si ritrovò davanti una scena totalmente inaspettata.

Sdraiato sul divano davanti alla TV, intento a guardare una partita di football circondato da lattine di birra, scatole di pizza e avanzi della colazione, c'era un uomo alto, snello e, dal poco che riusciva a vedere, attraente. Indossava jeans logori e sbiaditi e una T-shirt tagliata, e i capelli lunghi e arruffati gli davano un aspetto molto giovanile. Era così concentrato sul match che non si era accorto della loro presenza.

«Billy!» esclamò Suzanne. «Cosa ci fai qui?»

Quello era il famoso Billy, allora, pensò Leonie con interesse.

«Dovevo pur approfittare del fatto di avere la casa tutta per me, no?» replicò lui con un marcato accento di Dublino.

«Ma dov'è la mamma? Credevo foste partiti insieme.»

«In una *spa*? Vuoi scherzare?»

«Giusto.» Suzanne parve confusa ma non troppo seccata. Chiaramente non era la prima volta che Billy si metteva a proprio agio nella villa. «A proposito, questa è Leonie» la presentò.

«Ciao.» L'uomo alzò la lattina con scarso entusiasmo, senza staccare gli occhi dallo schermo.

Ma Leonie non ricambiò il saluto, non ne fu in grado. A malapena l'aveva udito, tra i battiti impazziti del suo cuore e il ronzio rumoroso nella sua testa.

Quando la stanza cominciò a girare e il pavimento le cedette all'improvviso sotto i piedi, non poté far altro che fissare Billy, i cui lineamenti parlavano fin troppo chiaro.

27

Dopo un abile intervento di Doug, alla fine la disputa sulla Mustang si risolse a favore di Alex. Così, tre lunghe settimane dopo, lei poté depositare una nuova istanza di divorzio senza addebito di colpa contro Seth. Si aspettava qualche forma di protesta, o una scenata, e lo supplicò di farsi trovare a casa quando fosse arrivato l'ufficiale giudiziario. Con suo stupore, invece, Seth si lasciò notificare i documenti e Alex e Doug poterono presentare la richiesta al tribunale.

Presto si sarebbe finalmente sbarazzata del suo ex marito e di tutti i relativi inconvenienti, e sarebbe stata libera di ricominciare da capo con Jon.

Avrebbe dovuto pazientare solo qualche mese, finché l'iter burocratico avesse fatto il suo corso.

«Non dovrebbe volerci troppo» le assicurò Doug. «Seth ha smesso di opporsi, e ipotizzando che non ci siano altre controversie...»

Ma, contrariamente alle aspettative di Alex, per la prima volta nella sua vita, Seth si comportò da adulto e fu ragionevole.

«Non sei un pochino triste?» chiese Leonie quando apprese che lui aveva accettato la decisione di Alex.

«Sei pazza?» ribatté l'altra, anche se doveva ammettere che in effetti era una sensazione un tantino strana, soprattutto ora che Seth era tornato a San Francisco. Prima, se non altro, aveva potuto adottare la filosofia «lontano dagli occhi, lontano dal cuore».

Più o meno.

Per il bene di Jon, tuttavia, era contenta che finalmente la sua posizione si fosse chiarita. Non che lui le avesse proposto di sposarlo o cose del genere, ma meglio essere pronta per ogni eventualità.

A ogni modo non aveva intenzione di tornare all'altare così presto, non dopo aver combinato un simile pasticcio la prima volta. Anche se, doveva riconoscerlo, era stato strepitoso finché Seth non aveva rovinato tutto. Ma si era davvero aspettata qualcosa di diverso? Non aveva mai considerato il suo ex il candidato adatto per un matrimonio – un vero matrimonio – con tutti gli stress, le tensioni e gli alti e bassi della vita di ogni giorno. Non aveva la necessaria maturità emotiva, come aveva dimostrato il suo comportamento.

Ripensò a un momento particolare, un pomeriggio che avevano passato al Golden Gate Park un paio di estati prima.

Era il quarantesimo anniversario della famosa Summer of Love del 1967 ed era in programma un enorme raduno. Gli hippy avevano invaso il parco a migliaia, riunendosi sul prato davanti a un gigantesco palcoscenico dove diversi cantanti folk suonavano i brani più popolari degli anni Sessanta.

L'aria era intrisa dell'odore di marijuana e cibo alla griglia, e loro due avevano pranzato su un pendio erboso affacciato sull'area dei concerti.

Mentre Alex aspettava di ordinare *gumbo* della Louisiana alla bancarella cajun e Seth sceglieva qualcosa altrove, lei aveva attaccato discorso con un hippy che, come molti altri, indossava una T-shirt con lo slogan PEACE & LOVE.

«Vedi questo tipo?» aveva detto lo sconosciuto indicando la vecchia foto in bianco e nero stampata sul retro della maglietta. Raffigurava un giovane capellone tra la folla, seduto sulle spalle di qualcuno. «Sono io quarant'anni fa» aveva aggiunto orgoglioso.

Alex aveva guardato l'immagine. «Non sei invecchiato per niente» aveva scherzato, pensando che il tipo davanti a lei poteva passare per un uomo d'affari o un banchiere, se si chiudeva un occhio sulla bandana *tie-dye*.

«Quelli sì che erano bei tempi, anzi tempi fantastici» aveva continuato lui in tono nostalgico, strappandole un sorriso. Doveva essere stato straordinario far parte di un movimento che all'epoca era stato un autentico catalizzatore del cambiamento sociale. Anche se gli hippy avevano sempre partecipato alla vita culturale di San Francisco, Alex non sapeva nulla del periodo cruciale del movimento negli anni Sessanta, a eccezione di ciò che le avevano detto i suoi genitori. Loro, tuttavia, avevano solo civettato con quello stile di vita e le relative istanze politiche, a differenza di alcune delle persone riunite lì.

Quel giorno, al parco, si avvertiva un forte senso di appartenenza, ed era palpabile un approccio grintoso ma spensierato alla vita che la affascinava, anche se riteneva che non sarebbe mai stata capace di abituarsi a tutta quella marijuana.

«Guarda» aveva detto Seth al suo ritorno, additando una coppia anziana che passeggiava mano nella mano. Marito e moglie avevano lunghi capelli grigi legati in una coda di cavallo e vestiti morbidi dalle tinte vivaci. Alex aveva dovuto controllare due volte per avere la conferma che l'animaletto che portavano al guinzaglio fosse un gatto.

Aveva ridacchiato. «Mi pare di capire che il concetto dell'amore libero ti interessa» l'aveva punzecchiato.

«Non è quello che volevo dire. Intendevo *quello.*» Seth aveva indicato le loro mani unite. «Quelli saremo io e te un giorno.»

«Meno il gatto, spero!»

La spontaneità con cui Seth aveva creduto che da vecchi sarebbero stati ancora insieme l'aveva commossa, ma avrebbe dovuto rendersi conto che era stata solo ingenuità da parte del suo ex, come la volta che aveva visto un padre giocare a calcio con il suo bambino e aveva espresso il desiderio di avere un figlio per fare la stessa cosa. Senza tenere conto, però, che occorrevano impegno, maturità e un duro lavoro.

E alla fine, pensò amaramente Alex, si era dimostrato incapace di tutti e tre.

Il telefono stava squillando quando Leonie rincasò dopo il turno in negozio.

«Salve, posso parlare con Leonie Hayes, per favore?» chiese una voce maschile.

«Sono io.»

«Come sta? Sono Gene Forrest, il proprietario dell'appartamento. Mi hanno detto che voleva parlarmi.»

«Sì, grazie per aver richiamato.» Si stupì che l'agenzia immobiliare gli avesse riferito il suo messaggio. Era passato così tanto tempo che se n'era quasi dimenticata.

«Scusi se ci ho messo tanto. Sono stato fuori città per un po'. Cosa posso fare per lei?»

«Non so se potrà aiutarmi.» Leonie gli parlò delle lettere. «Helena Abbott le ha lasciato un recapito quando se n'è andata?»

«Mi dispiace, signora, ho acquistato l'appartamento solo alla fine dell'anno scorso. Sapevo che c'erano degli inquilini, ma confesso che non mi occupo di queste questioni. Preferisco delegare l'agenzia. È per questo che mi sono sorpreso di ricevere il suo messaggio.»

«L'appartamento ha cambiato proprietario di recente, allora?»

«Sì. Non conosco i dettagli perché la vendita ha avuto luogo tramite un esecutore testamentario, e credo che i precedenti proprietari abbiano vissuto lì per qualche tempo, ma non ne sono certo. So che erano rimasti alcuni mobili e altra roba ma, a quanto mi avevano riferito, erano stati portati via.»

Per poco Leonie non lasciò cadere il telefono. Un esecutore testamentario?

Era possibile che Helena fosse stata la proprietaria dell'appartamento e della «roba» che era rimasta, compreso il cofanetto con le lettere?

In quel caso era stata una perdita di tempo cercare un recapito o andare fino a Monterey per torchiare una povera donna che non c'entrava nulla.

Era probabile, infatti, che Helena Abbott fosse morta.

Con la mente in subbuglio, ricordò che secondo Alex gli ex inquilini – la coppia che loro avevano preso per gli Abbott – stavano attraversando una certa «situazione».

«Sa da quanto tempo è morto il vecchio proprietario?» Le tessere del puzzle iniziavano a combaciare.

«Non ne ho idea. Degli aspetti legali e burocratici si

è occupato il mio avvocato, perciò non saprei cos'altro dirle.»

«Non importa. Mi è stato di grande aiuto.»

«Continua ad arrivare della posta, ha detto? Forse è meglio rispedirla al mittente.»

«Certo, ha ragione. Provvedo al più presto.» Era inutile spiegare che ci provava da un paio di mesi. «Grazie ancora per aver telefonato.»

«Prego. Spero che l'appartamento soddisfi le sue esigenze, ma se dovesse avere qualche problema, contatti l'agenzia. Le darei il mio numero di cellulare, solo che vado e vengo spesso dal Paese, perciò...»

«No, no, non è necessario. Non la disturberò più.»

«Bene, signorina Hayes. Buona giornata.»

«Altrettanto.» Leonie riagganciò.

«Cosa? Vuoi scherzare!» Al piano di sotto, Alex rimase sbalordita dalla notizia. «Anche se, ora che ci penso, la morte di Helena sarebbe la spiegazione più semplice.»

«Hai detto che c'era un po' di trambusto di sopra, quando quella coppia si è trasferita l'anno scorso, ricordi? Una... *situazione*, hai detto. Cioè?»

«Boh, solo cose che ho sentito, pettegolezzi, immagino.» Alex si fece la coda di cavallo. «Però mi sembra che qualcuno abbia chiamato la polizia e...» Trasalì, abbassando le mani. «Non starai pensando... Non crederai che Helena sia stata...»

«È un'ipotesi. Litigavano sempre, hai detto. Dalle lettere si deduce che Helena era già sposata e aveva una relazione con Nathan. Forse il marito l'ha scoperto.»

«E ritieni che abbia fatto qualcosa per gelosia?»

Leonie sospirò stancamente. «Non lo so. Non so più cosa pensare. Giriamo a vuoto da un bel po'. Forse il marito ha trovato le lettere ed è così che ha saputo della relazione. E forse è stato lui a nasconderle in fondo all'armadio.»

«Ma erano ancora sigillate quando le hai trovate, quindi non può averle lette.»

«E se ce ne fossero state altre? Se il marito conosceva l'identità del mittente e si è accorto che continuavano ad arrivare, può aver sospettato che la relazione fosse ancora in corso.»

«Se il marito si è intromesso, si spiegherebbe anche perché Helena non ha mai risposto.»

Leonie scrollò il capo, sconcertata. «Una vendita tramite l'esecutore testamentario. Incredibile!»

Ricordò il giorno in cui aveva visitato l'appartamento con l'agente immobiliare e la sensazione che fosse vuoto da un po', nonostante contenesse ancora dei mobili. Anche se, riflettendo, l'intervento dell'esecutore testamentario significava che era morto anche il marito.

«Chissà se la coppia era proprietaria dell'appartamento» disse Alex. «È una possibilità, perché erano qui quando mi sono trasferita. Io per qualche ragione ho sempre dato per scontato che tutta la casa fosse affittata...»

«Esiste un modo per scoprirlo? O per appurare se c'è stato un... incidente al piano di sopra?»

«Sicuramente sì, ma ormai che importanza ha? Se Helena è morta, non possiamo recapitarle le lettere. A cosa serve, dunque? Tanto vale buttarle via e dimenticarsi questa storia.»

Leonie, però, era troppo coinvolta per lasciar perdere. E la notizia di quel giorno non aveva fatto altro che allungare la lista di domande senza risposta. Ma, come aveva osservato Alex, forse non c'era più nessun mistero da risolvere. Se Helena era morta, in un modo o nell'altro.

Tuttavia...

Hai ricevuto le altre lettere che ti ho spedito? Non hai mai risposto...

Leonie guardò Alex. «Nathan non lo sa.»

«Cosa? Di che stai parlando?»

«Helena. Se è morta, lui non lo sa. L'ultima lettera è arrivata intorno a San Valentino.»

Alex cambiò espressione. «Wow. Hai ragione.»

Povero Nathan. Continuava a spedire lettere toccanti e supplichevoli all'amore della sua vita, ad aprire il proprio cuore sperando che lei rispondesse. Ma se i loro sospetti su Helena erano fondati, non avrebbe mai ricevuto risposta.

«Secondo me non dovremmo smettere di cercare Nathan» dichiarò Leonie. «Anzi, dobbiamo metterci d'impegno.»

28

Mia cara,

non credo di poter continuare a lungo così. Qui le cose stanno diventando più difficili e assurde, e non so per quanto tempo ancora resisterò. So cosa stai pensando, che è solo colpa mia se mi trovo quaggiù, ma non potevo immaginare che sarebbe stata così dura.

Ancora una volta, avevi ragione. Non ci sono giustificazioni né scuse per ciò che accade qui e, anche se pensavo che le mie intenzioni fossero oneste, ora mi rendo conto di essermi comportato da stupido. Vorrei averti ascoltata davvero e aver capito cosa cercavi di dirmi, ma noi due veniamo da mondi diversi e, benché fossi convinto che non avrebbe avuto importanza e che saremmo rimasti insieme per sempre, ora mi accorgo di essere stato un ingenuo. Non avevo il diritto di chiederti di aspettarmi né di cambiare idea.

In un certo senso, credo sia arrivato il momento di pagare per i miei errori. Sono stato un idiota, tu avevi ragione e ora dobbiamo subirne entrambi le conseguenze.

Ti prego, perdonami,
Nathan

Nathan piegò l'angolo della pagina e mise da parte il

libro. Era un bel libro, ma non era in vena di leggere. In realtà era stanco di leggere, di guardare la TV e anche di dormire, le uniche cose che faceva ultimamente.

Quella notte non aveva riposato bene e probabilmente era quello il motivo della sua irrequietudine, ma d'altra parte quel posto avrebbe avuto lo stesso effetto su chiunque.

«Che ti prende, Nate?» gli aveva chiesto Frank la mattina a colazione, ma Nathan sapeva che in fondo a Frank non gliene importava un bel nulla. Glielo aveva domandato meccanicamente, come facevano tutti in quel luogo. No, era ingiusto, Frank era un brav'uomo e si era fatto in quattro per aiutarlo ad ambientarsi quand'era arrivato.

Si guardò intorno nella stanza, anche se forse sarebbe stato più appropriato definirla una bara. Certo, piano piano ci aveva fatto il callo, ma quanto gli mancava la libertà...

Anche gli altri non erano male, nonostante alcuni fossero un po' troppo strambi per i suoi gusti. Cercava di stare lontano da loro, in caso fossero contagiosi. Fece un debole sorriso. Non avrebbe dovuto continuare a lamentarsi; c'erano posti peggiori, nel mondo. Comunque, conosceva benissimo il motivo del proprio nervosismo, ed era tutta colpa sua.

Avrebbe dovuto evitare di riaprire le vecchie ferite scrivendo a Helena. Cosa credeva di ottenere? Ormai a Helena non importava più niente di lui, né tantomeno della sua opinione. Probabilmente l'aveva già dimenticato. Come aveva osato sperare che lei leggesse le lettere e magari provasse a contattarlo?

Idiota. Anche perché, sempre che lei le avesse ricevute e per miracolo avesse voluto rintracciarlo, lui non le aveva spiegato come fare. Per la miseria, che stupido!

Be', pensò recuperando il libro, quel che era fatto era fatto e poteva incolpare solo se stesso per essersi lasciato trasportare dalla nostalgia e dai sogni, gli stessi che l'avevano messo nei guai per gran parte della vita.

Quindi sì, quel giorno si sentiva frustrato e stupido. Ma forse, più di tutto si sentiva solo.

Era lunedì mattina e Leonie si faceva strada lentamente tra la folla a Fisherman's Wharf. Aveva la giornata libera e stava andando al molo per fare una cosa che voleva fare da quand'era arrivata ma che, per varie ragioni, aveva continuato a rimandare. Aveva pensato di farla con Grace, ma l'amica non aveva mostrato il minimo interesse.

Soprattutto, però, aveva bisogno di un diversivo. Anche se era stata felice di rivedere Grace, la sua presenza le aveva riportato alla mente tutto ciò che era accaduto in Irlanda.

Questo, unito alla frustrazione di non riuscire a scoprire la verità sulle lettere, cominciava a prosciugarle le energie, e voleva metterci un freno. Desiderava sentirsi libera e ottimista come quando era arrivata in città quattro mesi prima, sicura di essersi lasciata alle spalle tutte le cose brutte. Probabilmente quello era anche uno dei motivi per cui si era appassionata così tanto alla vicenda delle lettere; la storia di Helena e Nathan l'aveva aiutata a tenersi occupata, offrendole anche la possibilità di fare una buona azione. E Dio solo sapeva quanto ne avesse bisogno.

Persino Marcy aveva notato il suo cambio di umore. «Santo cielo, cosa ti prende ultimamente?» aveva domandato sabato, notando che era meno loquace del solito.

«A dire il vero non lo so. Probabilmente mi manca Grace.»

Ma era dell'amica che aveva nostalgia, o di Adam? Aveva giurato di non pensarci, aveva concluso che riesumare il passato sarebbe stato inutile, ma rimpiangeva di non essersi comportata in modo diverso, di aver preso delle decisioni avventate. Chissà come sarebbero andate le cose se fosse stata più riflessiva?

«Forse ti sto facendo lavorare troppo?» aveva detto Marcy. «A volte sono una vecchia bisbetica, ne sono consapevole.»

Leonie aveva sorriso. «Non dire stupidaggini! Non è vero!»

«Comunque, hai bisogno di una giornata libera. Ma non restare a casa a guardare fuori dalla finestra. Fa' qualcosa. Vivi in una delle città più belle degli Stati Uniti, tesoro. Goditela!»

Così, ora Leonie si ritrovava in fila insieme ai turisti sul molo 33, un lungo serpentone che attendeva di salire sul traghetto. Percorsa da un leggero brivido, fu contenta di aver seguito il consiglio di Alex ed essersi portata un maglione.

«La barca è gelida e potrebbe far freddo anche su The Rock» l'aveva avvisata l'amica quando Leonie le aveva detto dov'era diretta. «Senza contare che quel posto fa comunque venire la pelle d'oca» aveva aggiunto con un tremito.

Leonie sorrise all'idea che Alex si sentisse impaurita da una vecchia prigione abbandonata, soprattutto perché di solito non aveva paura di niente.

Prese le scale diretta al ponte superiore e andò a sedersi sulla destra, seguendo ancora una volta i consigli dell'amica. «Da lì si ha una vista migliore quando ci si avvicina all'isola. Ma siediti verso il fondo, se puoi, perché davanti c'è *molto* vento.»

Impiegarono un quarto d'ora circa per attraversare la baia, e quando il traghetto ormeggiò sulla parte posteriore di Alcatraz, una guida accolse il gruppo e lo accompagnò lungo una serie di chine ripide verso il carcere.

Leonie ascoltò rapita i vivaci resoconti della guida sulla storia della prigione e sui numerosi tentativi di evasione falliti nel corso degli anni. Voltandosi verso il profilo della città, che a occhio nudo sembrava ingannevolmente vicina, capì perché i fuggiaschi, beffati dall'effettiva distanza a nuoto, fossero annegati o morti di ipotermia nelle acque gelide prima di raggiungere la riva.

Quel giorno, però, l'isola era bellissima e i vecchi edifici fatiscenti che si stagliavano contro la skyline nitida e scintillante e contro il cielo limpido toglievano il fiato.

Munita dell'audioguida per i visitatori, Leonie esplorò la polverosa struttura di cemento, affascinata dalle celle vuote e anguste, straordinariamente spartane. La voce del narratore e gli effetti sonori registrati – porte che si chiudevano, prigionieri che urlavano – davano un'idea spaventosa e molto vivida di cosa doveva aver significato essere stati rinchiusi lì dentro.

Mentre ascoltava un ex secondino che descriveva il funzionamento del braccio carcerario, non riuscì a immaginare di essere intrappolata in uno spazio così freddo, soffocante e minuscolo, poco più grande di una scatola da scarpe.

E lì doveva essere stato doppiamente difficile, rifletté, perché la brezza portava i suoni della città attraverso l'acqua: persone che si occupavano delle proprie faccende, che ridevano, lavoravano e si divertivano, un crudele promemoria della libertà che i prigionieri avevano perso.

Rabbrividì, ascoltando la guardia che elencava le severe regole di Alcatraz: i detenuti potevano parlare solo durante i pasti e l'ora d'aria, si potevano ricevere e inviare le lettere soltanto dopo avere ottenuto il via libera dal direttore e occorreva meritarsi il diritto alle visite.

Vide il cortile, la biblioteca, le celle di isolamento: tutti luoghi uno più raccapricciante dell'altro. Alex aveva ragione, quel posto faceva accapponare la pelle, e Leonie rimpianse di essere stata così avventata da fare quella gita da sola.

Quando raggiunse la mensa, un'ampia stanza illuminata dal sole e circondata da alte finestre munite di sbarre, udì nelle cuffie la voce di un ex carcerato che raccontava il proprio periodo di detenzione.

Mentre ascoltava quella voce normale e apparentemente innocua, pensò che probabilmente l'uomo doveva aver commesso un crimine terribile, per essere finito lì dentro. Eppure era molto difficile non provare pena per lui. Chi poteva sapere quali circostanze avessero condotto le persone su quel freddo e deprimente spuntone di roccia attorniato dall'acqua? Sorrise, certa che se Adam fosse stato lì avrebbe riso di quel ragionamento, e nonostante lei non fosse di larghe vedute, si domandava se…

Si bloccò di colpo, all'udire le parole del carcerato nelle cuffie.

«Qui è come se il tempo si fermasse, eppure la vita continua tutt'intorno…»

Restò immobile, non osando quasi respirare, mentre gli ingranaggi del suo cervello entravano lentamente in funzione.

Quaggiù pare che il tempo si fermi. Aveva già sentito dire la stessa cosa di recente… Ma dove?

Guardò fuori dalla finestra, dove un gabbiano si lasciava trasportare dal vento, la metafora perfetta della libertà che quel luogo negava.

Quaggiù…

D'un tratto le venne in mente. Sì, le parole le suonavano familiari, ma non le aveva sentite, le aveva *lette.*

Ogni tanto quaggiù pare addirittura che il tempo si fermi.

Con una folgorazione che le fece girare la testa, di colpo capì dove cercare Nathan.

«Non vorrai dire che…» Alex era incredula.

Al ritorno da Alcatraz, Leonie si era lanciata giù dal traghetto, ansiosa di arrivare in Green Street e rileggere le lettere di Nathan, questa volta con occhi nuovi e tenendo in considerazione i propri sospetti.

Dopo averlo fatto, non ebbe più dubbi: ci aveva visto giusto.

«Non capisci? Ora ogni cosa ha senso» cercò di persuadere Alex quando l'altra rientrò dal lavoro quella sera. «Tutti quei riferimenti al caos, alla paura, alla solitudine… Avevo dato per scontato che alludesse alla rottura con Helena, ma mi ero sbagliata! E ci è sempre sembrato strano che non accennasse mai di venire a trovarla o che non cercasse di organizzare un incontro. Non poteva!»

Alex studiò le lettere sparpagliate sul tavolino. «Non so, è un'ipotesi azzardata.»

«No, invece.» Leonie rannicchiò le gambe sotto di sé sul divano. «È come avevamo pensato all'inizio. Ha continuato a scriverle a questo indirizzo perché non poteva sapere che fosse morta. Perché non ci siamo arrivate prima?»

Era emozionatissima.

Ma i conti tornavano. Il pentimento, la nostalgia, la richiesta di perdono...

«Di sicuro spiegherebbe il timbro federale» ammise Alex con riluttanza, riflettendo sulla teoria di Leonie. «Non sono un'esperta, ma avrei pensato che la provenienza risultasse più chiaramente dalla busta.»

«Non è detto. Scommetto che esistono delle regole per tutelare la privacy.»

«Può darsi, ma ipotizzando per un secondo che tu abbia ragione, che differenza fa?»

«Fa un'*enorme* differenza!» Leonie stentava a credere che glielo avesse chiesto. «Tanto per cominciare, adesso rintracciare Nathan è più importante che mai. Pensaci, quel poveretto che langue in un posto del genere...»

«Se fossi in te, mi guarderei bene dal compatirlo. Chissà con chi abbiamo a che fare! Questi uomini sono esperti nel manipolare le persone e, riflettendoci, potrebbe essere proprio questo lo scopo delle lettere.»

«Non puoi dire sul serio!» Leonie era sbalordita dal suo atteggiamento.

«Invece sì. Ammettilo, ti sei lasciata incantare da questo tipo fin dall'inizio. Quando si dice "mi ha conquistata a prima vista".»

Non aveva tutti i torti, concesse Leonie. Fin dal primo giorno le parole di Nathan l'avevano colpita nel profondo, e forse avrebbe dovuto provare a essere un po' più cinica, però ciò che aveva appena scoperto la stimolava ancora di più a cercarlo per spiegargli come mai non aveva ricevuto risposta.

«Ascolta, non sappiamo perché si trovi lì, perciò è inutile fare congetture, ma almeno ora abbiamo un'idea di *dove* sia e possiamo rispedirgli le lettere, e magari aggiungerne una nostra per informarlo della morte di Helena.»

«Vuoi scherzare?»

«Niente affatto. Non è quello che cerchiamo di fare fin dall'inizio?»

«Non sono convinta.» Alex sembrava a disagio. «Non so se sia opportuno immischiarci.»

«Ma l'abbiamo già fatto. Come possiamo tirarci indietro proprio adesso che abbiamo scoperto dove rintracciarlo?»

«Non ci metterei la mano sul fuoco. Abbiamo solo un nome di battesimo. Un po' pochino, non trovi?»

«Sì, ma devono pur esserci dei registri da qualche parte, o qualcuno a cui rivolgersi...»

Alex era indecisa. «C'è un mio collega che collabora con i giornalisti di cronaca nera» mormorò. «Domani potrei chiedergli di consultare i database federali.»

«Davvero?» Leonie non riuscì a nascondere l'emozione. «Sarebbe magnifico!»

«Non cantare vittoria. Come ho detto, non abbiamo nemmeno un cognome. Ma dal timbro postale si può presumere che il penitenziario sia in California, e questo restringe il campo della ricerca...» Alex si interruppe, con il cervello che lavorava a pieno ritmo. Anche se aveva avuto la tentazione di gettare la spugna dopo aver scoperto che probabilmente Helena era morta, le nuove informazioni avevano riacceso il suo interesse per quel mistero.

«Posso fare qualcosa?» si offrì Leonie.

«Potresti rileggere le lettere con estrema attenzione e, alla luce degli ultimi dati, vedere se contengono altri dettagli utili. Ma» la avvertì «dobbiamo essere molto prudenti. Se rintracciamo Nathan, non potremo precipitarci da lui senza sapere con chi abbiamo a che fare.»

«Lo so.»

«Nathan sarà anche ansioso di ottenere il perdono di Helena, ma chi ci dice che lo merita? E se è dove crediamo che sia, un giudice ha già deciso che forse non è così.»

29

Cara Helena,

non puoi immaginare quanto mi abbia fatto piacere scrivere queste lettere e ricordare i momenti passati insieme. Anche se sono quasi sicuro che tu non sia stata particolarmente contenta di riceverle.

In tal caso sarai felice di sapere che questa è l'ultima. Di recente la situazione si è aggravata al punto che non so quanto tempo mi rimanga, così ho pensato che fosse meglio risolvere la questione a modo mio finché ne ho ancora la possibilità.

Comunque, credo sia ora di lasciarti andare una volta per tutte. In questo posto assurdo, ogni tanto mi domando se abbia sprecato la mia vita, se abbia mai fatto qualcosa di buono. Il più delle volte mi sento solo e ho paura di cosa mi riserverà il domani.

Perciò, amore mio, questo è quanto. A causa del mio stupido errore non ho mai avuto l'opportunità di guardarti in faccia e dirti che per me sei la persona più importante del mondo. E anche se si dice che un uomo non dovrebbe investire tempo ed energie nei rimpianti, il sottoscritto sa per certo di aver mandato tutto a monte quando non ha colto al volo l'occasione di stare con te per sempre.

Mi dispiace di essermi tirato indietro e di aver preso la decisione sbagliata.

Le parole, tuttavia, non bastano per descrivere come mi sento al pensiero di non poter vedere il tuo sorriso per l'ultima volta.

Ti prego, perdonami,
Nathan

Giorni dopo, le due ragazze erano ancora immerse nelle ricerche di Nathan. Nonostante gli sforzi del collega di Alex non erano riuscite a trovarlo nei database delle prigioni federali. D'accordo, senza cognome sapevano che sarebbe stato quasi impossibile, ma in cuor suo Leonie aveva avuto la certezza che prima o poi qualcosa sarebbe saltato fuori.

Una volta che l'entusiasmo iniziale della scoperta si fu spento, cominciò a chiedersi seriamente perché Nathan fosse finito in carcere. Stentava a credere che la causa fosse un reato terribile come l'omicidio; era più probabile che si trattasse di un crimine «da colletto bianco». Frode assicurativa, magari?

In ogni caso, l'essenziale non era la ragione per cui era stato incarcerato, ma la prigione in cui era rinchiuso.

Leonie aveva setacciato Internet in cerca di vecchi articoli di cronaca nera che menzionassero il suo nome, e aveva riletto le lettere dozzine di volte nella speranza di trovare un'indicazione che rivelasse dove l'avevano mandato.

Stranamente, aveva la sensazione di essersi lasciata sfuggire qualcosa di importante, un elemento fondamentale che avrebbe potuto risolvere il mistero.

«Hai notato che nell'ultima lettera dice di essersi "tirato indietro"?» Alex sollevò il foglio. «Mi sembra sia la prima volta che fa chiaramente riferimento alle proprie azioni.»

«Chissà cos'ha combinato.» Leonie buttò giù le gambe dal davanzale della finestra. Era giovedì sera, e sebbene avessero deciso di passare una serata tranquilla con un film e una cena a domicilio, nessuna delle due aveva resistito all'impulso di riesaminare le lettere. «Ma hai ragione» continuò, «quando le rileggi alla luce delle nuove informazioni acquistano un significato completamente diverso. Quando quella mi è capitata tra le mani per la prima volta, ho pensato che si riferisse a qualcosa che aveva a che fare con Helena... per esempio magari lei aveva deciso di mollare il marito per stare con Nathan, ma lui aveva avuto paura e se l'era data a gambe. Però è difficile immaginare che si sia spaventato al punto di rinunciare all'amore della sua vita.»

«Da cosa si è tirato indietro, allora? Magari si è costituito?»

«Non ne ho idea, e brancolare nel buio mi fa impazzire» rispose Leonie frustrata. «Sappiamo solo che qualunque cosa quel poverino abbia fatto, crede ancora che Helena si sia rifiutata di perdonarlo, ignorando che probabilmente non ha neppure avuto la possibilità di decidere.» Guardò l'amica. «A proposito di perdono, non riuscirò mai a perdonare *me stessa* se non lo troviamo subito.»

«Ho bisogno di una pausa.» Alex spinse via le lettere e si stiracchiò sul divano. Così facendo, urtò il cofanetto con le buste vuote, che si sparsero sul pavimento.

«Le raccolgo io» si offrì Leonie. «C'è della Coca in frigo, se vuoi.»

«Senza offesa, ma avrei voglia di qualcosa di più forte. Di sotto ho un paio di birre. Ne gradisci una?»

«Volentieri.» Leonie recuperò le buste e le rimise nella scatola.

Fu allora che notò qualcosa di strano.

Il cuore iniziò a palpitarle quando si rese conto di cosa significava, e restò lì immobile fino al ritorno di Alex.

«Ecco... Cosa c'è?» domandò l'altra vedendo la sua espressione raggelata.

«La prima busta.» Leonie gliela porse nervosamente. «È diversa.»

Alex posò le bottiglie di Corona sul tavolino. «In che senso?»

«Dai un'occhiata alla parte davanti.»

Era la lettera che aveva aperto per errore a San Valentino, la prima di Nathan (o meglio, la più recente). Non sapeva come mai non se ne fosse accorta prima, ma ora che era successo avvertiva un brivido lungo la schiena.

«Non c'è il timbro postale» notò Alex a colpo d'occhio.

«Esatto.»

«Quindi non è arrivata con la posta?»

«Indovinato.»

«Merda.» Dalla sua espressione, Alex doveva essere giunta alle stesse conclusioni. «Quindi Nathan è fuori?»

«Non lo so» disse Leonie pensierosa. «Non so più cosa credere.»

Sulla lettera mancava il timbro postale e il nome di Helena Abbott e il numero dell'appartamento erano scritti sul davanti. Perciò doveva essere stata recapitata a mano.

«Riflettendoci ora, è sempre stata un po' diversa dalle altre, ma non so perché non ci avessi fatto caso... Era solo un breve messaggio, mentre le altre erano più lunghe.»

«Non ha più importanza» tagliò corto Alex. «L'unica cosa che conta è dove si trova quest'uomo. Abbiamo creduto per tutta la settimana che fosse in prigione, e in effetti è un'ipotesi verosimile...»

«Già, ma...»

«Ma i detenuti non possono infilare messaggi nelle cassette della posta.»

«Sì, però forse ha chiesto a qualcuno di consegnarla.»

Alex scrollò il capo. «Ci sono troppi forse. Forse Helena è morta, forse no, forse Nathan è in carcere, forse no!» Alzò le mani, esasperata. «Non lo so, e a essere sincera non sono nemmeno sicura che mi interessi ancora. Questa storia ci sta facendo impazzire.» La guardò. «Mi dispiace e so che ci tieni molto, ma a me sembra tutta una gran perdita di tempo.»

«Non possiamo arrenderci!» protestò Leonie.

«Cos'altro dovremmo fare? Le abbiamo provate tutte per rintracciarli. Lei potrebbe essere morta, e di Nathan non conosciamo nemmeno il cognome» ribatté Alex, stremata.

«Lo so» mormorò Leonie, sentendosi impotente. «Capisco cosa vuoi dire. Non voglio darmi per vinta, ma come dovremmo procedere, arrivate a questo punto? Mica possiamo comprare un annuncio a tutta pagina su un giornale o... Cosa c'è?» Tacque notando l'espressione dell'amica.

«È geniale!»

«Cosa?»

Alex si diede una manata alla fronte. «Perché diavolo non mi è venuto in mente prima?» Estrasse un bloc-notes dalla borsetta e cominciò a scrivere con foga. «Finora abbiamo cercato un ago in un pagliaio, ma quello che ci serve è una maledetta calamita.»

L'indomani mattina Alex propose a Sylvester la sua meravigliosa idea per una puntata di *Dalla baia e dintorni*.

Decidendo che sarebbe stato meglio non rivelare il proprio coinvolgimento nella storia, iniziò dicendogli che uno spettatore aveva inviato delle lettere interessanti all'emittente. La verità, o qualsiasi altra spiegazione, avrebbe ridotto notevolmente le probabilità che il suo capo autorizzasse il servizio.

«Mi sembra in linea con lo stile del programma. Un uomo spedisce lettere d'amore a una ragazza che non vive più a quell'indirizzo, ma è impossibile restituirle al mittente. Chi ce le ha mandate le ha considerate troppo importanti per ignorarle, e se questa persona non è riuscita a rintracciare l'innamorato, forse noi ce la facciamo.»

«Mi piace» disse Sylvester dopo averci pensato su. «E il pubblico impazzirà per questa storia.»

Decisero di trasmettere un servizio commovente sulle lettere mai giunte a destinazione di un certo Nathan impegnato a cercare il suo amore perduto, Helena. Forse qualcuno che conosceva (o aveva conosciuto) uno dei due avrebbe visto la trasmissione e contattato l'emittente.

«Ne useremo alcune.» Sylvester frugò tra le lettere. «La grafia elegante potenzierà il pathos. Metteremo comunque i sottotitoli.»

«Non dovremmo chiedere l'autorizzazione?»

«E come facciamo, se non c'è l'indirizzo del mittente? Comunque, per quanto ne sappiamo, potrebbe essere stato questo Nathan a spedircele con la speranza che le mostrassimo in TV. Se sei preoccupata, ne parlo con gli avvocati, ma le lettere ci sono state inviate, perciò sono quasi sicuro che sia legale.»

Dopo aver ricevuto il benestare di Sylvester, il servizio

fu inserito nella programmazione della settimana successiva. Leonie aveva qualche riserva sulla quantità di informazioni personali che sarebbe stata resa pubblica, tuttavia le due ragazze concordavano sul fatto che ottenere risultati era più importante.

«Useremo solo i nomi di battesimo e ometteremo l'indirizzo di Green Street» promise Alex. Accettò anche di non rivelare agli spettatori (e a Sylvester) che forse Nathan aveva scritto le lettere da una cella.

«È il genere di dettaglio che appassiona gli svitati. Non solo, correremmo pure il rischio di alienarci le simpatie del pubblico o di spaventare uno dei due.»

«Tu pensi che lo vedranno?» Leonie non stava più nella pelle.

«Chissà?» rispose Alex. Per quanto la riguardava, in ogni caso sarebbe stato l'ultimo tentativo, e se non altro ne sarebbe venuto fuori un servizio coi fiocchi.

Giovedì sera, Leonie era incollata al televisore in attesa che finisse il notiziario delle sei e andasse in onda *Dalla baia e dintorni*. Notò con gioia che durante il telegiornale la SFTV aveva continuato a trasmettere un *teaser* sul servizio che stava per cominciare.

Alex le aveva spiegato che esisteva quella possibilità, ma che bisognava tener conto di diversi fattori. «Dipende dall'impatto che prevedono di ottenere» aveva detto dopo la registrazione della puntata. «Sempre che non veniamo messi in secondo piano dal filmato di qualcuno che crede di aver visto un UFO sopra il Golden Gate» aveva aggiunto asciutta.

Ma evidentemente gli squilibrati quel giorno avevano

fatto i bravi, perché prima di ogni interruzione pubblicitaria scorreva il *teaser* della nuova puntata di *Dalla baia e dintorni*, intitolata *Ti prego, perdonami.*

«Inizia tra pochi minuti, perciò rimanete sintonizzati su SFTV News» ripeté il giornalista per l'ennesima volta. Perché le stazioni televisive davano per scontato che gli spettatori avessero la soglia di attenzione di un pesce rosso?, si chiese Leonie. Perché sentivano il bisogno di bombardare il pubblico di scritte in sovrimpressione e praticamente lo imploravano di «restare sintonizzato»?

Fu frustrante, perché dovette sorbirsi quasi un'ora di chiacchiere prima che finalmente il «suo» programma iniziasse. Si strinse le braccia intorno al corpo e sentì un brivido lungo la schiena quando una suadente voce femminile fuori campo cominciò a parlare sulle note strappalacrime di un pianoforte.

«Data l'attuale diffusione della posta elettronica, dei cellulari e delle moderne tecnologie di comunicazione, è confortante scoprire che esiste ancora chi, per rintracciare qualcuno, ricorre ai vecchi metodi.»

La voce tacque per un istante mentre la musica aumentava di volume e sullo schermo compariva un fotomontaggio sfocato di persone intente a scrivere lettere. Leonie sorrise, divertita all'idea che Alex, questa volta, si fosse occupata di qualcosa di tanto «semplice». Ma era certa che il servizio avrebbe catturato gli spettatori; cavolo, lei era già incantata e conosceva ogni minimo dettaglio!

«Ma l'atto antiquato e molto naturale di scrivere lettere potrebbe essere l'ultimo capitolo di una particolare storia d'amore» continuò la voce con dolcezza, facendole venire un groppo in gola.

«Vi presento Nathan» proseguì, e sullo schermo si materializzò una delle sue lettere. La grafia, inconfondibile per Leonie, era illeggibile, ma per quello c'erano i sottotitoli.

Nella mia testa vedo ancora il tuo sorriso, sento la tua risata e percepisco le tue braccia intorno a me... Impazzisco al pensiero di non rivederti mai più. Mi dispiace per quello che ho fatto... Non ho mai voluto ferirti. Ti prego, perdonami.

«Parole toccanti, senza dubbio. Ma qual è il problema?» La voce fece una pausa a effetto. «Non hanno mai raggiunto la persona cui sono indirizzate. È una specie di versione in chiave moderna del vecchio classico di Elvis, solo che queste lettere non sono state restituite al mittente, bensì spedite a noi di SFTV.»

Leonie si accorse di aver smesso di respirare mentre la voce spiegava che esistevano dieci lettere, tutte destinate a una certa Helena, di cui non si conosceva il recapito.

«Come può questa donna perdonare Nathan, se non sa che lui lo desidera con tutto il cuore?» La voce si fermò per permettere agli spettatori di riflettere sulla domanda. «Noi riteniamo che quest'uomo meriti una seconda opportunità. Perciò, Helena, se sei in ascolto e riconosci la grafia di Nathan, o forse addirittura le sue parole, chiamaci.» In fondo allo schermo comparve un numero verde. «Abbiamo una pila di lettere d'amore per te.»

A quel punto la linea passò allo studio, dove i due presentatori avevano un sorriso ebete stampato in faccia.

«Non so tu, Ken, ma io l'ho già perdonato» disse la conduttrice bionda al collega.

«Sì, sembra proprio un tesoro, Megan. Speriamo che Helena ci contatti prima che sia troppo tardi.»

30

Il giorno dopo, la reazione al servizio si poteva definire solo travolgente. Alla stazione televisiva arrivarono migliaia di telefonate e e-mail, perlopiù da donne che sostenevano di essere Helena e dichiaravano amore eterno a Nathan «a prescindere da tutto».

Altre erano di spettatrici pronte a perdonare Nathan se Helena non l'avesse fatto, e una signora pregò addirittura SFTV News di inoltrargli una proposta di matrimonio.

Si fecero vivi anche alcuni uomini che reclamavano la proprietà delle lettere e minacciavano di far causa all'emittente per averle mostrate senza permesso. Anche se Alex aveva previsto che avrebbero potuto ricevere risposte insolite ed eccentriche, ora era contenta di aver omesso il fatto che il servizio non fosse stato autorizzato da Nathan e che forse lui era in carcere.

Al contrario di Leonie, dubitava che uno dei due innamorati l'avesse visto (personalmente, era convinta che Helena fosse morta), tuttavia trascorse quasi tutta la mattinata in redazione a richiamare le donne che affermavano di essere Helena. Inoltrò alcune e-mail alla propria casella personale in modo da esaminarle più tardi, con calma, insieme a Leonie.

A metà mattina ricevette una telefonata inattesa.

«Interessante, il servizio di ieri» esordì Seth senza tanti preamboli. «Avete trovato il vostro uomo?»

«No.» Alex gli disse tuttavia che pensavano che Nathan potesse essere in prigione.

L'informazione scatenò una reazione prevedibile ma voluta. «Vuoi scherzare? Quel tizio potrebbe essere un maledetto psicopatico, per quanto ne sapete!» esclamò Seth, e lei sorrise, inspiegabilmente soddisfatta di averlo fatto uscire dai gangheri.

«Perché ti scaldi tanto?»

«Perché non voglio che ti cacci nei guai! Se quest'uomo è in galera, potresti essere in pericolo.»

«Molto commovente, ma ribadisco che non sono affari tuoi. Perciò stanne fuori.»

«Dovrei starmene con le mani in mano mentre mia moglie rischia grosso?»

«*Ex* moglie» sibilò lei. «Perché come sai, non mi serve un pezzo di carta per ricordarmelo.» Naturalmente ne aveva bisogno, ma non voleva ammetterlo con lui.

«Ascolta, questo è un classico della truffa. Manipolare le persone per impietosirle...»

«Tu che ne sai?»

«So soltanto di cosa sono capaci certi uomini.»

«Ripeto, sono commossa dal tuo interessamento, ma ce la caviamo benissimo, grazie.»

«Sii seria per un secondo, okay? Hai ragione, non sono affari miei, ma non posso evitare di preoccuparmi per te e per Leonie. Non sapete a cosa potreste andare incontro.»

«Smettila di impicciarti.»

«Come posso smettere quando mia moglie si mette in una situazione pericolosa che...»

«Per l'ultima volta, *non* sono tua *moglie*!» urlò Alex

spazientita. Come osava trattarla con tanta accondiscendenza? «Non l'hai ancora capito? Tra noi due è *finita*, l'istanza di divorzio è già arrivata in tribunale e non puoi più usare i tuoi trucchetti dell'ultimo minuto.»

«Già» fece lui in tono piatto.

«Hai perso, rassegnati!» Alex posò la mano sul microfono quando con la coda dell'occhio vide Jill, una ragazza della redazione, che agitava le braccia con foga. «Cosa c'è?»

«Sulla linea 3 c'è una donna che vuole parlare con qualcuno delle lettere. Sembra affidabile.»

«In base a cosa?»

«Ha superato non uno ma *due* dei tuoi test. Il cognome Abbott e l'indirizzo di Green Street.»

Cosa? Alex avrebbe voluto gridare di gioia. Il servizio non aveva rivelato nessuna delle due informazioni, dunque la chiamata pareva molto promettente. «Seth, devo andare. Non ho tempo per i tuoi giochetti in questo momento» mormorò nel ricevitore. Poi, senza aspettare la sua risposta, premette il tasto lampeggiante della linea 3.

«Pronto?» Si sforzò di non suonare troppo impaziente. Di solito i burloni fiutavano la disperazione a due chilometri di distanza.

La voce dall'altra parte era flebile e nervosa. «Pronto, ho visto la trasmissione sulle lettere di Nathan a Helena. Sa, conoscevo un certo Nathan e mi chiedevo...»

«Signora, le dispiace dirmi come si chiama? Io sono Alex.» Provò a metterla a suo agio.

«Oh, sì, scusi.» La sconosciuta si agitò ancora di più. «Che sciocca, dovevo dirglielo subito. Mi chiamo Helena Freeman, anche se Nathan mi conosceva come Helena Abbott.»

Alex sgranò gli occhi. Helena Abbott? Era ancora viva? Se la donna al telefono era chi diceva di essere...

«Piacere di conoscerla, signorina Freeman. Come posso aiutarla?» Esitò, ricordando che, secondo le lettere, Abbott era il cognome da *sposata* di Helena. Da dove diavolo sbucava fuori Freeman? A meno che, ragionò, la donna non avesse divorziato e ripreso il cognome da nubile. Non c'era da sorprendersi che non l'avessero rintracciata.

«*Signora* Freeman» la corresse l'altra, vanificando le sue congetture. «Come ho detto, credo di aver riconosciuto alcune delle lettere che avete mostrato in TV. O almeno, la grafia.»

Alex era perplessa. «Ha accennato a Green Street mentre parlava con la mia collega?»

«Sì, esatto. È la casa di famiglia, o almeno lo era. L'abbiamo venduta di recente quando è morta mia madre e poi...»

Alex rizzò le orecchie. La casa di famiglia? E venduta di recente, per giunta. La vendita tramite esecutore testamentario di cui il proprietario aveva parlato con Leonie. Così, se quella donna era davvero Helena, non era stata lei a morire bensì sua madre. Gli ingranaggi del suo cervello giravano a pieno ritmo.

Che avesse finalmente trovato Helena Abbott? Non viveva più in Green Street, ma era viva e vegeta e abitava a...

«Signora Freeman, lei attualmente vive nell'area della baia?»

«No, mi sono trasferita a Santa Barbara. Perché?»

«Dovremmo incontrarci e approfondire il discorso.» Sorrise, sapendo che Leonie sarebbe stata al settimo cielo. «E se è chi dice di essere, credo di avere qualcosa di suo.»

«Non posso credere che l'abbiamo trovata!» Come previsto, quella sera Leonie impazzì di gioia. Si erano incontrate al Crab Shack dopo il lavoro, per parlare delle novità della giornata.

Helena Abbott aveva accettato di venire a San Francisco per vedere Alex e ritirare le lettere di persona.

«Gliele consegnerò solo se sarò sicura al cento per cento che sia lei, anche se in base a ciò che mi ha detto al telefono sono molto fiduciosa.»

«Ti ha detto qualcosa di Nathan, o ha idea di dove possa essere ora?»

«No, ho avuto l'impressione che non si sentano da qualche tempo, e pare sia sposata con un altro.»

«E tu cos'hai intenzione di dirle?» ribatté Leonie, delusa. «Le rivelerai dove pensiamo che sia Nathan oppure...»

«Non lo so. Una volta che saremo sicure che è la nostra Helena, non saranno più affari nostri. Restituiremo le lettere alla legittima proprietaria e a quel punto spetterà a lei decidere cosa farne.»

Alex guardò Leonie, intuendo che l'amica, nonostante tutto, *moriva* ancora dalla voglia di scoprire cosa diavolo avesse combinato Nathan. Ma perché quella storia le stava tanto a cuore? Che avesse ragione Seth? Era possibile che a Leonie fosse accaduto qualcosa di analogo?

Ripensando al suo ex marito, si sentì in colpa per averlo trattato male. Era stata ingiusta, dato che lui era sembrato così preoccupato per lei, e probabilmente non avrebbe dovuto dire certe cose. Ma d'altra parte, rifletté, era probabile che quelle parole gli fossero scivolate addosso. Aveva la pellaccia dura, Seth.

Qualche minuto dopo pagarono il conto e tornarono verso Green Street, continuando a fare ipotesi su Helena Abbott.

«Voglio venire anch'io lunedì» dichiarò Leonie. «Nell'eventualità che tu non sappia decidere se sia lei; se non altro, insieme potremo stabilirlo con certezza. L'ultima cosa che vogliamo è dare le lettere alla persona sbagliata.»

«D'accordo.» Alex era così stanca di quella storia che non gliene importava più nulla di chi sarebbe entrato in possesso delle lettere. «Infatti l'ho avvisata che probabilmente saremmo state in due.»

«Quello chi è?» fece Leonie. Avevano svoltato in Green Street, e si stavano avvicinando alla casa quando videro qualcuno sui gradini davanti al portone.

«Non lo so» mormorò Alex, mentre una strana sensazione si faceva strada dentro di lei. Quando finalmente mise a fuoco il lampeggiante di un'auto della polizia, capì che il suo istinto non aveva sbagliato.

Qualcosa non andava.

«Cosa sta succedendo?» domandò Leonie.

Allungando il passo, Alex andò incontro all'agente in uniforme.

«Vive in questo edificio, signora?» le domandò l'uomo senza neanche salutarla.

«Sì» rispose lei.

Il poliziotto consultò un bloc-notes. «Sto cercando Alex...?»

«Sono io.» Lei intuì che di qualunque cosa si trattasse non era nulla di buono.

«È coniugata con il signor Seth Rogers?»

Lo shock le tolse il respiro e le fece tremare le gambe. «Sì, sono sua… moglie» farfugliò.

«Cos'è successo?» intervenne Leonie.

«Temo di avere cattive notizie, signora. Oggi pomeriggio il signor Rogers è stato aerotrasportato fuori dalle acque sotto il Golden Gate.»

«Aerotrasportato? Perché?»

«Stiamo cercando di ricostruire l'accaduto, ma alcuni testimoni l'hanno visto saltare giù dal ponte.»

«*Cosa?*» Alex trasalì. Le persone si buttavano continuamente giù dal Golden Gate, era uno dei luoghi preferiti per… quel genere di cose… ma era impossibile… Seth non poteva… Oh, no, cazzo, lui non poteva… non *doveva*…

«L'hanno portato al Memorial, dritto in sala operatoria. È in condizioni gravi.»

Sconvolta, con mani tremanti, Alex aprì in fretta il garage e tirò fuori la Mustang. Accompagnata da Leonie, percorse il tragitto fino al Memorial in una specie di trance. Cosa diavolo aveva cercato di fare Seth? Cosa cavolo aveva voluto dimostrare?

«Potrebbe esserci un'altra spiegazione» disse Leonie a un certo punto. «Non lo conosco bene quanto te, ma sono certa che non è da lui. Non farebbe mai una cosa simile.»

«Non lo so.» Alex strinse le labbra. «Non capisco più niente. Non capisco cosa diavolo gli è preso. Da quando è tornato si comporta in modo strano e imprevedibile. E io… oddio, se dovesse succedergli qualcosa…»

«Non dire così. Tra poco arriviamo e vediamo come sta. Intanto mantieni la calma e cerca di essere ottimista.»

Essere ottimista! Quella conversazione era così surreale da sfiorare il ridicolo, ma suo malgrado Alex accennò un sorriso. Meno male che Leonie vedeva sempre il lato positivo delle situazioni; cosa avrebbe fatto senza di lei?

Quando raggiunsero l'ospedale, tuttavia, dovette separarsi dall'amica perché Seth era in sala operatoria e l'accesso alla sala d'attesa era consentito solo ai familiari.

«Non preoccuparti. Ti aspetto qui» disse Leonie, e Alex non ebbe l'energia di contraddirla.

«Come sta?» domandò all'infermiera che la accompagnò. «Si riprenderà?»

«È difficile da dire in questa fase» rispose la donna, evasiva.

Frustrata, Alex estrasse il cellulare e compose un numero.

«Tesoro, calmati» replicò Jon quando gli ebbe spiegato l'accaduto. «Ti raggiungo subito.»

Arrivò al Memorial a tempo di record, e parlando con un'altra infermiera riuscì a saperne di più sulle condizioni di Seth.

«Amore, non ho intenzione di indorare la pillola» disse poi, serio, ad Alex. «È grave, ha delle fratture multiple e forse una lesione alla spina dorsale.»

«Ma cosa significa? Si rimetterà o...»

«Posso solo confermarti che in sala operatoria c'è un'ottima équipe. Conosco Richard Harrison, è uno dei migliori.»

«Oddio, è tutta colpa mia! Mi ha telefonato oggi in ufficio e sono stata orribile con lui.» Non riusciva ancora a credere che Seth avesse reagito così male... Era perché aveva finalmente capito che non sarebbe più tornata con lui?

Era sempre stato uno da gesti eclatanti...

«Non dire sciocchezze, certo che non è colpa tua. Forse è stato un incidente.»

Ma Alex sapeva che Jon stava solo tentando di consolarla. Non si cadeva per sbaglio da un ponte di settanta metri.

Oddio, Seth, cos'hai fatto?

Leonie stava ancora aspettando quando gli altri due ricomparvero. Jon aveva infine convinto Alex che era inutile restare lì, perché a quanto pareva Seth sarebbe rimasto sotto i ferri fino all'alba.

«Va' a casa e riposati» consigliò Alex all'amica dopo averla aggiornata.

«Dovresti seguire il suo esempio» disse Jon a lei quando Leonie se ne andò con riluttanza. Ma Alex era decisa a non andare proprio da nessuna parte, mentre la vita del suo ex marito era appesa a un filo. «Non puoi fare niente, qui.»

«Lo so, ho già fatto abbastanza» replicò torva.

«Non torturarti così.»

«Ma può averlo fatto solo a causa mia, a causa *nostra*!» urlò sconvolta. «Ha smosso mari e monti per impedire il divorzio, e io ho sempre pensato che lo facesse per cocciutaggine. Ma se mi fossi sbagliata? Se fosse davvero convinto che avrei potuto cambiare idea?»

«Alex...»

«Se muore, sarà tutta colpa mia per non averlo mai preso abbastanza sul serio, per non essermi mai fidata di lui e per aver sempre dato per scontato che avesse cattive intenzioni! È così che è andata, sai» continuò, parlando più con se stessa che con Jon. «Con il nostro matrimonio. Non ho mai creduto a una sola parola.»

«Ma avevi un motivo valido, ricordi?» disse dolcemente Jon. «Tesoro, a quanto mi hai raccontato non era un uomo di cui potersi fidare.»

«Non parlare di lui come se fosse morto!»

«Certo che no, sto solo dicendo... Ascolta, tesoro, tutto questo non serve a niente. Va' a casa e fa' una bella dormita. Poi domani, quando si sarà ripreso dall'intervento...»

«E se non si riprendesse?» sussurrò Alex. «E se le lesioni fossero troppo gravi? So benissimo quali danni può provocare una caduta come quella; una volta abbiamo trattato l'argomento nel programma.»

Nove volte su dieci, un volo dal ponte sfociava, se non nella morte immediata, in una lenta e dolorosa agonia. E di solito i pochi sopravvissuti pativano sofferenze indicibili.

Così, anche se per miracolo Seth fosse uscito vivo dalla sala operatoria, che razza di vita avrebbe avuto? Era possibile che restasse paralizzato o disabile per sempre, e tutto perché lei non si era mai degnata di ascoltarlo, di prenderlo sul serio.

«Ascolta, aspettiamo e vediamo, okay? Chiedo alle infermiere di chiamarci appena esce. Telefonerò a Richard per saperne di più.»

Cosa sarebbe successo se Jon fosse stato di turno quando Seth era stato ricoverato?, si domandò Alex. Non aveva idea di come si sarebbe sentita in quel caso. L'uomo di cui era innamorata che tentava di salvare la vita all'uomo con cui era ancora sposata...

Che ragionamento assurdo e inutile! Piuttosto, avrebbe dovuto pregare che Richard Harrison sapesse sul serio il fatto suo…

Seth *doveva* cavarsela. Da quando lo conosceva, era sempre andato in cerca di emozioni forti, sempre sprezzante del pericolo. Cavolo, se avesse potuto avrebbe sfidato la morte ogni santo giorno!

Sorrise rivedendolo in groppa al toro, durante quel rodeo. Felice, grintoso, vitale… Una persona che viveva in modo così viscerale non poteva spegnersi così, giusto?

Jon ritentò. «Per favore, lascia che ti accompagni a casa.»

«No.» Ripercorse il corridoio verso la sala operatoria. «Io non mi muovo da qui.»

31

Due giorni dopo, Seth era ancora privo di conoscenza.

Secondo Jon, i medici avevano fatto tutto il possibile, ma, anche se per fortuna gli organi vitali non avevano subito danni irreparabili, non avrebbero sciolto la prognosi finché non si fosse svegliato.

«Per il momento possiamo solo aspettare» aveva dichiarato il dottore.

La prima sera, Alex aveva chiamato con riluttanza la famiglia di Seth, dopodiché aveva passato tutto il weekend a camminare avanti e indietro davanti al reparto di terapia intensiva, pregando che il suo ex se la cavasse e continuando a incolparsi dell'accaduto.

Di sicuro l'appuntamento di quel giorno con Helena Abbott era l'ultima delle sue preoccupazioni, ma la donna sarebbe arrivata da Santa Barbara solo per incontrare loro, quindi non era possibile rimandare.

«Posso andare da sola» si offrì Leonie. «Non c'è problema.»

«No» ribatté Alex. «Se non altro mi aiuterà a distrarmi un po'.»

«Come preferisci.»

Leonie capiva perché l'amica aveva bisogno di un diversivo. Alex era una donna d'azione, una che voleva avere sempre tutto sotto controllo, e l'attesa la stava snervando.

L'appuntamento con Helena era in un caffè all'aperto di Union Square alle tre in punto, ma i *cable cars* erano più gremiti del previsto, perciò arrivarono un po' in ritardo.

«Cerchiamo una donna con una giacca rosa e un foulard viola» disse Alex a Leonie mentre salivano di corsa i gradini che conducevano alla piazza. Quando avevano fissato l'incontro, Helena le aveva dato quei dettagli di sé, mentre Alex si era descritta come una bruna alta accompagnata da una rossa con in mano un cofanetto di legno.

Leonie scrutò i tavoli davanti al locale. Era uno splendido pomeriggio e il caffè era pieno di gente. «Non vedo nessuno da solo.»

«Forse ha dovuto dividere il tavolo... è molto affollato qui.»

«Però continuo a non vederla...» Leonie era perplessa.

«Cerchiamo di darle una mano, magari ci individua lei. Tira fuori il cofanetto, così lo vede.»

Leonie obbedì, e continuarono a camminare su e giù davanti al caffè, ma con loro sgomento non si faceva avanti nessuno.

«Forse ci ha ripensato, oppure ha avuto paura.» Leonie era visibilmente delusa.

«È possibile. Ma può anche darsi che non abbia trovato un tavolo e ci aspetti da un'altra parte.» Alex si guardò intorno, ma di Helena Abbott non c'era traccia. Si strinse nelle spalle. «Magari è solo in ritardo.»

«Già.»

Tuttavia, dopo altri dieci minuti, ancora non si era presentato nessuno.

Leonie sospirò, scoraggiata. E pensare che erano state così vicine a risolvere il mistero! E poi Helena non si era fatta viva. Ma perché? Aveva chiamato l'emittente e accettato di incontrare Alex, quindi per quale motivo aveva cambiato idea? A meno che non fosse successo qualcosa nel frattempo...

«Scusate?» disse una voce alle loro spalle. Si voltarono di scatto, ma videro solo una signora anziana dal sorriso dolce. Probabilmente, una turista in cerca di indicazioni.

«Buongiorno» la salutò Alex.

«Scusi se la disturbo» continuò la sconosciuta, e solo allora Leonie notò la giacca rosa e il foulard viola. «Lei è Alex, per caso?»

«Sì. Posso aiutarla?»

Oddio. Sbalordita, Leonie guardò la donna, che doveva avere almeno sessant'anni suonati, allungare la mano e presentarsi. «Sono Helena. Lieta di conoscerla.»

Alex non batté ciglio. «È la signora con cui ho parlato al telefono?»

«Sì, ero seduta laggiù e non ero sicura che foste voi, ma quando ho visto la scatola ho pensato di avvicinarmi.»

Leonie era così delusa da non riuscire a spiccicare parola. Perché Alex non si era informata sull'età della donna? Era stata solo un'enorme perdita di tempo. E quello non era neppure un giorno qualsiasi... Di sicuro la donna – poveretta – non era la loro Helena.

Alex fece del suo meglio per salvare la situazione. «Mi dispiace» iniziò, lanciando all'amica un'occhiata eloquente, «ma temo ci sia stato un equivoco.»

«In che senso?»

«È colpa mia. Dovevo chiederle se... Insomma, dalla voce non avevo capito che...»

«Sì?» Chiaramente, l'altra non aveva idea di cosa non andasse. Non sembrava una delle squilibrate da cui Alex aveva messo in guardia Leonie, ma non si poteva mai dire. Questa Helena, in ogni caso, avrebbe anche potuto semplicemente essere una simpatica vecchietta molto curiosa, o forse da giovane aveva frequentato davvero un uomo di nome Nathan, da cui il disguido.

«Signora, la ringrazio per essere venuta fin qui, ma temo non sia la persona che stiamo cercando.»

«Non capisco.» Helena era visibilmente sconcertata. «Pareva abbastanza sicura l'altro giorno al telefono. Cos'è cambiato? Sono Helena Abbott, o almeno lo sono stata.» Sorrise a Leonie. «Sembra ieri, ma il tempo vola.»

Lei ricambiò meccanicamente il sorriso.

«Così quelle sono le mie lettere?» La donna indicò il cofanetto. «Povero vecchio Nathan Reed, non riesco a immaginare perché continui a scrivermi. È stato molto tempo fa, eravamo solo ragazzi» mormorò in tono nostalgico.

È passato così tanto? Leonie la guardò incredula. Era possibile che avessero preso un'enorme cantonata, che avessero dato per scontato…

«Helena» riprese Alex, e dalla sua voce Leonie capì che l'amica aveva fatto il suo stesso ragionamento. «Quando è stata l'ultima volta che ha ricevuto notizie di Nathan?»

«Mi faccia pensare. Più o meno all'epoca del Be-In.»

«Il Be-In?» Leonie non l'aveva mai sentito nominare.

«L'Human Be-In, la protesta contro la guerra al Golden Gate Park?» domandò Alex.

«Sì» confermò Helena. «Nel '67, se non sbaglio.»

«*1967?*» precisò Leonie incredula.

«Sì» ripeté l'altra con candore. «Perché?»

Con gran sollievo di Leonie, che aveva le gambe molli, trovarono un tavolo dove chiacchierare davanti a una tazza di caffè.

Le due ragazze avevano sempre creduto che Nathan e Helena fossero più giovani e che la relazione fosse recente. D'altronde, perché *non* avrebbero dovuto, dato che le lettere davano proprio quell'impressione?

«È tutto molto bizzarro.» Helena fissava il cofanetto sulle ginocchia di Leonie, che non se ne sarebbe sbarazzata finché non avessero avuto la certezza *matematica* di aver trovato la persona giusta.

«Su questo non ci piove.» Alex prese il controllo della conversazione. «Come le ho spiegato al telefono, abbiamo dovuto aprire le lettere per verificare se contenessero informazioni utili per rintracciarvi.»

«Cosa dicono? Non capisco perché Nathan Reed dovrebbe scrivermi dopo tutti questi anni. Non mi fraintenda, sono molto lusingata, ma... Cosa dicono?»

Leonie guardò Alex, sperando che facesse altre domande. Non avrebbe consegnato le lettere senza conoscere tutta la storia, questo era chiaro.

«Nathan faceva Reed di cognome, ha detto?» continuò Alex. «Perché lui non lo dice mai. Il problema è che non ha inserito nessun recapito, e questa è una delle ragioni per cui abbiamo fatto l'appello in TV.»

«Una delle ragioni?»

«Sì.» Alex indicò il cofanetto. «Quelle lettere sono sue e sono certa che vorrà leggerle con calma. Chiaramente alcune sono molto personali e le chiedo di nuovo scusa per aver violato la sua privacy, ma ci è sembrato necessario perché...» Fece una breve pausa. «Lo capirà dalle lettere, ma...»

«Ma cosa?»

«Ci arriveremo» tagliò corto Alex, e Leonie intuì che non voleva turbare la donna rovesciandole addosso dei sospetti infondati. «Ma innanzitutto ci è sembrato di capire che voi due non vi sentiate da un po'.»

«Esatto, non ho sue notizie da... Be', da prima che andasse via.»

Andasse via?, ripeté silenziosamente Leonie. *Era* possibile che Helena sapesse dell'incarcerazione di Nathan? Se sì, lui doveva aver fatto qualcosa di terribile per essere rimasto dietro le sbarre così a lungo! Con che razza di persone avevano a che fare?

Alex proseguì. «E ha idea di dove sia adesso?»

«No. A essere sincera, non ero nemmeno sicura se fosse vivo o...» Helena distolse tristemente lo sguardo, a riprova che non era a conoscenza di nulla di anomalo. «Ho lasciato l'area della baia molto tempo fa. Nathan viveva vicino alla Pacific Drive. Adorava l'oceano.»

«Non avete mai vissuto in Green Street, allora.»

«Vissuto... insieme?» La donna scoppiò in una risatina. «No, impossibile. Ma ci passavamo molto tempo.» Arrossì leggermente. «Era la casa di mamma e papà. Avevo ancora la chiave e ci andavo ogni tanto quando sapevo che non c'erano. Sa, mio padre mi ha buttata fuori appena ho sposato il mio ragazzo del college.»

«Lei e Nathan avete *avuto* una relazione extraconiugale, dunque?» si lasciò sfuggire Leonie, attirandosi un'occhiataccia da parte dell'amica. D'accordo, probabilmente accusare un'ultrasessantenne di adulterio era stato un po' indelicato.

Helena annuì timidamente. «Si può dire di sì, suppongo. Ma deve capire che all'epoca... È difficile spiegarlo ai giovani d'oggi, ma allora non era così strano, non per noi, almeno. E Eddie non era uno stinco di santo. Sapeva tutto, naturalmente, ma non si è reso conto che non si trattava di un'avventura qualsiasi.»

Leonie trovò quasi impossibile immaginare che la donna seduta lì di fronte avesse avuto un matrimonio aperto. Ma chi era lei per giudicare?

L'anziana signora si accorse del suo sconcerto. «Le cose erano diverse, allora. Ero una ragazza sciocca ed ero convinta che avrei cambiato il mondo, che *avremmo* cambiato il mondo.» Dopo una breve pausa continuò: «Quand'ero adolescente, il mondo stava cambiando molto in fretta e ogni cosa sembrava inutile e fuori controllo. I governi erano corrotti – lo sono tuttora –, ma avevamo la sensazione che nessuno lo vedesse o volesse vederlo». Sorrise, e parve ringiovanire di colpo. «Però poi, quando ho iniziato il college, ho scoperto che anche altri erano interessati a cosa ci accadeva intorno, migliaia di persone con le mie stesse idee, e molte erano attirate da questa città.»

Wow, pensò Leonie; d'un tratto il matrimonio anticonformista con il compagno del college pareva avere molto più senso. Helena era stata un'autentica hippy. Guardò Alex cercando di valutare la sua reazione, ma l'amica era troppo concentrata sul racconto.

«Abbiamo deciso di voltare le spalle a quel mondo e di crearne uno nuovo, più gentile, più compassionevole, più libero. In quel periodo pensavamo che *fosse* una rivoluzione. Ci siamo illusi, temo. Era quello che Nathan aveva cercato di dirmi fin dall'inizio, ma io rifiutavo di ascoltarlo. Ero assolutamente convinta che se ci fossimo impegnati abbastanza avremmo cambiato la storia. Lui...» riprese

Helena dopo una pausa «aveva l'animo molto tenero. Un vero romantico, ed eravamo cotti l'uno dell'altra. Un colpo di fulmine, almeno per quanto mi riguarda.»

Vale lo stesso per Nathan, pensò Leonie, ma preferì non rivelare che conosceva fin troppi dettagli intimi della loro relazione.

«Come ho detto, ero sposata, ma all'epoca non aveva importanza. La fedeltà era un'altra delle cose di cui ci facevamo beffe. Anche se, in realtà, io e Eddie avevamo fatto una pazzia, sposandoci. Andavamo ancora al college e stavamo cercando il nostro posto nel mondo. Avevo sempre dato dei grattacapi ai miei genitori, così sposare un beatnik senza né arte né parte fu solo un altro gesto di ribellione. Ripeto, ero stupida, testarda e completamente dedita alla causa.»

«La causa» ripeté Alex. «Si riferisce al movimento per i diritti civili?»

Helena sospirò come se certe cose le pesassero ancora. «Quella e molte altre, qualsiasi causa giusta ci venisse in mente. Ma la principale, soprattutto verso il 1966-1967, era la guerra.»

«Il Vietnam.»

«E Nathan?» intervenne Leonie. Helena e le sue cause andavano benissimo, ma voleva scoprire cosa fosse successo alla coppia. Perché lui aveva cominciato a scrivere alla sua ex? Cos'era accaduto per spingerlo a cercarla nel loro vecchio nido d'amore?

«Quando ho conosciuto Nathan Reed, ho capito cosa fossero il vero amore e la vera passione.» Helena aveva le guance soffuse di rossore. «Era molto diverso da Eddie o, se è per questo, da qualunque altro uomo avessi mai incontrato. Intelligente, affettuoso, buono. Lo adoravo.»

«Cos'è andato storto?» Leonie era molto confusa. «Dalle lettere emerge che Nathan la amava quanto lei amava lui.» *E forse ti ama ancora.*

Helena si rabbuiò e Alex fulminò l'amica con lo sguardo.

«Dovete comprendere quanto fosse viscerale il nostro odio per la guerra. Mezzo milione di americani mandati dall'altra parte del pianeta a combattere per qualcosa che pochissimi approvavano.» La donna scoppiò in una breve risata. «In realtà, certe cose non cambiano mai, vero?»

Okay, pensò Leonie, *non siamo venute ad ascoltare una conferenza.* Cosa c'entrava la guerra del Vietnam?

«Forse avrei dovuto essere più comprensiva. Dio solo sa che Nathan non aveva scelta, specialmente venendo da una famiglia come la sua.»

«In che senso?»

«Scusi, non sto seguendo un filo logico. Come ho detto, Nathan Reed era uno degli uomini più dolci e compassionevoli che abbia mai conosciuto. Perciò, pensare che *prendesse anche solo in considerazione* l'idea di andare in un posto come quello...»

Un posto come quello.

All'improvviso il cuore di Leonie impazzì e i suoi pensieri vorticarono in mille direzioni diverse.

In questo posto... ogni tanto mi domando se abbia sprecato la mia vita, se abbia mai fatto qualcosa di buono. Il più delle volte mi sento solo e ho paura di cosa mi riserverà il domani... Le parole non bastano per descrivere come mi sento al pensiero di non poter vedere il tuo sorriso per l'ultima volta...

Lei e Alex avevano preso un granchio *enorme.*

Al contrario di quanto avevano sospettato, le lettere

non erano state scritte di recente dalla cella di una prigione, bensì da un luogo molto diverso, dall'altra parte del mondo, e in un periodo molto diverso.

«Nathan ha partecipato alla guerra del Vietnam?» domandò, e Alex, scioccata, spostò lo sguardo da lei a Helena.

Leonie intuì cosa stava pensando. Le lettere non sembravano affatto così vecchie, però bisognava considerare che erano state avvolte nel cellophane e nascoste in fondo a un armadio buio.

Helena fece sì con la testa. «Avevamo idee diametralmente opposte. Nathan si era già arruolato quando ci siamo conosciuti, anche se me l'ha taciuto per un po'. La sua era una famiglia di militari, perciò era prevedibile. È stato difficile da accettare, capite. Il mio dolce e gentile Nathan che andava in un posto del genere e faceva cose orribili. Sono impazzita quando l'ho scoperto. Non capivo perché volesse farlo, ma la verità è che non era in grado di comprendere.»

Qui le cose stanno diventando più difficili e assurde, e non so per quanto tempo ancora resisterò...

Leonie trovava difficile immaginare il tenero e affettuoso Nathan Reed nei panni di un soldato.

«Cosa significa che non era in grado di comprendere?»

«Non era uno di noi, ma credo rispettasse i nostri ideali. Il problema era che i suoi si collocavano all'estremo opposto. Pensava sinceramente che alla fine la guerra sarebbe stata un bene per tutti, che fosse necessario prendere posizione contro il comunismo» specificò Helena, ipotizzando correttamente che Leonie non fosse molto informata su quel periodo. «Come dicevo, la sua era una famiglia di militari, anzi lo è ancora.» Distolse lo sguardo.

«È molto difficile descrivere l'atmosfera dell'epoca. Eravamo così testardi e sicuri delle nostre idee. Oggi è raro vedere persone tanto ostinate. Per non parlare del fatto che eravamo giovani, stupidi e, il più delle volte, spaventati a morte.»

Leonie faticava a immaginare la situazione. Sapeva che a quei tempi molti movimenti erano stati un potentissimo motore di cambiamento, ma continuava a essere confusa. Come poteva una coppia che si amava così tanto separarsi per semplici ragioni ideologiche?

«E cos'è successo?»

Helena si rattristò. «Le ho provate tutte per dissuaderlo, per convertirlo al mio modo di pensare. Ma non ce l'ho fatta. Ho scoperto che si era arruolato solo quando mi ha confessato di essere stato chiamato per un periodo di servizio. Era un uomo colto e intelligente, con un futuro luminoso davanti a sé. L'ho supplicato di non partire, di restare a San Francisco con me, con *noi*, ma invano. Doveva andare. Altrimenti avrebbe tradito il suo Paese, diceva. "Non sono renitente alla leva" dichiarava, quando la maggior parte dei miei amici bruciava la cartolina in piazza.»

«Ha detto che Nathan si è arruolato... invece suo marito?» domandò Alex.

Helena sorrise, tristemente consapevole dell'ironia del destino. «Eddie, come molti di noi, era uno studente universitario e dunque era esonerato. Come ho detto, eravamo tutti idealisti, pensavamo di essere audaci, coraggiosi, ma la verità è che non sapevamo niente. Ci ho messo un sacco di tempo per rendermi conto che i veri coraggiosi erano gli uomini come Nathan.»

Per favore, ricorda che ovunque sia e qualunque cosa faccia ti penso sempre.

«Così vi siete lasciati quando è partito» disse Leonie, immaginando che fosse lo scenario più verosimile. Ma lei sapeva che la rottura aveva lasciato un segno profondo nell'animo di Nathan.

E la cosa peggiore è che avevi ragione su tutta la linea. Questo è un posto assurdo, una situazione assurda, e non dovrei essere qui. Non dovrebbe esserci nessuno.

«Subito prima. Quando ho capito chi era e cosa rappresentava – rispetto alla mia mentalità di allora, non di adesso –, non sono più riuscita a stare con lui. Lo amavo, ma non condividevo ciò che stava per fare, non volevo condividerlo. Immagino che l'idea della storia d'amore tormentata affascinasse anche me» rispose Helena con un sorriso schivo. «Lo ripeto, ero una ragazza molto sciocca. Ha cercato in tutti i modi di starmi vicino, mi ha promesso che avrebbe fatto solo un periodo di servizio e poi sarebbe tornato, mi ha pregata di aspettarlo, ma non ho voluto ascoltare. Però ricordo le ultime parole che mi ha detto» aggiunse con le lacrime agli occhi, «ed è quella frase, più di qualsiasi altra cosa, a darmi la certezza che quelle lettere sono mie.»

Leonie non ebbe bisogno di chiederle quale fosse. «E l'ha fatto?» La guardò negli occhi.

«Sì. L'ho perdonato da tempo.»

«Ma Nathan non l'ha mai saputo ed è innegabile che fosse torturato dal rimorso. Forse lo è ancora.»

«È successo quasi quarant'anni fa! Era logico pensare che fosse stato tutto dimenticato. Da parte mia è sicuramente così.»

Dalla sua espressione, tuttavia, Leonie capì che non diceva la verità. Aveva amato moltissimo Nathan, e nonostante fossero passati quarant'anni la ferita era ancora aperta. Era incredibile che i sentimenti forti non morissero nemmeno dopo tutto quel tempo e... *No, un attimo.* Nathan poteva anche avere scritto le lettere del cofanetto negli anni Sessanta, ma poi ne aveva mandata un'altra, quella che lei aveva aperto per sbaglio, solo quattro mesi prima. Perché?

Alex non insistette. «Noi abbiamo fatto il nostro dovere restituendo le lettere alla legittima proprietaria.» Finì il caffè. «Ora tocca a lei decidere cosa farne.»

«No!» esclamò Leonie d'impulso. «Scusi, volevo dire, certo che la decisione spetta a lei, ma siccome ha ammesso di aver perdonato Nathan, non pensa che dovrebbe dirglielo?»

«Leonie...» la ammonì Alex.

«Mi dispiace, ma è importante. Lui le scrive ancora, santo cielo!» Era scioccata dall'intensità delle proprie emozioni, però in tutto quel tempo aveva fatto il tifo per Nathan, e per più di un motivo. Parlò a Helena dell'ultimo messaggio.

«Mi scrive ancora?» La donna era sbalordita.

«Sì, ma non sappiamo dove sia, anche se ci siamo fatte un'idea abbastanza precisa...»

«Non è niente di sicuro.» Alex la guardò torva. «Anzi, abbiamo già preso un sacco di abbagli...»

«Già.» Mortificata, Leonie si rivolse a Helena. «Mi scusi, non volevo essere insistente, è solo che vi abbiamo cercati per mari e monti e non mi sembra giusto arrenderci proprio adesso.»

Le si spezzava il cuore al pensiero di non andare fino in fondo e di non trovare Nathan, ora che conoscevano la verità sulle lettere. Ed era difficile credere che quelle nel cofanetto risalissero a quarant'anni prima, perché guardandole non l'avrebbe mai immaginato. Ma d'altra parte era curioso che fossero state nascoste in quel modo.

«L'appartamento in Green Street era dei suoi genitori, ha detto? Come mai le lettere non le sono mai arrivate?»

Helena si incupì. «I miei, o meglio mio padre, mi hanno disconosciuta dopo che mi ero cacciata in tutti quei guai. Forse è stata mia madre a conservarle. È morta l'anno scorso.» Aveva gli occhi lucidi. «Papà è mancato ancora prima. Si erano trasferiti a Est, gli anni sono passati e non siamo mai riusciti a riconciliarci.»

«Sua madre è morta da poco, e i suoi genitori erano ancora proprietari della casa?»

«Sì, quando ho saputo che se n'erano andati, ho dato per scontato che l'avessero venduta, ma poi dopo la morte della mamma, ho scoperto che era ancora della mia famiglia. Poiché sono figlia unica, è passata a me.»

Il che spiegava l'intervento dell'esecutore testamentario e il motivo per cui Helena non era mai entrata in possesso delle lettere, ragionò Leonie. Nathan aveva forse provato a consegnare l'ultimo messaggio a quell'indirizzo nella remota ipotesi che la sua amata vivesse ancora lì?

Non lo sapeva e, come aveva precisato Alex, non erano più affari suoi. Anzi, non lo erano mai stati.

«Comunque» disse, cercando di seguire il consiglio dell'amica, «Alex ha ragione. Tocca a lei decidere come comportarsi e immagino che contattare Nathan sia quasi impossibile in ogni caso, dunque...»

«Non è detto che sia così difficile» la interruppe Helena. «In realtà, c'è qualcuno che, in un modo o nell'altro, dovrebbe poterci dire esattamente dove trovarlo.»

32

Il «qualcuno» era David Reed, un senatore influente e pluridecorato che aveva combattuto in Vietnam e in Corea e che era anche il fratello di Nathan. I Reed erano una famiglia di politici famosa e rispettata in tutta l'area della baia. In effetti, Helena aveva detto che Nathan aveva dovuto arruolarsi per essere all'altezza delle glorie militari dei suoi antenati.

«Il cognome mi suona familiare» osservò Alex quando Helena ebbe detto loro della famiglia di Nathan, con cui intendeva mettersi in contatto non appena avesse letto le lettere, sempre che si fosse sentita pronta a conoscere la verità.

Qualche anno dopo la partenza di Nathan aveva divorziato dal capellone, si era spostata a Santa Barbara e aveva sposato un certo Bob Freeman, che però era morto da sei anni.

«Ammetto di essermi tenuta informata sui Reed, nel corso del tempo» proseguì. «Articoli e roba del genere.» Tuttavia, aggiunse, non si era mai imbattuta nel nome di Nathan.

Leonie ascoltò rapita e Alex si domandò di nuovo come mai quella storia la appassionasse tanto. Personalmente si sarebbe accontentata di consegnare le lettere a Helena e, dopo aver ascoltato il racconto, tornare alle proprie preoccupazioni. L'amica, invece, dimostrava un interesse molto più profondo.

Dopo che ebbero salutato Helena a Union Square e furono rientrate in Green Street, Alex decise di affrontare l'argomento una volta per tutte.

«A proposito di vecchie storie» le chiese, «quand'è che mi racconti la tua? Per tutto questo tempo hai avuto qualcos'altro che ti ronzava in mente oltre alle lettere. L'ho capito da un pezzo, sai?»

Leonie la guardò, e per un attimo lei si sentì in colpa per aver sollevato la questione, soprattutto dopo quelle giornate così turbolente per tutti. Stavolta, però, la sua amica sembrava disposta ad abbassare la guardia.

«Non so da dove cominciare, e sinceramente non so se mi crederai.»

«Prova dall'inizio. Dopo quanto è successo negli ultimi tempi, fidati, non c'è più niente che possa sorprendermi.»

Dublino: sei mesi prima

Dopo lo shock dell'incontro con Billy a casa di Andrea, Leonie tornò a Dublino in una sorta di trance, incapace di accettare ciò che aveva scoperto. Perché *era* una scoperta, non un semplice sospetto: era entrata nella stanza, e non appena aveva visto Billy...

Sì, c'era una sola conclusione possibile.

Lui non aveva notato il suo sgomento, anzi a malapena si era accorto della sua presenza. Era così concentrato sulla partita che avrebbe potuto esserci un terremoto e non se ne sarebbe reso conto.

«Forza, amico, datti una mossa!» aveva gridato allungando il braccio verso la TV, con la sigaretta che gli penzolava dalle labbra.

A quel punto, Leonie se n'era andata. Era uscita e aveva aspettato Suzanne in macchina. Era chiaro che Billy era interessato solo al football e che faceva come se fosse a casa sua. Cosa aveva detto Suzanne?

È il ragazzo della mamma, ma litigano sempre.

Ora, in auto, sbirciò la ragazzina, che ascoltava l'iPod tranquilla e beata. Conosceva la verità? Probabilmente no, perché altrimenti qualcosa avrebbe detto...

Leonie fu assalita dalla nausea mentre guidava lungo l'N11 immersa nei suoi pensieri cupi.

Ma era assolutamente sicura?, si chiese, cercando di essere razionale per un secondo. Oppure l'immaginazione le aveva giocato un brutto scherzo? Dopotutto sarebbe stato assurdo lanciare delle accuse se non era certa al cento per cento. Doveva schiarirsi le idee prima di parlare con Adam.

Provò a ragionare, a ricordare tutto ciò che lui le aveva detto della relazione con Andrea. Erano stati insieme subito dopo la nascita di Suzanne, ma poi si erano lasciati per sempre quando la bambina era ancora molto piccola. Quella, almeno, era la versione che le avevano raccontato e, per quanto la riguardava, non c'era altro. Ma che ruolo aveva avuto Billy?, rifletté tornando alla radice del problema. Dove e quando era entrato in scena?

«Dove vive Billy?» chiese a Suzanne quando furono tornate nell'appartamento.

La ragazzina guardava la TV sul divano bevendo una Coca-Cola. Dopo la discussione sulla pillola si era fatta taciturna e piuttosto remissiva, e Leonie intuì che stava cercando di entrare nelle sue grazie con la speranza che non spifferasse tutto a Adam, ma al momento non era quella la sua preoccupazione. Aveva cose più importanti a cui pensare.

Suzanne alzò le spalle. «Da qualche parte a Wicklow. Non so, non ci sono mai stata.»

«Ma alloggia spesso anche da voi.» Senza dubbio Billy sembrava molto a suo agio nella villa.

«Ogni tanto. Ma è quasi sempre via con la band.»

La band? Leonie si incuriosì. Ah, ecco il perché di quell'abbigliamento sciatto e dei capelli spettinati.

«Fa parte di una band? Interessante.» Odiava estorcere informazioni a Suzanne in quel modo; era scorretto, ma doveva farsi un'idea della situazione.

«Secondo me, non sono molto bravi, però.» La ragazzina finì la Coca. «Esistono da una vita e non si sono mai visti su MTV. E Billy è *sempre* al verde.»

Leonie quasi non osava muoversi. «Davvero?»

«Sì.» Suzanne prese un cuscino, lo sprimacciò, e lo rimise al suo posto. «È una cosa che manda fuori di testa la mamma.»

«Immagino sia un problema quando deve comprare qualcosa per Hugo... e per te, naturalmente.»

«Già, soprattutto perché lui le chiede un prestito dopo l'altro. Non ha *mai* un euro in tasca. E questo dimostra che la sua band fa schifo.»

Il cuore di Leonie batteva impazzito. «Povera Andrea, ne avrà le scatole piene di questa storia...»

«Altroché, e litiga sempre con Billy per questo motivo. Non so come faccia a sopportarlo. Io non permetterei a un uomo di trattarmi così.»

«Così, come?»

«Per esempio, non la porta mai fuori a cena, non le regala mai niente di bello eccetera. E a volte parte per delle tournée infinite senza avvisarla e non le fa nemmeno un colpo di telefono mentre è via. Ma la mamma è innamorata, anche se io non capisco come fa.»

La ragazzina stava dipingendo una strana immagine di Andrea, molto diversa da quella cui Leonie era abituata.

«Però vai d'accordo con lui?»

«Non è male, ma puzza sempre di fumo, che è una cosa volgarissima. E certe volte si ubriaca e si comporta da scemo, come alcuni dei ragazzi che conosco, anche se lui non ha scuse perché è adulto.»

«Anch'io odio il puzzo del fumo» commentò distrattamente Leonie, con un nuovo tuffo al cuore. Billy sembrava un autentico buono a nulla. Non aveva un vero lavoro, beveva e fumava come un turco e spillava di continuo soldi ad Andrea. Non proprio un padre ideale, insomma.

«Ma è un bravo papà per Hugo, immagino?» tornò alla carica Leonie.

«Forse, ma non si prende cura di lui come papà fa con me.» Suzanne si voltò a guardarla con un'espressione così innocente e candida che sembrava quasi un'altra persona. «Gli voglio un bene dell'anima, anche se non glielo dimostro molto spesso.»

Leonie si sforzò di sorridere. «Non preoccuparti, lui lo sa.»

A quel punto, tuttavia, capì di dover mettere fine alla conversazione. In quel momento non poteva parlare del suo fidanzato, non poteva nemmeno pensare a lui.

I suoi sospetti, infatti, si stavano rivelando sempre più fondati.

Anche Grace inorridì. «Oddio, sei assolutamente sicura?» Sbiancò. «Perché devi esserlo al *cento* per cento prima di dire qualcosa. Se te ne vieni fuori all'improvviso con...»

«È impossibile avere la certezza matematica, ma tutti gli indizi puntano in quella direzione» rispose stancamente Leonie.

Era domenica mattina e si erano incontrate per il brunch in un caffè di South Anne Street. Dopo aver passato la notte a rigirarsi nel letto e a cercare di decidere il da farsi, Leonie aveva sentito il bisogno di sfogarsi con qualcuno prima che Adam tornasse quel pomeriggio. Suzanne era uscita con le amiche, così aveva chiamato Grace.

Dato che era una splendida giornata di sole, avevano scelto un tavolo all'aperto, sotto i funghi riscaldanti, e ora Leonie fissava distrattamente i pedoni che passeggiavano spensierati lungo le strade, godendosi la mattinata frizzante e luminosa.

«E fa parte di una band, ha detto Suzanne?» riprese Grace.

«Sì, anche se non devono avere molto successo, se continua a scucire soldi ad Andrea.» Ripeté all'amica tutto ciò che la ragazza le aveva raccontato del misterioso Billy. «Una bella fortuna per loro che Adam sia così generoso, eh?»

«Ma che impressione ti ha fatto?» Grace addentò la ciambella. «A parte... Ha avuto una reazione quando ti ha vista o...?»

«Figurati! Si è a malapena accorto che ero lì, tra la partita di football e tutto il resto. Dio solo sa cosa stesse fumando, tra l'altro...»

«Ma pensi che lo dirà ad Andrea?»

Leonie intuì dove l'amica voleva arrivare. «Credo di no. Dubito che abbia capito chi ero, probabilmente ha dato per scontato che fossi un'amica di Suzanne. Perciò no, secondo me non le ha detto niente. Comunque adesso è chiaro perché lei ha fatto il possibile per tenercelo nascosto.»

«È così *evidente*?»

Leonie tirò su con il naso. Aveva gli occhi lucidi. «Purtroppo sì. L'ho notato non appena ho messo piede nella stanza. Sono sicura di avere ragione.»

«*Devi* esserlo, giusto?»

«Mi sento così stupida a non aver mai sospettato niente prima d'ora.» Leonie cercò di trattenere le lacrime.

«Ma non avresti potuto! Sapevi solo quello che ti aveva detto Adam, e naturalmente l'hai dato per buono. L'avrebbe fatto chiunque.»

Leonie bevve il caffè. «Sì, ma ho sempre avuto la sensazione che con Andrea ci fosse qualcosa che non andava. A questo aggiungi il fatto che l'ho trovata antipatica non appena l'ho vista – anzi, ancora prima – e che ho sempre odiato il modo in cui manipolava Adam. E lo manipola ancora, evidentemente» concluse con una punta di amarezza.

«Cos'hai intenzione di fare?» Grace le fece la domanda che lei stessa si era fatta per tutta la notte. «Come vuoi affrontare la situazione?»

«Non lo so ancora. Certo non posso permettere ad Andrea...»

«Ma non si tratta solo di Andrea, vero? È questo l'aspetto che devi considerare.»

«Lo so.»

Mangiarono in silenzio per qualche istante mentre

Leonie rifletteva sull'enormità di ciò che aveva scoperto nelle ultime ventiquattr'ore. E proprio quando lei e Adam si erano rappacificati e le cose con Suzanne cominciavano a ingranare!

«A essere sincera sono ancora sotto shock perché Suzanne mi ha confidato che prende la pillola. Che tristezza! Non capisco come una madre possa permettere...»

«Piantala» la rimproverò Grace. «Nessuna madre *permette* una cosa simile. Forse Suzanne ci sembra troppo giovane, ma è abbastanza grande per essere responsabile delle proprie azioni. E per essere giusti nei confronti di Andrea, gatta morta oppure no» aggiunse ironica, «se non altro si è assicurata che la ragazza non corra rischi. So che ha solo quindici anni, e se i miei due figli facessero certe cose a quell'età di sicuro non impazzirei di gioia, ma in ogni caso non potrei fare molto a parte incoraggiarli a essere responsabili.»

«Andrea non è un bel modello di comportamento» disse Leonie cupa. «Considerati i suoi precedenti.»

«Chiaramente no, ma...»

«Non dirmi che vuoi prendere le sue difese.»

«Niente affatto. Francamente, la trovo una *stronza* bell'e buona, però in fin dei conti è anche una madre.» Grace mangiucchiò gli avanzi della ciambella. «E come tutte noi, forse cerca solo di fare del proprio meglio per i suoi figli.»

Leonie rimase a bocca aperta. «Non credo alle mie orecchie! *Giustifichi* il suo comportamento?»

Non se lo sarebbe mai aspettato, specialmente non da Grace, che conosceva piuttosto bene la situazione di Adam e Andrea. Come poteva anche solo pensare di difendere quella donna? E peggio ancora, come poteva non essere totalmente *scandalizzata* dal suo comportamento?

«No che non lo giustifico. Credimi, sono sbigottita quanto te. Una donna capace di arrivare a tanto...» Grace scosse la testa, sconcertata. «È disgustoso, a prescindere dalle circostanze. Ma lasciami fare l'avvocato del diavolo. È una situazione delicata, e devi avere delle prove *oggettive* prima di correre a raccontare tutto a Adam. Hai deciso cosa dirgli?»

Leonie ebbe un tuffo al cuore quando udì il nome del fidanzato. «Non proprio.» Accennò un sorriso. «C'è una piccola parte di me che si chiede se dovrei andare avanti come se niente fosse, ma so di non poterlo fare.»

«Ti rendi conto che qualunque cosa dirai avrà enormi ripercussioni su voi due, vero?»

«Sì.»

Leonie sapeva benissimo cosa intendeva Grace. Dopo – se mai ci fosse stato un «dopo» – la loro relazione non sarebbe più stata la stessa. Lei però doveva fare ciò che riteneva giusto.

A prescindere dalle conseguenze.

«Adam, devo parlarti di una cosa.»

Era tardo pomeriggio e lui era appena tornato dal weekend di lavoro. Era arrivato di ottimo umore, chiacchierando senza sosta, e quando Andrea era passata a prendere Suzanne poco dopo, Leonie aveva deciso di non poter più rimandare.

«Dimmi.» Adam aveva la bocca piena di M&M's al cioccolato. «Dio, sto morendo di fame. Ordiniamo qualcosa a domicilio stasera oppure... Ehi, cosa c'è?»

Torcendosi le mani, lei si sedette sul bracciolo del divano. «Ascolta, prima di tutto voglio precisare che ci ho riflettuto a lungo.» All'improvviso aveva la bocca secca. «Sei il mio fidanzato e ti amo, ma...»

«Di cosa si tratta?» Adam si allarmò. «Cosa c'è, Lee? È successo qualcosa mentre ero via?»

«No, no, non è questo. Suzanne si è comportata bene. È solo che...» Ora che aveva iniziato, non sapeva quale fosse l'approccio migliore. Doveva dirglielo e basta? No, non poteva. «Prima posso farti un paio di domande? Tanto per chiarirmi le idee.»

Lui era perplesso. «Che tipo di domande? Non ti nascondo che mi stai spaventando.»

«Scusa, non volevo. Desideravo solo chiederti delle cose su te e Andrea. So che mi hai già raccontato tutto, ma...»

«È di *questo* che si tratta?» Nei suoi occhi azzurri brillò una luce divertita. «Sei gelosa? Forse ho passato molto tempo a Wicklow di recente, e non potrei rimproverarti se fossi un po' seccata, date le circostanze. So come siete fatte voi donne e Andrea ha detto...»

«Cos'ha detto?» si sorprese Leonie. Cosa aveva detto quella stronzetta alle sue spalle? Dio santo, non c'era mai fine alle sue macchinazioni?

«Proprio non la sopporti, eh? So che trattare con lei non è una passeggiata, ma...»

«Non la odio» mentì Leonie. «E credimi, non sono nemmeno gelosa di lei. Si tratta di un'altra questione.»

Adam parve confuso ma incuriosito. «Continua.»

Leonie, tuttavia, non era più sicura di voler andare fino in fondo. «Scusa, volevo solo chiarirmi le idee su un paio di cose.»

Andò verso la cucina.

«Su me e Andrea?»

«Sì, ma non importa.» Agitò la mano in un gesto noncurante. «Ne parliamo un'altra volta. Ti va una tazza di tè?»

«Invece *importa*, Lee.» Adam si alzò e la seguì in cucina. «Voglio sapere cosa ti turba riguardo alla mia ex e cosa posso fare per tranquillizzarti. Ascolta, riconosco di aver perso la testa per lei in passato, ma avevo vent'anni e non ci ho messo molto per dimenticarla, soprattutto dopo essermi trasferito a Londra.» Sorrise. «Ma poi quando ho scoperto che era incinta, che aspettava un bambino, la mia prima reazione è stata un profondo shock.»

«E come hai saputo della gravidanza? Non me l'hai mai detto.»

Adam si appoggiò al piano di lavoro. «Andrea mi ha chiamato. Aveva sentito da alcuni amici che ero tornato a casa per il weekend, così mi ha telefonato per vederci. Aveva già il pancione, e come puoi immaginare sono rimasto di stucco.» La guardò. «Ma ascolta, è stato anni fa, quasi una vita fa. Anche se ci siamo rimessi insieme per un po', in realtà non c'era niente tra noi allora e non c'è niente nemmeno *adesso*. Il nostro unico legame è Suzanne.»

Certo, pensò Leonie.

«Ti credo» dichiarò nel tono più distaccato che riuscì a trovare. «Ma c'è una ragione particolare per cui non ti ha detto subito della gravidanza?»

«Perché non poteva, immagino. Ero partito per Londra poco dopo che ci eravamo lasciati, e non ci eravamo tenuti in contatto. Così lei era andata avanti con la sua vita e io con la mia finché...»

«E non aveva iniziato a frequentare qualcun altro nel frattempo?» Leonie era sollevata di vederlo parlare più o meno spontaneamente. «Quando tu hai scoperto di Suzanne, intendo.»

«A quanto ricordo, sì, era tornata con Billy poco dopo la mia partenza.»

Leonie tirò fuori una tazza e ci mise dentro una bustina di tè. «E ti sei meravigliato quando ti ha detto della bambina?»

«Che domande! Altroché se mi sono meravigliato! Immagina che di punto in bianco qualcuno ti dica che stai per diventare padre! Confesso di essermi sentito anche molto in colpa. Ma dove vuoi andare a parare?» Ora aveva un tono spazientito. «È ancora per gli alimenti? Pensavo fosse un capitolo chiuso...»

«Pura curiosità.»

«È stato un periodo turbolento, ma se tornassi indietro rifarei tutto da capo.» Adam sorrise. «Suzanne è una delle cose migliori che mi siano mai capitate, Lee, la migliore che abbia fatto in vita mia.»

In quell'istante, Leonie capì che non poteva andare fino in fondo. Non poteva proseguire lungo la strada che aveva imboccato, decise con un nodo in gola. Non era giusto né tantomeno corretto. Amava Adam e non voleva dargli un dolore.

Stava per assicurargli che era un padre fantastico, quando lui si irrigidì e si raddrizzò di colpo.

«Oddio. Oddio, non posso credere che tu...» disse scandendo piano le parole. Impallidì e la guardò con una luce dura negli occhi. «Ho capito cosa vuoi insinuare» sussurrò. «O almeno, cosa stai *cercando* di insinuare, e non posso credere che tu abbia anche solo preso in considerazione l'idea.» Si girò e si passò una mano tra i capelli. «Santo cielo, la persona che dovrebbe amarmi, quella che sto per sposare, come può essere volutamente così maligna?»

Leonie sbiancò. «Adam...» Allungò la mano nella sua direzione, pur sapendo che ormai era tardi. Volente o nolente, si era spinta troppo oltre.

«Non toccarmi!» urlò lui con un tono ferito che non aveva mai usato prima.

«Per favore, non volevo fare niente, volevo solo...»

«So cosa volevi fare» gridò Adam, rauco, «o per essere più precisi, cosa volevi *dire*.»

«Non capisci.» Disperata, lei provò a giustificarsi. «Ieri ho accompagnato Suzanne a Wicklow e ho visto Billy. Lo ammetto, volevo parlartene, ma poi mi sono resa conto di non poterlo fare, non potevo ferirti...» Le tremò il labbro. «Ma per il tuo bene, devi almeno considerare la possibilità che...»

«Non dirlo, non *pensarlo* nemmeno!» Furibondo, Adam prese il giubbotto e si avviò verso la porta.

Leonie, però, sapeva di dover provare a salvare la situazione. Era l'unico modo per recuperare il loro rapporto... «Tu non capisci, non mi sono inventata niente! La somiglianza è pazzesca, non è possibile che...»

Era in lacrime, e vide che anche lui stava per scoppiare a piangere. «Mi dispiace, Adam, ma Andrea ti ha mentito» singhiozzò. «Suzanne non può essere tua figlia. Somiglia a Billy come una goccia d'acqua.»

33

Martedì mattina Alex era all'emittente per incontrarsi con Sylvester e chiedergli altri giorni di permesso, quando ricevette la tanto attesa chiamata dall'ospedale: Seth aveva ripreso conoscenza. I suoi genitori sarebbero rientrati dall'estero quel pomeriggio, e lei pregò di avere buone notizie da dar loro.

«Significa che si rimetterà?» domandò con sollievo. «Come sta?»

«Il medico lo sta visitando in questo momento, perciò temo di non poter essere più precisa» rispose l'infermiera.

Alex si precipitò al Memorial, chiamando Leonie al lavoro per avvertirla.

«Non so bene cosa aspettarmi» le confessò impaurita, promettendo di tenerla informata. «E se fosse rimasto paralizzato o non volesse vedermi o...?»

«Prima parla con i dottori, okay? Jon è lì con te?»

«No, ha fatto il turno di notte, perciò è andato a casa a riposare.» Alex maledisse il tempismo della situazione. Sarebbe stato un conforto avere Jon al suo fianco, pronto a tradurle ciò che i medici avrebbero detto sulle condizioni di Seth.

Ma d'altra parte, probabilmente era meglio che ci andasse da sola. Soprattutto se...

Quando entrò nel reparto di terapia intensiva e vide il suo ex in trazione sul letto, tutto fasciato e circondato da flebo e macchinari, per poco non si sentì male. Sembrava così malridotto, così *sofferente*, ed era tutta colpa sua.

«Signor Rogers, c'è sua moglie» annunciò l'infermiera chinandosi su di lui, e con stupore e immenso sollievo di Alex, Seth aprì gli occhi e *sorrise*.

«Ciao, tesoro» la salutò con voce rauca, e il suo comportamento fu così inaspettato e normale, ma così fuori luogo date le circostanze, che lei credette di aver capito male.

Allora, pensò, *forse non è troppo arrabbiato*. Altrimenti perché avrebbe sorriso, pur essendo in preda al dolore? D'un tratto i rimorsi e le preoccupazioni degli ultimi giorni si sciolsero, cedendo il passo a un misto di frustrazione e confusione assoluta.

«Ti ha dato di volta il cervello, per caso?» urlò, incapace di controllare le emozioni. «Perché diavolo ti sei buttato dal Golden Gate? È un salto di settanta metri!» Notò l'occhiata di rimprovero che l'infermiera le lanciò prima di uscire, ma non aveva potuto fare a meno di sbottare in quel modo. Dopo tutto ciò che aveva passato negli ultimi giorni, ora Seth le *rideva* in faccia, Cristo santo!

«Sì, lo so.»

«Allora cosa diavolo credevi di *fare*? È stata una specie di sfida o…? Gesù, mi hai spaventata a morte! I tuoi genitori saranno qui tra poco, ma non sapevo cosa dirgli al telefono. Per tutto questo tempo ho pensato che… che tu…»

Seth la guardò, intuendo dove voleva arrivare. «Che volessi farla finita?» mormorò. «Dai, credevo mi conoscessi.»

«I poliziotti mi hanno detto che qualcuno ti aveva visto saltare dal ponte!» Alex aveva le guance rigate di lacrime. Curioso, dato che era in collera. Però non poteva negare di essere anche incredibilmente sollevata.

«Scusa, pensavo lo sapessi.» Nonostante l'atteggiamento beffardo, Seth fece una smorfia di dolore. «L'ho detto alla polizia quando mi sono svegliato.»

«Detto cosa?»

«C'era un ragazzo...» Riprese fiato e si inumidì le labbra. «Saresti così gentile da versarmi un po' d'acqua?»

«Certo.» Alex riempì il bicchiere sul comodino e glielo avvicinò alle labbra con cautela, sentendo sbollire la rabbia.

Il suo ex era conciato male, e ora che sapeva che i suoi sospetti erano infondati, si domandò quale fosse l'entità delle lesioni. Gravi fratture interne ed esterne, avevano detto i medici. Cosa significava? Quasi senza accorgersene, gli prese la mano fasciata.

Seth sorrise. «Tesoro... Non sapevo che... ci tenessi ancora a me!» la punzecchiò, inducendola a lasciarlo andare subito. «Sto scherzando. Sono contento che tu sia qui. Per un po' ho temuto di essere spacciato.»

Anch'io, pensò Alex. «Raccontami cos'è successo, e comincia dall'inizio.»

A fatica, lui spiegò che venerdì pomeriggio stava facendo jogging sul ponte quando aveva visto un gruppo di teenager vicino alla torre meridionale. «Bevevano birra e... prendevano in giro un ragazzo mingherlino, sfidandolo a scavalcare e rimanere sul... cornicione.» Gli tremò la mano che stringeva il bicchiere. Alex si affrettò a prenderlo e glielo accostò alle labbra, commossa al vederlo così debole. Dopo una pausa, Seth continuò. «Il poverino era terrorizzato e gli altri... guardavano e ridevano, così...» Lasciò la frase a metà, contraendo il volto.

«Non affaticarti.» Gli asciugò la fronte sudata.

«Ho capito che stavano... facendo i bulli. Mi sono avvicinato e ho provato a farli smettere, minacciando di chiamare la sicurezza.»

«Non c'erano guardie nei paraggi?»

«Io non ne ho viste. Credimi, se ci fossero state, ora non sarei... in queste condizioni, ti pare?»

Alex annuì.

Messaggio recepito.

«Ho scavalcato il parapetto per aiutarlo a risalire, ma due dei più robusti se la sono presa con me e mi hanno detto di... farmi gli affari miei. È scoppiata una piccola zuffa, e devo aver perso l'equilibrio. Senza rendermene conto sono scivolato e... finito in acqua.»

«Cristo santo!» Alex era così indignata da non riuscire a trattenersi. «Perché ti sei lasciato coinvolgere? Non era mica uno stupido allenamento di bungee jumping!»

Nonostante la rabbia non poté fare a meno di essere stupita, e sentirsi stranamente orgogliosa, ma vedendo quanto quella bravata avesse lasciato il marito debole e impotente, d'un tratto cominciò a piagnucolare.

«Va tutto... bene» sussurrò Seth, prendendole la mano. «Qualcuno deve aver visto la scena perché gli elicotteri sono arrivati nel giro di qualche minuto. Mi hanno tirato fuori, anche se non so cosa... ne sia stato del ragazzo. Pensi... di poterlo scoprire?»

«Per l'amor di Dio, non me ne frega niente di come sta quell'idiota! Potevi *morire*!»

Lui distolse lo sguardo. «Lo so. Cadere nell'oceano... è stato come sentir vibrare tutte le ossa del corpo nello stesso momento.» Si morsicò il labbro, come se il solo pensiero gli avesse procurato una fitta di dolore.

«Oddio, Seth...» Alex era sconvolta. «Perché diavolo ti sei intromesso?»

Vedendo che esitava a rispondere, si alzò e aprì un poco gli avvolgibili, tanto per tenersi occupata.

Lui sospirò. «Non lo... so. Probabilmente mi sono ricordato di quando hai detto che il dottor Stranamore salva una vita umana dopo l'altra.»

Lei si voltò di scatto, incredula. «*Cosa?*»

«Beccata» ridacchiò Seth. «Cavolo, non lo so... Ho solo visto quel povero ragazzo... terrorizzato e ho cercato di difenderlo. Non ho pensato alle conseguenze.»

E quali erano le conseguenze?, si chiese Alex guardandolo. Forse si sforzava di fare il duro, ma era facile vedere oltre la facciata spavalda. Soffriva ed era molto, molto spaventato.

Scese un silenzio greve. Fu Seth a romperlo.

«So cosa stai... pensando e hai ragione» iniziò in tono contrito. Poi però le fece il solito sorrisetto. «È molto difficile sbarazzarsi di... un figlio di puttana come me.»

34

Nonostante la sbruffoneria, Seth non era ancora fuori pericolo. Sarebbe dovuto restare sotto osservazione in terapia intensiva per qualche settimana, e benché il danno alla spina dorsale non fosse grave come i medici avevano sospettato all'inizio, era necessario tenere d'occhio le lesioni interne. Avrebbe dovuto usare la sedia a rotelle per un po' e sottoporsi a una lunga fisioterapia, perciò ci sarebbe voluto del tempo prima che si rimettesse in piedi. Intanto i suoi genitori erano arrivati, e sebbene si fossero dimostrati più affettuosi che mai e fossero sembrati felici di vederla, Alex si sentiva ancora un po' a disagio in loro presenza per via del divorzio.

Fu questo che riferì a Leonie quando la chiamò per aggiornarla sulla situazione e informarla che Seth non aveva tentato il suicidio.

«È una notizia fantastica!» commentò lei sollevata. «Sono contenta di sapere che si riprenderà.»

«Non è ancora detto, ma almeno non ha...» Alex non riuscì neppure a finire la frase.

«Hai visto? Ti avevo detto che non era il tipo.»

«Stento a credere che abbia rischiato di morire per difendere uno stupido ragazzo» continuò l'altra, ancora scioccata non solo dalle azioni di Seth, ma forse anche – dedusse Leonie – dal pensiero che avrebbe potuto perderlo. Anche se Alex sosteneva il contrario, lei sospettava che provasse ancora dei sentimenti per l'ex marito. La sua reazione all'incidente e la sua presenza costante al capezzale di Seth lo dimostravano. D'accordo, forse si era comportato male in passato, ma anche un cieco avrebbe visto che amava ancora la moglie alla follia. Chissà cosa aveva in serbo il futuro per loro?

Leonie avrebbe voluto fare un salto all'ospedale, ma Alex disse che per il momento erano ammesse solo le visite dei parenti stretti. «Cioè io e i suoi genitori» precisò.

«Mmh, meno male che sono ancora sposati, allora» commentò Marcy poco dopo.

Leonie sorrise di quell'ironia. «Sì, ho pensato la stessa cosa. Ma non la farei notare ad Alex se fossi in te!»

Dal canto suo, era lieta di essersi confidata con l'amica e di averle spiegato le ragioni della rottura tra lei e Adam e della sua partenza dall'Irlanda.

«Comincio a capire perché eri così ossessionata dalle lettere» aveva detto Alex alla fine. «E perché ti identificavi fino a quel punto in Nathan. Ma correggimi se sbaglio, in questa situazione Adam non è il solo a doverti perdonare» proseguì ripetendo più o meno le parole di Grace. «Prima devi essere tu a perdonare te stessa.»

«Come potrei? Gli ho rovinato la vita rivelando la verità su Suzanne» aveva obiettato Leonie. «Lui la ama con tutto il cuore. Per quanto lo riguarda, è sua figlia e non ha mai avuto motivo di sospettare il contrario.»

«Sì, ma non sei stata tu a ingannarlo.»

Forse, ma era stata la sua intromissione a portare alla luce la verità, e anche se Leonie dubitava che Adam l'avrebbe mai perdonata (o che lei avrebbe mai perdonato se stessa), sperava che un giorno riuscisse almeno a capirla.

Semmai, le lettere di Nathan le avevano insegnato che la comprensione era importante quanto l'indulgenza, se non addirittura di più.

E pur adorando San Francisco e la sua nuova vita, non poteva negare che amava Adam cento volte più di prima e che aveva ancora moltissima nostalgia di lui. Spesso aveva avuto la tentazione di telefonargli per chiedergli di nuovo scusa, ma non trovava mai il coraggio.

«Secondo me, dovresti prendere il toro per le corna e parlargli» le aveva consigliato Alex. «All'epoca era incazzato nero, ma ormai si sarà calmato.»

«Sarebbe inutile. Come può rispettarmi o fidarsi di me dopo quello che ho fatto? Gli ho portato via sua figlia... è stato un errore irreparabile.»

«Ma non dovrebbe essere lui a giudicare? Da quello che mi hai detto, sembra un tipo abbastanza ragionevole. Sono sicura che se ne parlaste a quattr'occhi...»

«Ormai non ha più importanza.» *Mi sembra di sentire Grace*, aveva pensato Leonie.

Per loro era facile parlare, si era detta, perché non avevano visto l'espressione di Adam quel giorno.

Il perdono era fuori questione. Comunque, non era quello il punto. Non cercava l'indulgenza di Adam. Voleva solo spiegargli che non aveva mai avuto intenzione di farlo soffrire. Se ci fosse riuscita, sarebbe stata soddisfatta.

Erano passate due settimane dall'incidente e Alex era ancora confusa. Non si era mai spaventata tanto come quando aveva visto il poliziotto davanti al portone e aveva intuito d'istinto che era successo qualcosa a Seth.

D'accordo, non aveva mai conosciuto una persona più ostinata ed esasperante di lui, ma in quella frazione di secondo aveva immaginato come sarebbe stata la sua vita se l'avesse perso per sempre.

Quella visione l'aveva terrorizzata, come i sentimenti che aveva provato quando era andata in ospedale ogni giorno e l'aveva visto a letto, solo, sofferente e spaventato.

Sicuri che il peggio fosse passato, i suoi suoceri erano tornati in Texas.

«Non potremmo lasciarlo in mani migliori.» Sally l'aveva abbracciata. «Quello che sta succedendo tra voi non sono affari miei, ma qualunque cosa accada, ricorda che sarai sempre come una figlia per me.»

«Torna a trovarci al ranch, mi raccomando» aveva aggiunto Bud, e Alex si era commossa davanti a tanta gentilezza.

Ammirava la grinta con cui Seth stava affrontando la situazione, per non parlare del coraggio che aveva dimostrato prendendo le difese del ragazzo. Dopo l'incidente, tuttavia, aveva trascorso così tanto tempo con il suo ex che Jon si era indispettito.

«Che ti prende?» aveva domandato dopo che lei aveva rimandato l'ennesima serata insieme per andare in ospedale.

«È difficile spiegarlo, ma credo di sentirmi responsabile per lui. I suoi genitori non hanno potuto fermarsi più a lungo e non ha nessun altro.»

«Perché, responsabile?» Jon era rimasto indifferente. «Ti ha tradita e ti ha piantata in asso.»

«Lo so.» Non c'era bisogno che qualcuno glielo ricordasse. Tra lei e il suo ex era finita, ne era consapevole, ma non poteva voltargli le spalle proprio adesso, specialmente quando era ancora così fragile.

Però sapeva anche di non poter sopportare simili pressioni da parte di Jon, non quando i suoi pensieri e le sue emozioni erano in subbuglio. «Ascolta, capisco cosa vuoi dire e hai ragione, forse non dovrei sentirmi in obbligo, ma è più forte di me.»

«Scusa, ma questa situazione non mi piace per niente.»

«Lo so.» Alex aveva sospirato e gli aveva preso la mano. «Forse è meglio se non ci vediamo per un po'.»

Jon l'aveva guardata. «Una pausa di riflessione?»

«Sì, so che sei arrabbiato per tutto il tempo che passo in ospedale, e hai ogni diritto di esserlo, ma devi capire perché lo faccio. Seth è reduce da un brutto periodo, e con il divorzio imminente... Penso che sarà tutto più facile una volta che la questione sarà risolta.»

Jon era rimasto in silenzio per un po'. «Dovevo prevederlo. È comprensibile che ti serva un po' di tempo, ma non che lo sprechi con quel...»

«Grazie, te ne sono molto grata. Dopo il divorzio, ti prometto che si sistemerà tutto.»

Quella conversazione risaliva ad alcuni giorni prima e, per il bene di tutti, Alex si augurava di poter mantenere la parola data. Ora, al Memorial, si girò verso Seth.

«Quasi dimenticavo, finalmente abbiamo trovato Nathan.» Aveva parlato con Helena quella sera prima di andare in ospedale. La donna l'aveva chiamata per informarla che si era messa in contatto con i Reed. Nathan viveva a San José e lei gli avrebbe fatto visita il prima possibile.

Dopo aver letto le lettere, si era sentita insieme felice e disperata, nonché sbalordita dal profondo pentimento di Nathan.

«Non avevo la minima idea che si sentisse così in colpa» aveva confidato ad Alex. «Avevo sempre creduto che si fosse dimenticato di me e che avesse voltato pagina. È terribile che sia stato così male. E tutte le cose spaventose che ha vissuto...»

Ripensando al ricongiungimento imminente della coppia, Alex provò una strana invidia. Avrebbe mai trovato un uomo che la amasse tanto da pensare solo a lei per quasi cinquant'anni? Improbabile, si rispose con un debole sorriso, dato che non era riuscita a rimanere al centro dei pensieri di suo marito nemmeno per sei mesi!

«È magnifico. Leonie sarà al settimo cielo» replicò Seth con voce rauca.

«Altroché.» Quando la sua amica aveva saputo la notizia, aveva fatto i salti di gioia.

«È straordinario che dopo tutti questi anni le lettere di Nathan ricevano finalmente una risposta.»

«Chissà come andrà a finire. Può darsi che dopo qualche giorno insieme comincino a litigare come cane e gatto.»

Seth la fissò. «Quello che ho fatto è stato così grave da renderti cinica fino a questo punto?» chiese con voce velata di tristezza.

Alex si diede della stupida per non aver previsto che la conversazione avrebbe preso quella piega. «Lasciamo stare, okay?» Avrebbe voluto che lui ricominciasse a fare battute sciocche sulle sue condizioni, ma la fortuna non le venne in aiuto.

«Mi dispiace» si scusò Seth di punto in bianco. «Per quella sera, intendo.»

«L'avevo capito» mormorò Alex.

«Non sapevo cosa fare. Ho preferito non tornare a casa perché ce l'avevi con me. Per quanto abbia cercato di convincerti che non avevo fatto niente di male, ti sei rifiutata di credermi.»

«Perché non ammetti una volta per tutte di avermi tradita? Perché continui a negare?»

«Perché mentirei.»

La guardò dritta negli occhi e lei si chiese se fosse sincero. Nell'ultimo periodo, in quella stanza, avevano parlato molto, parlato *davvero*, e quando Seth aveva smesso di fare lo sbruffone, Alex aveva ricordato perché si era innamorata di lui. Il cuore iniziò a palpitarle nel petto.

«In che senso?» mormorò.

«Non ti ho mai tradita. Ti giuro sulla mia vita, sulla mia famiglia, sulla Mustang, su tutto ciò che ho di più caro, che non è successo niente con quella ragazza. Sì, la stavo sbaciucchiando quando sei entrata nel bar, ma è stata solo una stupida pomiciata e non sarei mai andato oltre. Ascolta, ci eravamo sposati da poco e probabilmente non avevo capito bene cosa significasse. Ero il solito stupido, immaturo...»

«Non dimenticare egoista e testardo.»

«Se lo dici tu, d'accordo» ammise lui imbarazzato. «Riconosco di essere stato egoista, stupido e irresponsabile, tutte cose che non avrei voluto essere. Mi sono reso conto di quanto fosse seria la nostra relazione solo quando mi hai buttato fuori, ma a quel punto non hai più voluto lasciarmi spiegare.»

«Perché per me *non* c'erano spiegazioni plausibili. Mi avevi mentito su dove avresti passato la serata, perciò come diavolo potevi pretendere che ti credessi sul resto? La vita non è un gioco e tu non puoi stabilire le regole! Forse ti credo quando dici di aver fatto un errore, ma...»

«L'errore più grosso è stato mentirti su dove sarei andato, ma è stato *l'unico*. Te lo giuro.»

«No.» Alex non poteva accettarlo. «Non ha senso. Devi aver combinato qualcosa. Altrimenti perché sei rimasto fuori tutta la notte e te ne sei andato quando te l'ho chiesto? Perché mi hai lasciato credere...»

«Mio padre ripete sempre che quando ci si trova davanti a una cosa che non vuole muoversi, prima o poi bisogna smettere di spingere.»

Alex ammutolì.

«E per la miseria, tu non ti muovevi di un millimetro!» Seth sorrise, ma dal suo sguardo si intuiva che anche lui aveva sofferto. «Continuavi a dire che non ti fidavi di me e che l'avevi previsto fin dall'inizio. Cosa dovevo fare? Più negavo, e più ti infuriavi, così alla fine ho deciso di lasciarti in pace per un po', illudendomi che forse, se fossimo rimasti lontani per qualche tempo, e quando tu ti fossi calmata, sarei riuscito a farti cambiare idea. Ma poi qualche settimana dopo hai tirato fuori la storia del divorzio e...»

«Tu hai deciso di sparire.»

«Non sapevo cos'altro fare. Ti rifiutavi di parlarmi... e persino di vedermi.»

Alex scoppiò in una risata triste. «Di sicuro tu e Leonie avete molto in comune. Da quando in qua si risolvono i problemi scappando?»

Seth la studiò. «Forse non ho risolto niente, ma siamo rimasti sposati, no?»

Lei sentì un groppo in gola. «Ascolta...»

«Sai benissimo che non voglio divorziare. Non l'ho mai voluto. È questa la ragione per cui mi sono reso irreperibile.»

«Ma un anno intero...»

«Lo so. Non avevo intenzione di stare via così a lungo, credimi. È solo che... è stato bello tornare al ranch per un po' e passare del tempo all'aperto con i cavalli. Poi quando uno dei ragazzi mi ha detto che voleva andare in Florida per l'estate, ho pensato di aggregarmi e magari di fermarmi per un paio di settimane al massimo, che però sono diventate mesi. Ma sapevo che prima o poi sarei dovuto tornare. Ed è quello che stavo per fare quando ti ho incontrata a Monterey. Scusa, non dovevo tenerti in sospeso così a lungo.» Aveva la voce rotta. «So solo che ti amo da impazzire e che l'ultimo anno è stato un inferno senza di te.»

Seguì un lungo silenzio che nessuno dei due volle riempire.

Quindi Seth incrociò il suo sguardo. «Ricordi quando mi hai accusato di essermela spassata anche a Miami? Ti sbagliavi.»

Alex gli lanciò un'occhiata scettica.

«Credi pure quello che vuoi, ma non mi interessava. Ripensandoci, non avevo il minimo interesse nemmeno per *lei*, ma mi ha fatto delle *avance* molto provocanti ed era come se avessi inserito il pilota automatico...»

«Per favore, risparmiami i dettagli» lo interruppe Alex. Tuttavia era sbalordita da quella confessione, e Seth pareva così sincero e determinato che fu tentata di credergli.

«Perciò non ho mai infranto le promesse nuziali» aggiunse lui con un tremito nella voce. «Mai.»

Ma io sì, si rese conto Alex con sgomento.

Seth sembrò averle letto nel pensiero. «Ne è valsa la pena?»

Lei non rispose, non sapendo cosa dire o pensare.

«Ti conosco e so benissimo che tu e Mr Pallone Gonfiato non fate una bella coppia. È solo un tipo che ti porta fuori, ti compra dei regali e ti fa sentire al sicuro, ma a lungo andare non ti renderà felice.»

«E tu sì?»

«Certo! E lo farò, se solo mi darai un'altra possibilità.»

Alex era turbata. Seth si sbagliava sul conto di Jon. Aveva esitato a fare l'amore con lui solo perché si era detta che non poteva andare a letto con un altro finché era ancora sposata. O forse... era possibile che avesse aspettato solo per assaporare lentamente la vendetta? Ma in ogni caso, se il suo ex diceva la verità, era stata *lei* a violare le promesse nuziali.

Era molto confusa.

«Che casino» disse con voce tremante. A prescindere dai sentimenti che provava per Jon, non poteva tornare con Seth perché, se avesse anche solo preso in considerazione l'idea di ritentare e di dimenticare il passato, l'adulterio – il *suo* adulterio – sarebbe rimasto per sempre sullo sfondo come un'enorme macchia su una pagina bianca.

«Mi dispiace.» Studiò Seth con gli occhi pieni di lacrime. «È troppo difficile. Non so cosa dire né cosa pensare. Per quello che vale, ti credo quando dici di non avermi tradita, ma ormai è tardi.»

«Possiamo chiamare gli avvocati...»

«Non è a questo che mi riferisco. Sono successe molte cose. È un gran casino. Non possiamo tornare indietro, non ora. E poi c'è Jon.»

«Lo so» replicò lui stancamente, facendole capire che comprendeva benissimo il suo dilemma.

Restarono in silenzio a lungo, persi ciascuno nei propri pensieri, finché fu Seth a parlare. «Abbiamo combinato un bel pasticcio, eh?»

Alex fece sì con la testa, incapace di spiccicare parola.

Lui sospirò e distolse lo sguardo. «Se proprio vuoi mettere fine a questo matrimonio» concluse rassegnato, «prometto che questa volta non ti fermerò.»

35

L'indomani fu una giornata frenetica al Flower Power. Era la metà di maggio, la festa della mamma era alle porte e i clienti avevano già cominciato a ordinare i fiori.

Marcy aveva incaricato Leonie di sistemare la nuova merce nel retro mentre lei stava alla cassa, così la ragazza poté raccontarle gli avvenimenti degli ultimi giorni solo in modo frammentario.

Pur essendo felice di aver scoperto la verità sulle lettere e contribuito al ricongiungimento imminente tra Helena e Nathan, in tutta sincerità provava uno strano senso di vuoto. La ricerca (o comunque si volesse chiamarla) l'aveva tenuta così occupata in quei mesi che ora non sapeva più come riempire il tempo.

Anche se non avrebbe dovuto lamentarsi, considerando che la povera Alex aveva molti più grattacapi di lei, tra gli obblighi verso Seth e i sentimenti per Jon. Bisognava riconoscerlo, il dottore era stato molto maturo e generoso a concederle un po' di spazio fino al divorzio e...

«Leonie, puoi rispondere al telefono?» urlò Marcy dal negozio.

«Certo.» Probabilmente era Alex, o forse addirittura Grace, ipotizzò asciugandosi le mani con un panno. Aveva chiamato l'amica da casa quel mattino, ma non le aveva risposto nessuno.

Tuttavia, scoprì subito di essersi sbagliata. «È un uomo. Per un ordine» la informò Marcy porgendole il ricevitore. «Ha chiesto della rossa con cui ha parlato l'altra volta, perciò immagino sia tu» aggiunse allegra, poi andò a servire un cliente.

Leonie era un po' delusa. «Pronto?»

«Salve, mi scusi, non ricordo il suo nome. Si chiama Laura, Leah o qualcosa del genere, giusto?» La voce era sommessa e sembrava attutita, anche se poteva trattarsi di un semplice disturbo della linea. «Ci siamo sentiti l'altro giorno.»

«Sono Leonie» disse lei. «Come posso aiutarla?»

«È un po' imbarazzante» iniziò l'uomo con una certa esitazione. Era chiaro che sussurrava per evitare di essere sentito. «Volevo un consiglio per un mazzo di fiori da regalare alla mia fidanzata.»

«Volentieri.» Non ricordava di aver parlato con lui, ma perché avrebbe dovuto? Parlava con decine di clienti ogni giorno. «Cos'aveva in mente?»

«È un po' complicato» sussurrò l'uomo.

«Complicato?»

«Sì. Come saprà, i fiori hanno un significato. Vorrei comunicare un particolare messaggio, ma non so quali usare.»

«Oh, capisco.» Poverino, evidentemente voleva organizzare qualcosa di speciale per la sua ragazza. Una proposta di matrimonio, forse? Però aveva detto che era già la sua fidanzata, perciò... «Sì, i fiori hanno un significato simbolico, ma la maggior parte delle persone conosce solo i più comuni. Per esempio, le rose rosse rappresentano l'amore, quelle gialle la gelosia eccetera. Quale messaggio vorrebbe trasmettere?»

«Perdono» rispose l'uomo. Leonie sorrise. Wow, doveva esserci qualcosa nell'aria! Ma probabilmente ci sarebbe potuta arrivare da sola perché, secondo Marcy, le due ragioni principali per cui gli uomini spedivano fiori erano far colpo o chiedere scusa.

Si spremette le meningi, cercando di ricordare il fiore che simboleggiava il perdono. Non era qualcosa di viola? La violetta o il lillà, forse? Pur avendo imparato molto negli ultimi mesi, non ne era sicura, perciò preferì consultare Marcy.

«Attenda un attimo. Faccio un controllo.» Posò la mano sul microfono. «Marcy, qual è il fiore del perdono? Quello che significa "mi dispiace"?»

«Il giacinto viola» disse la donna senza la minima incertezza. Probabilmente, si era imbattuta in quella richiesta particolare in più di un'occasione.

Leonie tornò in linea. «Il giacinto viola. Vuole che lo mettiamo in un mazzo con qualche altro fiore, o preferisce una semplice composizione di giacinti, magari con alcuni rametti verdi?»

«Non saprei. Vorrei che il messaggio arrivasse forte e chiaro.»

«Non si preoccupi. Sono sicura che la sua fidanzata accetterà le scuse in qualunque modo gliele mandi. E se teme che possa non cogliere il simbolismo, può sempre aggiungere un biglietto.»

«No, no, non voglio scusarmi con *lei.* Non è questo che intendevo» la contraddisse l'uomo, e questa volta Leonie captò un leggerissimo accento. Irlandese, forse?

«Mi scusi, non capisco. I fiori non servono per fare pace con la sua ragazza?»

«Sì, ma per qualcosa che ha fatto *lei*, non io.» D'un

tratto la voce era diventata squillante. «Sono stato arrabbiato per un po', ma voglio farle sapere che adesso la collera è passata e che è tutto a posto.»

Il cuore cominciò a galopparle nel petto e il ricevitore le tremò tra le dita.

«Cosa?» ansimò, non credendo alle proprie orecchie.

«Ho ricevuto la lettera. So che non voleva ferirmi e i fiori servono a dirle che anch'io l'ho perdonata.»

Leonie chiuse gli occhi, sforzandosi di mantenere la calma. Era possibile che...? Notando la sua espressione traumatizzata, Marcy si avvicinò. «Tutto bene?»

Lei annuì in silenzio.

Ora la voce di Adam era udibile chiaramente all'altro capo del filo e Leonie si diede della stupida per non averla riconosciuta subito. «Capisce cosa voglio dire?» insistette lui.

«Sì.» Leonie aveva le lacrime agli occhi.

Marcy la fissò perplessa. «Cosa sta succedendo?»

D'un tratto, davanti alla vetrina comparve Adam, con un cellulare in mano e un sorriso sulle labbra.

Per un secondo, Leonie si domandò se fosse un sogno, ma poi si lanciò d'istinto fuori dalla porta e si buttò tra le braccia del suo amore.

Rimasero così a lungo, con lei che lo stringeva come se temesse di vederlo scomparire da un momento all'altro. Poi lo guardò. «Cosa ci fai qui?»

«Secondo te?» rise Adam. Era passata un'eternità da quando Leonie aveva visto quel sorriso, e avrebbe voluto baciarne ogni centimetro. «Al telefono non l'hai capito? Devo spedirti davvero un mazzo di fiori?»

«Ma quando hai...? Come...?» Poi Leonie capì e storse le labbra. «Grace.»

«Prima che salti alle conclusioni, non mi ha detto niente di sua spontanea volontà. Non che sia una tua abitudine. Saltare alle conclusioni, intendo» la punzecchiò Adam, facendola arrossire. «Ma prima di addentrarci in questo discorso, forse dovresti tranquillizzare la tua amica.» Guardò Marcy, che li fissava a bocca aperta.

Rientrarono, e Leonie fece le presentazioni e un fiacco tentativo di spiegare la situazione.

«Ehi, ti riconosco.» Marcy scrutò Adam con aria sospettosa. «Sei stato qui ieri, vero?»

Lui si rivolse a Leonie. «Pensavo fossi al lavoro, invece era il tuo giorno libero.»

«E non me l'hai riferito?» disse lei a Marcy.

«Ho dato per scontato che fosse un cliente. Ehi, questo è un negozio di fiori, non un'agenzia matrimoniale!» La donna si finse irritata, ma sulle labbra le affiorò un sorriso. «E ora sparisci. Mi pare chiaro che tu e questo signore avete delle questioni da risolvere.»

Leonie non se lo fece ripetere due volte e corse a prendere la sua roba.

«Affascinante» commentò Adam una volta che furono usciti.

«Non far caso a Marcy. Abbaia ma non morde, ed è stata fantastica con me in questi mesi.»

«Come sei finita in un negozio di fiori?» domandò lui incuriosito.

«Marcy cercava personale e io avevo bisogno di un lavoro. A ogni modo, come diavolo hai fatto *tu* a finire qui? Come mi hai trovata?»

«Te lo racconto quando smetto di battere i denti.»

Adam indossava solo una T-shirt. «Alla faccia della California calda e soleggiata. È peggio della Siberia!»

«Ci si fa l'abitudine» ribatté Leonie, «ma forse dovremmo andare a bere un caffè da qualche parte, così ti riscaldi.»

Si fermarono in un bar e lei, seduta al tavolo mentre Adam faceva le ordinazioni, ebbe la tentazione di darsi un pizzicotto. Lui era a San Francisco e l'aveva perdonata! Non riusciva a crederci e moriva dalla voglia di scoprire cosa stesse succedendo, e soprattutto come l'avesse rintracciata. Doveva esserci lo zampino di Grace, ovvio!

«È stata Suzanne, a dire il vero» confessò Adam dopo aver bevuto il caffè.

«Cosa?» Leonie, incredula, si sentì nuovamente a disagio al solo ricordo. «Non so dirti quanto mi dispiace, soprattutto per il mio comportamento.»

«Lo so. Ho ricevuto la lettera.»

Lei distolse lo sguardo, imbarazzata. Ispirata dalle lettere di Nathan a Helena, qualche tempo prima ne aveva scritta una a sua volta.

Amore mio,

so che probabilmente sono l'ultima persona da cui vorresti ricevere una lettera, ma ci tenevo a chiederti scusa. Devi sapere che non farei mai nulla per farti soffrire, almeno non di proposito, ma questa volta ho commesso un errore madornale, anzi irreparabile.

Mi rendo conto di non poter più tornare indietro, e non lo pretendo nemmeno. Volevo solo dirti che mi dispiace tanto per l'accaduto. Vorrei con tutto il cuore che non fosse mai successo, però ormai è capitato ed è solo colpa mia, e farei qualsiasi cosa per rimediare.

Ma non posso.

So di non avere il diritto di domandartelo, ma stai bene? Spero di sì.

Non saprei cos'altro aggiungere. Ricorda che non ho mai voluto farti del male e che mi rincresce immensamente.

Ti prego, perdonami,
Leonie

Dopo aver fatto giurare di nuovo a Grace di mantenere il segreto, le aveva dato la lettera prima che ripartisse da San Francisco e l'aveva pregata di spedirla a Adam.

«Anche se sono sicura che ormai non gliene importa più nulla» aveva detto.

«Mi assicurerò che la riceva ugualmente» le aveva promesso l'amica.

Era successo settimane prima, quando lei e Alex erano ancora impegnate nelle ricerche di Helena e, come Nathan, Leonie si era sentita in dovere di fare qualcosa per rimediare alle proprie azioni. Non aveva idea di come avrebbe reagito Adam, ma di sicuro quel gesto l'aveva fatta stare un pochino meglio, almeno per qualche tempo.

«Mi dispiace» ripeté ora con gli occhi pieni di lacrime.

«Come ho detto, è tutto a posto» la rassicurò Adam. «Sì, ero arrabbiato, anzi furioso, e anche molto ferito, ma...» Deglutì a fatica. Se la collera era svanita, non si poteva dire lo stesso del dolore. «Comunque, l'ho superato.»

«So che probabilmente non sono affari miei, ma ti dispiace se ti domando cos'è successo dopo che... quando... scusa, non so bene cosa sto cercando di dire.»

«Vuoi sapere se ho indagatc sui tuoi sospetti? Sì, certo.»

Adam le raccontò di come, dopo settimane di apatia e rabbia bell'e buona, diretta perlopiù contro di lei, alla fine avesse trovato il coraggio di affrontare Andrea.

«All'inizio ha negato con foga, finché non l'ho minacciata di fare il test del DNA e di intraprendere un'azione legale. Allora ha ceduto. All'epoca non ne era sicura, ha detto, perché lei e Billy avevano rotto quando noi stavamo insieme, perciò aveva dato per scontato...» Fece un profondo sospiro. «Ma bisognerebbe essere ciechi per non notare la somiglianza. A sua discolpa, Andrea sostiene di essersi accorta dell'errore solo quando Suzanne è diventata più grande. Ma a quel punto pagavo già gli alimenti e avevo un rapporto solido con Suze, quindi cosa poteva fare? Continuo a ripetermi che non ha tentato volutamente di ingannarmi, ma non posso averne la certezza.»

«Mi dispiace. Non avrei mai dovuto farne parola, soprattutto sapendo quanto sei legato a Suzanne. Ho aperto un vaso di Pandora che sarebbe dovuto restare chiuso, ora me ne rendo conto, ma in quel momento ho pensato solo a come ti aveva raggirato e sono andata su tutte le furie. Ero così indignata che non mi sono fermata a riflettere sulle ripercussioni che la verità avrebbe avuto su di te, su Suzanne e su tutti noi.»

«Lo so, ma non mi vergogno di ammettere che per molto tempo non sono riuscito a decidere se avercela con te o con Andrea. Era come se mi aveste tradito entrambe. E nel bel mezzo di tutto questo c'era Suzanne, una povera ragazzina confusa e innocente che era all'oscuro di tutto.»

Leonie era sull'orlo delle lacrime. «Poverina, posso immaginarlo.»

«Però, quando mi sono calmato e ho cercato di vedere le cose nella giusta prospettiva, ho capito che Suze *è* mia figlia a tutti gli effetti. E le voglio un bene dell'anima. L'ho amata e accudita per quindici anni, e non posso cancellare tutto con un colpo di spugna solo perché non ha il mio stesso DNA.»

«Lo so, e quella sera, la sera in cui... è venuto tutto a galla» – Leonie arrossì – «me ne sono resa conto anch'io. Il problema è che ci sono arrivata troppo tardi, quando ormai ti avevo messo la pulce nell'orecchio. Ormai il treno era fuori controllo, e non sono riuscita a fermarlo.»

«Anch'io l'ho capito solo in un secondo momento. Quella sera, tu non hai detto niente su Billy. Hai soltanto fatto un'allusione.»

«E non avrei dovuto. Non erano affari miei, non ne avevo il diritto.»

«Non posso dire che mi abbia fatto piacere o che non mi senta un perfetto idiota per essermi lasciato spremere come un limone da Andrea per tutto questo tempo. Ovviamente le ho tagliato gli alimenti cui teneva tanto. Anzi, può considerarsi fortunata che non l'abbia strozzata con le mie mani.» Adam fece un debole sorriso. «Ma in fin dei conti non rimpiango i soldi che le ho dato, perché l'hanno aiutata a crescere Suzanne e a farla diventare la giovane donna che è oggi.»

«E dopo cos'è successo?» Secondo Grace, la ragazza si era trasferita da Adam, giusto? «Hai detto la verità a Suzanne?»

Lui la guardò. «No, perché per quanto mi riguarda *è* mia figlia. Quanto a Billy, non ne sa niente e dubito che gliene fregherebbe qualcosa; è uno spiantato e un pessimo modello di comportamento per una ragazza della sua età. Dopo averne discusso a fondo, io e Andrea abbiamo concordato di tacere. Forse un giorno lo diremo a Suzanne, ma adesso non è il momento adatto, non in una fase così delicata.»

Leonie annuì. Anche se in un certo senso la situazione la scandalizzava, non toccava a lei decidere. E Adam aveva ragione: sganciare una bomba simile su Suzanne non sarebbe stato un bene per la ragazzina, almeno non subito.

«Così non l'ho frequentata per un po', ma siccome è successo tutto in concomitanza della tua partenza, ha pensato che fosse perché avevo il cuore spezzato.»

Leonie sorrise. «Sono felice di aver fatto qualcosa di buono!»

«Non aveva tutti i torti, sai» proseguì Adam serio. «Sì, ero furioso, ma ripensandoci a mente più serena mi sono accorto di essermela presa con te quando invece non era colpa tua. Ma ormai eri scomparsa nel nulla e non avevo idea che avessi lasciato la città, figurarsi il Paese! Per un po' ho creduto che fossi andata all'estero da uno dei tuoi genitori per startene tranquilla e darmi il tempo di far sbollire la rabbia.»

«Avrei dovuto almeno metterti al corrente dei miei programmi, ma la verità è che non sapevo nemmeno io cosa volessi fare, e poi pensavo che non te ne importasse. Volevo solo fuggire dalle mie azioni. Non sapevo dove andare e alla fine mi sono ritrovata qui.» Leonie avvampò. «È da immaturi, me ne rendo conto, ma ho sempre trovato più facile scappare e buttarmi i problemi alle spalle. Comunque, non hai ancora risposto alla mia domanda.

Come hai fatto a trovarmi? Non può essere stata la lettera. Dicevi qualcosa a proposito di Suzanne...?»

«Sì. Quando sono tornato in me, ha insistito per trasferirsi a casa mia per qualche tempo, nella speranza di distrarmi... dalle pene d'amore.» Adam rise. «Ma ha visto coi suoi occhi quanto fossi demoralizzato – soprattutto dopo aver ricevuto la lettera –, e quando mi ha chiesto cosa fosse successo, le ho raccontato che avevamo litigato per il matrimonio e che mi avevi mollato. Ha dedotto che avevamo passato un brutto periodo quando avevo perso il lavoro, ha fatto due più due e ha concluso che era tutta colpa sua per aver preteso troppi soldi. Non so, immagino sia più perspicace di quanto credessimo. Comunque, ho impiegato un'eternità per convincerla che non era quello il problema, ma si è rifiutata di ascoltarmi. Probabilmente ha deciso che doveva farci tornare insieme. Ma prima, ovviamente, era necessario trovarti. Per farla breve, un giorno ha incontrato Ray in città. Lo conosceva dalla volta che lui e Grace erano venuti a cena da noi, ricordi? Ray le ha raccontato che stava badando ai gemelli mentre Grace era a San Francisco.»

«Ma lei non mi ha detto niente!»

«A essere sincero, dubito che lo sappia. Suzanne sa essere molto convincente, e non so come ma è riuscita a carpirgli anche che lavoravi da un fiorista, o in un centro di giardinaggio. Non chiedermi come ha fatto, deve aver imparato qualche trucchetto da sua madre. Certo non ha preso da me» scherzò Adam con un velo di tristezza negli occhi. «In ogni caso, a quel punto si è trattato solo di cercare su Google ogni fiorista e ogni serra della città e di telefonare per chiedere se avessero una dipendente irlandese di nome Leonie. Si è messa all'opera e ti ha trovata nel giro di qualche giorno» concluse con un misto di orgoglio e incredulità negli occhi.

«E sei venuto fin qui? Perché non mi hai semplicemente telefonato?»

«Perché ti conosco, e dalla lettera avevo capito che incolpavi te stessa per l'accaduto. Volevo dirti di persona che era tutto a posto. E avevo voglia di fare un viaggio, dato che non siamo mai partiti per la luna di miele. Ma soprattutto, Suzanne ha insistito molto.»

«Davvero?»

«Ha detto che eri stata molto gentile con lei.» Evidentemente, la ragazzina le era grata per non averle fatto il terzo grado sulla pillola e per non averlo spifferato a suo padre. Leonie sorrise, contenta che Suzanne la stimasse abbastanza per desiderare che lei e Adam si rimettessero insieme. «E pensava fosse l'unico modo per convincerti a tornare. Ma suppongo che anche lei fosse ansiosa di vedere gli Stati Uniti, così abbiamo aspettato qualche settimana fino all'inizio delle vacanze estive» continuò Adam.

Leonie sbatté le palpebre. «Vuoi dire che è qui con te?»

«Sì. Alloggiamo in un hotel dalle parti di Fisherman's Wharf. E mentre io ho passato gli ultimi giorni a tenere d'occhio il Flower Power nella speranza di vederti, lei ha comprato l'inverosimile da Gap e mi ha costretto a mangiare in posti folli come il Forrest Gump.»

«Il *Bubba* Gump, vorrai dire» lo corresse Leonie ridendo. «Stento a credere che abbiate fatto tutta questa strada solo per cercarmi!»

«E anche per riportarti a casa, speriamo» aggiunse dolcemente Adam.

«Dici sul serio?» Aveva il cuore colmo di gioia.

Più di ogni altra cosa al mondo desiderava tornare da lui e alla vita di prima. Naturalmente avrebbe sentito la mancanza della città, del lavoro e soprattutto di Alex e Marcy, ma stare con Adam era molto più importante. Sì, Marcy ci sarebbe rimasta un po' male, ma Alex sarebbe stata felice per lei. Comunque, potevano sempre tenersi in contatto e vedersi ogni tanto.

Adam le prese la mano. «Altrimenti perché credi che sarei venuto fin qui? Certo non per il sole, te lo posso garantire.»

«Ho pensato volessi solo dirmi com'era andata a finire… tanto per non farmi più preoccupare.»

«Forse dovevo essere più chiaro al telefono e ordinare un mazzo di tulipani rossi.»

«Tulipani rossi?»

«Perché, non lo sai? Bella fiorista che sei!»

Leonie ci pensò su, ma alla fine si arrese. «Cosa simboleggiano, i tulipani rossi?»

«Dato che ti piace risolvere i misteri» fece Adam con un sorrisetto, «scoprilo da sola.»

36

Settembre

La posta cadde sullo zerbino con un tonfo e Alex percorse il corridoio a piedi nudi per andare a recuperarla.

Aspettava alcune cose, quella settimana, in particolare una partecipazione di nozze. Leonie era tornata in Irlanda con Adam e Alex, pur sentendo la sua mancanza, sapeva che l'amica era pazzamente felice.

Eccola!

Tornò in cucina e aprì la prima busta, riconoscendo subito la grafia inconfondibile della sua ex vicina.

Estraendo il bigliettino, sorrise della scritta sdolcinata e spudoratamente romantica. Il tema del ricevimento sarebbe stato l'«amore eterno», che a quanto pareva c'entrava qualcosa con i tulipani rossi, perché l'invito era punteggiato di fiorellini disegnati. Era, come avrebbe detto l'amica, in «puro stile Leonie». Chiaramente non era cambiata di una virgola.

Alex non vedeva l'ora di andare a Dublino per il matrimonio alla fine dell'anno. Non era mai stata in Irlanda e la immaginava splendida. Sarebbe stato bello rivedere Leonie e Adam; l'aveva conosciuto qualche mese prima, quando era arrivato a San Francisco per fare una sorpresa alla fidanzata e riportarla a casa, e le era sembrato un uomo dolcissimo. E poi avrebbe riabbracciato anche Grace.

Le nozze di Leonie promettevano di essere un evento indimenticabile, insomma.

Quindi si concentrò sulla seconda lettera, che aveva un'aria più ufficiale. Sgranò gli occhi quando vide il timbro postale. Poteva essere vero?

Fece un respiro profondo, ed estrasse delicatamente il foglio.

Provò un guazzabuglio di emozioni mentre lo esaminava con attenzione.

Sentenza di divorzio – Stato della California

I vincoli coniugali attualmente esistenti tra attore e convenuto si dichiarano sciolti a causa di divergenze inconciliabili, e si concede all'attore una sentenza di divorzio definitiva dal convenuto.

Questo era quanto.

Il matrimonio con Seth era finito. Non c'erano più stati ritardi, errori intenzionali e, soprattutto, disaccordi. Dopo la lunga chiacchierata in ospedale, lui aveva capito cosa Alex desiderava, di cosa aveva *bisogno*, e per una volta le aveva dato ragione e aveva assecondato le sue richieste.

«Sì» aveva detto tristemente quando l'aveva convinto che non esisteva altro modo. «È inutile. Abbiamo svuotato le promesse nuziali di ogni valore.»

Di sicuro anche Jon era contento che la situazione si fosse finalmente chiarita.

Dopo aver preparato il caffè, Alex si infilò il foglio sotto il braccio e tornò in camera.

«Qualcosa di interessante?» le chiese il suo compagno.
«Mmh, forse» scherzò Alex. Poi gli fece penzolare allegramente la sentenza davanti agli occhi.
«Era ora!» esclamò lui soddisfatto.
Lei scivolò sotto le coperte e rilessero il documento insieme, profondamente consapevoli del suo significato.
«È finita, allora.» Alex gli posò la testa sul petto nudo. «A partire da oggi, il matrimonio è un capitolo chiuso, acqua passata.»
«Meno male» ridacchiò Seth baciandole delicatamente i capelli. «Abbiamo fatto tabula rasa, così possiamo ricominciare da capo.»

Epilogo

Tutto solo nella sala di ricreazione, Nathan sedeva accanto alla finestra leggendo l'ultimo romanzo di Grisham. Gli piaceva quell'autore; descriveva nel minimo dettaglio gli intrallazzi nelle alte sfere della politica e del potere e, a suo parere, ci azzeccava sempre. Nathan conosceva quegli ambienti meglio di quanto avrebbe voluto, ma non era mai stato tagliato per la politica. Suo fratello, invece, aveva la personalità giusta per mescolarsi con faccendieri e affaristi, il che probabilmente spiegava perché David fosse ancora là fuori a combattere la grande battaglia mentre lui era rinchiuso lì dentro a fare... un bel niente.

Le sue riflessioni furono interrotte da un rumore di passi in corridoio e dalla voce tonante di Frank.

«La avverto che a volte sa essere un vecchiaccio insopportabile, ma non si offenda.» L'uomo si fermò davanti alla porta. «Ehi, Nate, hai visite, perciò comportati come si deve.»

Visite? Quali visite? Da quando era lì non ne aveva mai ricevute.

«Deve esserci un errore» borbottò aspramente, voltandosi a guardare, ma Frank si era già allontanato fischiettando. «Non aspettavo nessuna...»

Ma poi vide la figura solitaria sulla soglia e il suo cuore fece una capriola.

Non era possibile, vero?

Il tempo parve rallentare. Come per miracolo, Nathan si ritrovò di fronte la donna che amava da quasi tutta la vita ma che aveva creduto di non rivedere mai più.

«Helena?» disse con voce rauca. Non credeva ai propri occhi.

«Ciao, Nathan.» Con mani tremanti, lei avanzò piano nella sua direzione. Anche se erano invecchiati entrambi, gli anni svanirono di colpo. Nella mente di Nathan, lei ne avrebbe sempre avuti ventidue e lui ventiquattro.

Helena...

«Devo avere le allucinazioni» sussurrò, incapace di staccarle gli occhi di dosso. «Frank deve avermi aumentato la dose di medicinali questa mattina.»

«Non è un'allucinazione, Nathan.» Lei scoppiò in una risata nervosa. «Ma mi lusinga vedere che mi riconosci dopo tutto questo tempo.»

«Come potrei non farlo? Sei più bella che mai. Oddio, sei davvero tu?» domandò con voce rotta dall'emozione mentre si alzava dalla sedia.

«Sì.» Helena si avvicinò lentamente. «Ho parlato con tuo fratello e mi ha detto che eri qui, così ho pensato che fosse ora di farti visita.»

«Non avresti mai immaginato di vedermi in un posto come questo, eh?» Nathan ricordò all'improvviso dove si trovava. Agli occhi di Helena doveva sembrare tutto molto patetico.

«Non c'è nulla di male nel farsi assistere, soprattutto dopo quello che hai passato.»

«L'unica cosa che non va in me è la pigrizia, oltre al mio vecchio cuore capriccioso che mi costringe a farmi comandare a bacchetta da questi buffoni.»

«È un bel posto e l'inserviente sembra simpatico.»

«Sì, Frank non è male. Ma questa è una struttura a ricovero aperto. Posso andarmene quando voglio, solo che non ne vedo il motivo.»

Era l'unica ragione per cui aveva acconsentito a trasferirsi lì; se il Cypress Gardens fosse stato un istituto d'altro tipo, sarebbe fuggito a gambe levate.

In senso metaforico, almeno.

«Allora è così che hai consegnato l'ultima lettera.» Helena parlò più con se stessa che con lui.

«Hai ricevuto il mio biglietto di condoglianze, dunque? Non sapevo se vivessi ancora in Green Street, ma quando ho letto di tua madre nei necrologi del "Chronicle" ho pensato di fare un salto per lasciarti un messaggio la prima volta che fossi andato in città. Non ho trovato il coraggio di suonare il campanello, però.»

«Non vivo lì da quarant'anni. Anzi, non ci metto piede da... dall'ultima volta che noi due...» Helena, imbarazzata, lasciò la frase a metà. «Mi dispiace, ma non ho mai ricevuto nemmeno le lettere. Ho saputo della loro esistenza solo di recente.»

«Le altre... quelle dal...»

«Sì. Non mi sono mai state recapitate. Mi sono trasferita e la mamma deve averle conservate, ed è stato solo quando... oh, è una lunga storia.»

Era così vicina che Nathan aveva quasi paura di toccarla per timore che fosse un sogno e svanisse davanti ai suoi occhi. «Come puoi vedere, ho tutto il tempo del mondo per ascoltarla.» Le prese la mano.

«Mi dispiace molto, non avrei dovuto costringerti a scegliere.» L'emozione le fece salire le lacrime agli occhi. «Sono io che dovrei chiederti perdono. Non dovevo...»

«Sssh, va tutto bene» mormorò dolcemente Nathan, chiudendo gli occhi quando lei gli posò la testa sulla spalla. «Non ha più importanza, ormai. Non mi interessa quanto tempo ci hanno messo le lettere a trovarti. L'essenziale è che siano arrivate a destinazione e che tu sia qui.»

Helena lo abbracciò, e per la prima volta da quando era tornato nel suo Paese, trentotto anni prima, Nathan si sentì finalmente a casa.

Ringraziamenti

Ringrazio di cuore le persone che contribuiscono alla realizzazione dei miei libri, in particolare la mia meravigliosa agente e grande amica Sheila Crowley e tutti i collaboratori della Curtis Brown.

La mia gratitudine va anche allo staff della Hodder, soprattutto a Auriol Bishop, editrice straordinaria e carissima amica, alla magnifica editor Sara Kinsella e a tutto il team nel Regno Unito. E ancora grazie a Breda, Jim, Ruth e a tutti i membri dell'Hachette Ireland per il notevole impegno.

Sono immensamente grata ai lettori di tutto il mondo per l'affetto che mi dimostrano ogni volta e per i messaggi di stima che mi scrivono al sito www.melissahill.info. Adoro riceverli e li leggo dal primo all'ultimo.

Finito di stampare nel maggio 2016 presso
Elcograf S.p.A. - stabilimento di Cles (TN)
Printed in Italy

Rizzoli
LIBRI

ISBN 978-88-17-08840-4